U0894807

最世文化
Shanghai ZUI co.,Ltd

被删除的人

陈奕潞　著

CNS PUBLISHING & MEDIA 中南出版传媒
湖南文艺出版社 HUNAN LITERATURE AND ART PUBLISHING HOUSE
博集天卷 CS-BOOKY

目录

CONTENTS

故事从时间手中攫取的生命，
最终还是会还给时间。

“在修道院的西侧，立着一座鹰头狮身怪兽石像。找一个身高一米四九的十二岁女孩，蒙住她的双眼，用线牵着她的手向前走。走满一百米，左转。再走满二百米，右转。就这样，每次都增加一百米，每次转的方向都和之前的相反，等她走够了两千米，不要再转弯，一直朝前。不要管她迈的步子是大是小，遇见了路障或是沟、桥之类的地方，让她自己想办法过去，不要伸手帮忙或是绕远。最后，你们会进到一条巷子里面，巷子的尽头是一面深黑色的墙，墙壁上有一盏白炽灯，灯上面用红线拴着一只黑色的鸟。如果线是拴在鸟的左脚上，你就可以用手把它解下来，然后翻墙进到里面去。可是如果线拴在它的右脚上，转身回去，不要回头看。记得用手解线，而不要用剪刀或是别的东西。如果你完成了这一切，进到了里面，你将会得到永生不死的生命，那是 Vermeer 的花园——不死者的玫瑰园。

“但是，世界上没有免费的午餐。作为交换，你要讲一个故事给花园的主人听。如果她喜欢，你就可以去任何地方，带着那颗永远不停跳的心脏。唯一要做的是每一百年回来一次，再给她和她的那些花讲个故事。可是如果她不喜欢，你就要失去全部的记忆，变成一棵树或是一只蝴蝶，陪她和那些花永远留在那里。至少，我知道的规则是这样的。”

夏扬在城西的大桥上找到了白象。她穿了一件睡衣似的连衣裙，风一吹便贴在身上，薄而飘。她光着脚，拉着那个女人的手说：“你想要当我的妈妈吗？请当我的妈妈吧 。”那个女人瞪着眼睛，像看蟑螂一样看着她。夏扬快步过去，把她拉过来，和那人道歉。太阳在这个时候升起来，把桥下的江水映得亮晶晶的。白象望着他：“我不想回去了。我已经没有故事好讲了。”夏扬说：“先和我们一起去花园，大家帮你想办法。”她朝他粲然一笑：“把好故事留给别的人吧，我已经没有想去的地方了。”在夏扬反应过来之前，她把手抽了出去，向桥外飞身一跃。闹钟这个时候响了起来。三点整。第四次做这个梦，他仍然出了一身的冷汗。

这一年夏扬六百三十九岁。距离他被人塞在木桶里，推入护城河，逃离那场焚烧京城的大火过去了六百一十七年。他站在地球另一端，经历了千年时光却依然热闹的威尼斯城。七百二十一年前，马可·波罗历尽艰辛，从中国返回了这里。

凌晨四点，城市尚未苏醒。水波暗暗地涌动，像是一只心怀叵测的巨大不明生物。岸口新来了几个穿着花哨维多利亚长裙的女孩，都是生面孔，夏扬一声不响地从她们身边走过去。他穿着驼色风衣，领口用围巾扎紧，眉间一道伤口，面孔却依旧温和英俊。一向喧哗的广场干净整洁，有几个老人拿着拖把一样的毛笔在地面上写字，篆书，岳飞的《满江红》。

他走到塔下，雕满戴面具的小丑的黑色铁门开了，一个穿黑衣的男人站在那里，手里拿着块怀表。“你很悠闲呢。大家已经等你很久了。”K说。还没有到狂欢节，他脸上却戴着镶满黄金与珠宝的Larva面具。

从男人身后，有几个夏扬熟悉的人探出头来，笑嘻嘻地挥手致意。夏扬笑着挥回去，然后僵在了那里。菅野的头不知道什么时候也探了出来，笑得花枝乱颤的：“想你了，亲爱的。”

菅野比夏扬要老，公元847年，他随圆仁从大唐回到日本，遇风浪，落海。救他的商船在海上开了三年，回到威尼斯。感染痢疾重病快死的他被送去了花园，讲了自己的故事，活了下来。

一群人按时到达，玫瑰和郁金香，铃兰和罂粟，勿忘我和天竺葵……本应在不同季节开的花，一同盛放，空气中却没有一丝香气。长长的石头甬道上没有人，被绿叶覆盖的侧门紧锁着，K 用钥匙打开它，里面是另一座花园，开着蓝色的八仙花、霍麦草、菖蒲和紫罗兰，等等。和正门的喧嚣夺目比，这里更静谧精致。小喷泉里依旧是那个吹号的小孩的雕塑，而山墙后面的小椅子上，坐着一个老人。

几个人走到她身边，坐下。K 和夏扬坐在椅子上，其他人就直接坐在草地里。老人大概七十多岁的样子，戴着老花镜，在织一件毛衣。Vermeer 在中国生活了一千四百多年，那时她的名字是苏臻，后来去过印度、马来西亚、日本、埃及、俄罗斯北部，最后留在了威尼斯。年老之后，她头发灰白，身材走样，但面容依旧祥和，身上散发着羊绒毛衣的温和气息。厨房里的小锅里煮着汤，牛肉、咖喱、山芋。“饿的人可以先吃。”她和他们讲话，仍然用着带京腔的中文，一面盯着电视机，一面继续织着她的毛衣。她的电视机还是一百多年前的那台，Lucas 给她买的。

夏扬抬头看了一眼 Lucas。他摆动着红色绉纱一样的尾巴，在窗口的玻璃鱼缸里游来游去，和 Felony 一起。他上次讲的故事不够好，于是被 Vermeer 变成了一只金鱼。

没有人动。又过了十分钟，Vermeer 喝了一口茶，推了推眼镜框，看向众人。她语气严肃，房间里像是忽然涌入 12 月彻骨的冷风：“那么，这次谁先来？”

菅野举起手，嘻嘻地笑：“我来。”

✠

<The first Story>

书之子

薰抬起头，6 月的阳光斜照在书架上，浅金色的光斑。上面那一排德文书尤其厚重，落了厚厚一层灰尘。她在椅子上踮脚，把它们抽出来，吹干净。

她盯着书脊的名字。鸦青色的眼睛圆润光亮。

“那不是三年 B 组的井田薰吗？”

“欸？真的欸。她不是应该在礼堂吗，怎么会在这儿？”

“哪个哪个？是代表整个年级参加校际话剧大赛的井田？”

“演出取消啦。你们没听说那件事吗——”

“哪件事？”

“和她搭档的早目优子死掉啦。”

“……欸？怎么会？”

“是谋杀吗？”

“嘘——据说是从井田家的阳台摔下来的，谁知道是怎么回事。两个人从幼稚园的时候就是好友哦，还曾说过一起去欧洲演出这样的话呢！”

“啊……感觉好可怜的样子。”

“哪里可怜了。听说她们两个在争取同一个保送名额。薰因为这件事还曾经大病一场。优子就是在探病的时候被……掉下来摔死的……”

“啊！难道说……”

“嘘！不要乱说！小心被她听到了。”

“不要啊……看她的样子就觉得好阴森好可怕……”

“住嘴住嘴！她朝这边走过来了。”

原本窃窃私语的女孩们噤了声。她们眯着眼，看着薰从走廊的尽头走到这一头，巨大如手掌的梧桐树叶，在6月的和风中轻轻舞动，斑驳的光影里，薰皎白的皮肤泛着柔和的光泽。她悄无声息地从屏住呼吸的女孩面前走过，在和最后一人擦肩而过的时候，微笑了一下。

“呼……”

“吓死我了！”

“莉香！她对你笑了欸！！”

“好可怕，她的眼睛好奇怪啊。”

“欸？你还敢看她的眼睛？我一直低着头看脚尖欸！”

“奇怪？哪里奇怪？”

“没……”叫作莉香的女孩犹豫了一下，回想起刚刚瞥见的那双黑白分明的眼眸，心口莫名一窒，“只是觉得，那眼神让人很难过……”

窗外，风忽然席卷树冠，巨大的树木呼啸着，发出海浪被风暴揉烂一样的哭声。

薰在三楼停下来。她听见班主任的叫声。

她转过身。对方喘着气，也许是中午吃了咖喱的原因，森久老师的呼吸里有浓浓的咖喱味。

薰站在那里，没有躲开，没有皱眉，没有反驳那句“你这样放弃比赛不但是对学校对你自己不负责任，也是对优子的期冀的辜负啊”。

她静静地听着，头微微低下，又维持恰到好处的角度，让对方看见自己的眼睛和嘴角，这样就不会被当作漫不经心或无视大人。她一直听到“时候也不早了，既然这样你就回家好好反省一下，明早早些到礼堂集合，正式演出千万不能错过了”，才抬起头，深深地鞠躬，道：“给您添麻烦了。”

班主任用手绢擦了擦满头油腻的汗，又将另一只手搭在她肩膀上，最终满意地拍了两下，示意她可以走了。

薰在收拾书包的时候瞥见菅野。他就站在那里看她。

她没有看他，一路向下，直到走到了校长胸像所在的拐角处，才回头看了一眼之前自己所站的位置。

她一个人回了家。

开门。换鞋。把钥匙和雨伞放在玄关。洗手。

书房里空荡荡的。父亲应该还在公司加班。母亲仍旧是老样子，把冰箱堆得满满的，便笺纸贴得到处都是，好像电视上贤惠淑良的母亲的样子，但是薰从很小的时候就敏锐地意识到事情并不是她看到的那个样子。母亲很希望别人认为她是个贤惠的妻子、细心的母亲，她也总嚷嚷着这个家没有了她会有多乱多糟糕。但薰和父亲都知道，没有母亲，这个家也是这个样子，不会太坏，也不会太好。

她麻木地系好围裙，做蛋卷，而后又把之前买来的面下到锅里面去。她做这一切的时候邻居家的那只狗一直在对着厨房的窗户吠叫。薰对它说“去去”，她的眼睛像玻璃球一样闪着浅而冷的光。远处青色的办公楼上倒映着铅灰色的云，有一只乌鸦在天线上干瘪地鸣叫着。

她把百叶窗拉紧，叫声渐渐停了。

她将做好的意大利面分在两个盘子里，一手一个拿上了楼。她的房间在二楼，然而她一直走到三楼房门那里才停下来。她把其中一个盘子放在地上，像往常一样敲了敲门，而后静静地等。隔了许久，那扇门开了，一只枯枝一样瘦小灰白的手迅速地把餐盘拖了进去，“窸窸窣窣”的声音，仿佛一只瘦骨嶙峋的白蜘蛛。在薰看见那只手的主人前，门又“砰”地关紧了。

“没有培根了。今天是用火腿做的。将就着吃一些吧。”

门里传来指甲刮地板的声音，肉酱塞满某个孔洞的濡湿的声音。薰没有说话，转过身走了几步，而后在楼梯上坐下来，抱着餐盘，静静地吃面。

薰是在3月初的时候发现他的。说“他”而不是“她”，实在是因为他的声音太过低哑，而且身材样貌也太过特殊了。其实最先看见“他”的，是优子。当时她和优子都在为话剧排演做准备，而“他”就藏身在她们查资料的那个图书室里。“他”的头很大，身体却很小。“他”的皮肤是石灰一样的苍白色，头发是纯黑的，却像抹布一样乱糟糟地揪成一团，就连身上的衣服也是脏兮兮的，像抹布一样。然而“他”说话的声音却很清晰，用词也十分文雅。

他没有眼睛。没有鼻子。没有耳朵。

他有手。有脚。有嘴巴。

薰一开始觉得他很好玩，问他的名字，他说他叫“蠹”。他用长长的指甲在地面上画这个字，而后又抹掉。他有一口尖锐破损的牙。薰从那个时候起觉得他很可怕，而优子和她刚好相反。优子最开始的时候害怕他，后来却慢慢喜欢上了他。

他是很聪明的，知道很多她们所不知道的事情。

比如化学课上老师会问到的问题，生物题目的回答，英语单词的背法，甚至计算机的编程方法这样的东西。

他什么都擅长。他无所不知，无所不晓。

优子在3月的第一个星期把他带回了家。那一天是启蛰。老人们说，那是大地复苏，万物回春，群虫出动的季节。

薰很担忧。

薰发现优子看他的眼神令人害怕。

5月的时候学校决定了必须进军决赛的人选。薰和优子各占其一。

薰开始更努力地学习。而优子则把大把的时间花在了家里的图书馆。

是的。图书馆。优子在家里给"蠹"挪出了一间更大的图书馆。

优子家很富有。优子的母亲很漂亮。那种富有和漂亮，不是薰的父亲拼命加班，薰的母亲不停做面膜和皮肤水护理所能够达到的。

薰在预选的时候败北。

薰吃完了面，把餐盘和筷子放在一边。她敲敲门，门里的人沉寂了半刻钟，而后把吃干净的餐盘推了出来。

“要背书吗？”门后面的“他”，沙哑地问。

“演出要开始了。有几个地方，我还是很在意。”

“没有关系。”他嘻嘻笑，像是有老鼠跑过胸腔的声音，“我来教你。”

隔天演出的时候，薰的表现十分出色。所有的人都很激动，除了教过薰和优子的上木老师。

上木看完第一场戏的时候就出了一头冷汗。等到演出结束的时候，她趁着大家鼓掌的间隙，跑到洗手间呕吐起来。

一双白色的手伸过来。上木老师的身体一抖。然而抬起头，对上的是话剧社副社长的眼睛。

她松了口气，接过那双手里的手帕：“谢谢。”

“老师，你的脸色很差。”

“哦……是吗。”心不在焉地回答。

“是生病了吗？”

“没有……只是有些不舒服而已……”

“井田同学的演技真好呀。”由衷地赞叹，“那个玩偶道具也很好。”

上木的身体一抖。那个玩偶……

“话说回来，那个道具之前优子也用过。两个人都很出色呀。”有些惋惜的声音，“要是优子还在就好了。老师……老师你怎么了？要叫救护车吗？”

“没……不需要……”

在门外面，舞台上面，演员们正在谢幕。薰抱着那个娃娃在黑色的天鹅绒幕布前静静微笑着，那玩具人偶交叉着死灰色的手臂，黑色头发下苍白的面孔和嘴唇，同样无声无息地怪笑着。

薰和半个月前比变化了许多。

这种变化是很明显的。

头发。眼睛。下巴。嘴唇。还有手指甲的颜色。

她变漂亮了。学习成绩也比之前好了。之前薰最拿手的是英语和化学，但她现在最优秀的却是历史和数学。她更强，更安静，更苍白。

她的朋友也明显少了。

之前上木想找优子的母亲谈谈。但对方是常年居住在国外的精英人士。优子出事后，她想无论如何都要找薰的父母谈谈。上周她登门拜访，薰的父亲是个很和气的人，但同样工作很繁忙。

她每次去的时候，薰都不在家里面。但每次上木从那座房子里出来的时候，却都忍不住抬头向阁楼那个房间的窗口看去。她不知道她在期待什么。她心里甚至有一丝恐惧。

那扇窗后面有人。

有人在看着她。

7月半的午后。树上的最后一只蝉闭上了嘴。

薰把父亲的尸体从楼梯上搬下来，软如袜套一样的手臂从她肩头垂下来，无论她如何摆弄都借不上力气。图书室的门开了一个缝隙，她抬头看过去，漆黑狭窄的缝隙中似乎什么都没有。然而她低声说："你待在房间里不要出来。"

她把父亲拖到浴缸里，把衣服和鞋子脱掉。然后戴上口罩和手套。她把买来的四桶药水拧开，全部倒进塑料桶里，按比例兑好。而后，她把那液体浇在父亲的尸体上面。

房间蹿起浓烈刺鼻的气味。她用棍子把父亲的脚往里面推了推，而后推门出来。

她剧烈咳嗽，给自己倒了杯水。烧水的茶壶还是上个月父亲在熊本出差的时候买的，银白色的金属上面印着 Kumamon 的图案。薰的母亲那个时候还嘲笑过他"一把年纪了还做这种让人说闲话的事"，父亲那个时候只是"嘿嘿"地笑："我们家阿薰喜欢嘛。"

客厅里放着动画片。电视上，粉头发的阿布把模样奇怪的动物吞到肚子里。薰"嘿嘿"地笑，喝完了杯子里的水，她转身上楼，拽着母亲的头发把母亲从楼梯上拖下来。

天空黑暗。空气里弥漫着雨水将至的湿气与腥味。像是有一条看不见的鱼溺亡腐烂在云层里。

上木发现优子和薰不对劲是 5 月初的事。

这两个女孩是很要好的朋友，同时也是文学社和话剧社的骨干分子。

优子很爱说话，面容姣好。薰不是十分活泼，却很体贴关心别人，两个孩子都有很多朋友。

但自从那件事后一切都变了。

那个时候，薰和优子负责打扫的旧图书室丢了一个木偶人。

其实也不是什么大不了的事。旧图书室原本就是存放破旧过时的图书和各个社团工具的地方，除了退休的校长大人和前任的图书管理员植村先生，很少有人到那里去翻捡破破烂烂而又散发着霉味的书本。

只是那个木偶人有点特别。按植村先生的话来说，“那东西很久以前就在那里了，几乎每个人都见过它。但仓库的备忘录上又没有它”。

那个木偶人的额头上有一个不易被人发现的汉字：蠹。

蠹，又叫作衣鱼、书虫、白鱼、蛃鱼、壁鱼、铰剪虫。

蠹，是吃书本与木的虫。

那个人偶丢失后，薰和优子的行为都变得乖戾起来。

渐渐习惯独自一人。渐渐与周围的世界格格不入。就连两个人之间的关系也都渐渐疏离。

除了她们的笑容。她们开始有了与人类不同，然而彼此却一模一样的笑容。

“上木老师，你说这些话的用意是什么呢？”

玻璃板后面，面无表情——不，应该说是面容平和的女孩拿着探监用的电话对老师说。她歪着头，身上穿着囚犯的宽大条纹衣服。指甲剪得干干净净，然而脸上丝毫没有谋杀父母和同学后的惶恐或悔恨之情。

她鸦青色的眼睛像是玻璃一样闪着浅而冷的光。

“我想知道真相。”

“真相？”

“对的。我想阿薰——井田你，不是那样的孩子。”

老师急切地说。井田盯着她，像是要看穿她的灵魂深处，而后她笑了，嘴角勾起一个精妙的弧度。

“‘他’是昭和六十四年出生的哟。大我三岁的男孩子。他父母都是学校里的老师，却因为忙于工作没有时间照顾孩子。他四岁以前就经常待在学校图书馆里。因为没有人陪他玩耍就一个人看书。他很喜欢书，书也很喜欢他，书是他唯一的朋友。后来有一天他被图书管理员锁在了旧图书室。他被人忘记了，他的爸爸、妈妈、哥哥、姐姐……都没有想起他。于是他就死在了图书室里。”

她眼前似乎浮现出那座漆黑无人的房子。夜风呼号，连同房间里男孩尖叫的声音。那孩子试图从紧锁的门钻出去，头却卡在了栏杆里。四处溜达玩耍的野狗跑过去，啃咬他的耳朵与鼻子。孩子一开始还大叫着反抗，但很快，只剩下狗啃骨头的“嘎吱嘎吱”声。

“他的尸体被学生发现。管理员因为玩忽职守被判刑。但是‘他’并没有就此消失。十个月后，他又在图书馆重生了。”

薰抬头。那玻璃一样的眼睛忽然暗了下去，像是坟墓上点着的蜡烛突然被人吹灭。漆黑一片。上木身体深处一阵战栗。她想起那个出现在优子和薰的表演中的小小的灰色木偶人。

“他叫他自己‘蠹’。书的儿子。”

上木老师从监狱里探监出来的时候，踉踉跄跄。她不知道该如何形容自己所听到的一切，还有她所看到的，薰那双变成炭黑色的眼睛。

她回到家。开门的时候，那人叫住了她。

上木回过头。

“贤人君还好吗？”

她平静下来。那人是她儿子贤人的同班同学菅野。

“他去了补习班。有什么事吗？”

“没事。”菅野露出一嘴白牙，“只是有人让我把东西还给他。”

他拍了拍身后的书包。那书包鼓鼓的，上木猜大概是足球一类的东西。

“老师是去看井田同学了吗？知道她杀死父母和优子的原因了吗？”

上木的身体一紧。

“这种事……”

“怎么？老师不愿意说吗？”

“其实也没什么好说的……”上木压抑住内心涌起的烦躁不安，“太过自闭了，沉浸在书中的世界，结果反而失去了人类应有的感情，把书看得比家人还要重要。她爸爸妈妈想要帮她收拾一下房间，不小心把一本书弄湿了。她一怒之下就……”

“那优子呢？也是因为书的事吗？”

上木老师平复了一下情绪，叹了口气："大概吧。"

菅野绽开一个笑容。上木愣了一下。

男孩说："老师，我听说您中学的时候，有一段时间是旧图书室的管理员？"

上木表情僵硬了一下："你从哪里听说的？"

"被书饲养大的人类，和普通的人类，是不一样的吧？"

"你说什么？"

"老师，贤人君，是您亲自抚养长大的吧？"

"这是当然的事……"上木焦躁地回应，声音却忽然卡在了喉咙里。

男孩依旧那样笑着："时间不早了，我还要去上提琴课。这个就拜托您交给贤人了哟。"

他把身后那个书包交给上木，摆摆手，离开了。

上木提着那个书包，没有动。高空云层破了一个洞，日光落在她面前的地面上，一片苍白。

她摇摇头，似乎努力把什么从记忆中驱散。儿子很快就要回来了，要尽快准备晚餐。过去的事，就让它随那个人锁死在监牢里好了。

她没有看见，她提着的那个黑色书包的一角，有一只小小的灰色手爪悄悄伸出。黑暗深处，有谁张着嘴，无声无息地大笑起来。

（完）

菅野的故事讲完，他的表情从一开始的不正经渐渐变得平静，他对着格窗外桧木的树影略微发了一会儿呆，手里茶杯雾气如烟，缓缓缭绕而又寂寂消散。Vermeer 没有立刻说什么，厨房的阿姨过来，敲了敲玻璃门："吃饭咯！"

十几个人拿着碗，站在厨房，分牛肉汤、咖喱和米饭。厨娘按照每个人的喜好分碗。K 是白色的，菅野是灰边蓝碗，冬年是粉色的花瓣碗，夏扬是黑色的木头碗……厨娘最后把那个浅黄色的方形小碗放在白象的手上。

从外表看，白象是所有人里最小的，但其实她已经活过几千年了。

"一千年前这里什么样？"第一次来花园的时候，夏扬问她。白象漫不经心地摆弄着手里的迎春花，看着山坡上的羊群。那时候，花园的外面是一座小山，后来变成了村镇。外面的人很难想象，在威尼斯城的内部有一座山，山里面住着另一群人。这些人大部分是为了 Vermeer 来的，但他们没有勇气讲故事，也害怕离开，就永远地留在了这里。他们的子孙后代，就成了山坡上的牧羊人。

一千年前什么样子？

白象侧着头，看夏扬。他外表看起来不到四十岁，但很疲惫。落难王子。她心里想，记忆深处，隐隐浮现出另一张脸。她想起了金碧辉煌的宫殿，想起了带着黄金与琥珀石、腰肢如柳，翩翩起舞的女孩。

"人们说话的速度很慢。云层很厚。时间很漫长。"许久，她说。

吃过饭，第二个讲故事的人，是马修。他外表停留在四十三岁，不修边幅的北方男人，据说常年在墨西哥浪荡，卖军火，卖烟草，挣了很多钱。这是他第五次来花园。他点了一根烟，又在众人的注视下默默把它压灭了。

“我讲我朋友的事吧。”他松了松墨绿色的领带。

✚

<The 2nd Story>
日光倾城

黑色的车子消失在拐角。我和于言紧紧地跟了上去。道路的尽头是白石砌的公园入口。三秒钟之前还在我们眼前的奥迪忽然间无影无踪，像掉入了空气中隐形的洞穴一样。我咬着牙，把车窗摇开。于言低低地骂了一声，用力地踢到车门上。

又一次。又一次跟丢了。

回程的路上于言的手机一直在叫，他没理它。我们都知道那是谁打来的，我驾驶着车子朝电话打来的地方开去。明安路上的人不多，一个一个，穿戴得厚重温暖。那个茶楼就在这条路的最南边，红红的颜色像是冬日里一团明艳的火。于言皱着眉看着那房子，向神明发誓。我和他一样，现在一看见这房子就恶心。

她先到了。又是。桌子上摆着三杯水。看见我们来了，她站起来和我们握手，步子有些不稳。我看着她那苍白的手指，有些犹豫，但最终还是伸出右手紧紧地拉了一下。之后我就后悔了。她的手很冷，潮湿僵硬。

“我们又跟丢了。”于言开门见山地说，说完就低下头喝水。我强挤出个笑脸：“对不起啊。”那个叫作林彤的女人，同样微笑着看回来。她的嘴唇白得跟纸一样。我在心里打着腹稿，准备不管她说什么，都把责任推得干干净净。可是她沉默了良久，低低地说：“谢谢啊。麻烦你了啊。”

那一顿饭很不愉快。出门的时候于言一直在低声地骂。他不怕那些拍桌子瞪眼睛的疯狂女人——他家里就有那么一位。我们开侦探事务所后，各种各样的人见了很多。我和于言都是吃软不吃硬的那种，所以还没被什么人吓到过。可是这个叫林彤的女人，却实实在在地给我们添了很多麻烦。

她是在一个月前找到我们的。事情很简单，她的老公在一家大公司当总经理，半年多以前开始早出晚归。“我不是想找证据，离婚什么的，但我想知道他究竟在干什么。”她给了我们很大的一笔预付金，不像有些有钱家的太太那么小气。一开始我和于言很高兴，接到这么轻松的案子，爽爽快快地答应了。但我们没料到，这个叫刘方信的男人是个不同寻常的猎物。

回到事务所的时候，已经是夜里八点多了。于言开了灯，盯着墙壁上的日历表。我站在他的身边，陪着他一起发呆。二十八天，二十八次。我们被甩掉了这么多次，红色的叉一个连着一个。每次都是在快到公园前挥发掉。挥发。这词是于言说的。除此之外，我们想不出一辆车在三秒钟内消失的原因。

我站在于言的旁边，想不出合适的词来劝他。案子最开始是他要接的。他最痛恨的就是那些抛家弃子的男人。有的时候，林彤的某些表情会让我想起于言的妈妈。同样苍白消瘦，同样纤细冰冷的手指，同样的，明明什么都没有做错，却低头道歉的表情。

我把手放在他肩上。他忽然开了口："如果这个周末再抓不住他的话，我们就把钱退回去吧。"他说完，转身离开。他把屋子里的灯一盏一盏地关掉。过了一会儿，卧室里传来虚假的鼾声。

第二天一早，天还没亮，我就听见有人敲门的声音。过了一会儿，于言的声音响起来，似乎在和什么人争吵。我走到外面，看见一个五十岁左右的乞丐，挂着一张微笑的脸，在和于言说些什么，看见我出来了，他似乎很高兴。"另一位救命恩人啊。"他说，一嘴黑色的牙齿。

于言不耐烦地挥手："不是跟你说了嘛，我们根本没做过你说的那件事，就算做了，也不用你来报答什么。"

于言看着我迷惑的脸，指着老头儿跟我解释："这家伙非说什么我们救过他孙子。徐刚你说，咱们干过这么舍己为人的事儿吗？"

乞丐老头笑得眼睛都眯起来："当然有啊。阿三，过来谢谢叔叔。"

我这才看见那个小孩，四五岁的光景，额头上有很大一块红色的胎记，虽然看起来很眼熟，但我的确没有印象搭救过他。老头儿也不理我们，自顾自地说开了。什么孩子不小心闯到马路上啊，于言奋不顾身地把他推到一边啊。于言显然已经听过很多次了，闭上眼睛靠着门框打哈欠。

等他说完了，我说："我不知道你有什么目的。我们俩都不记得救过这孩子，你说的那个活雷锋现在不知道在哪儿默默无闻呢。你要找，也得到别地儿找去。要是你想讹钱，对不起。”我抖了抖身上的衬衣，“我俩都是穷光蛋，没准儿还没您富裕呢。您趁早选个别的地方吧。”

他看我，带着似笑非笑的神情说：“我们来就是想报个恩。孩子的确是你们救的，您是贵人多忘事，咱这受恩的可不能忘，是不是？再者说了，你不要看我们这身衣裳就瞧不起我们。有的时候，还不知道是谁施舍谁呢。你们就没有需要帮忙的事吗？”

他说完，又一笑，笑得非常意味深长。于言说：“走吧走吧，没什么可麻烦你的。”门眼看着就要被关上了，可不知道为什么，我把手伸了出去。老乞丐转正了身子看我，淡定坦然的脸。

我很犹豫，觉得自己有些疯了。

“你想要问那个男的为什么会消失吧？”老头儿说。

于言靠在门框上的身体差点儿没跌出去，我亦瞠目结舌地站在那里。

“公园不是所有人都进得去的。没有疤的人就进不去。”那个小孩说着，用手在墙上画着什么。

老乞丐笑着，看着我们俩。

于言说：“……你们什么意思？你们怎么知道我们在干什么？”

老头儿伸出舌头舔了舔牙齿：“这不重要，重要的是你们需要人帮忙，要不然抓不到刘方信不是吗？”他连名字都知道。

于言皱着眉：“你们究竟是什么人？”

“想要报恩的老叫花子。”

这不是个令人满意的回答。

于言生气了，我拍拍他的肩膀，把他压下来。

不知道为什么，我想听这老头儿说话。

他看着我，朴实、慈祥、忧虑，“我可以让你们进到里面去。但是，我不能保证你们能把他带出来。”

“那您就不用操心了。我们是专业的。”

他摇着头：“什么也别太相信。他们总是给你看你想要看的东西。因为他们对你有所图谋。”

于言皱着眉，我在他发火之前说：“那请告诉我们怎么跟住他吧。”

老头儿从口袋拿了一把刀出来:“最复杂的事,其实最简单。”

一周后我们坐在那台破面包车里，紧紧地跟在刘方信车后面的时候,于言仍然捂着左手,脸上愁眉不展。我安慰他:“至于吗?不就一个疤吗？你别像个小姑娘似的行吗？”他哼了一声：“你倒好，整个一精神病，竟然让那老疯子在我们身上刻这玩意儿。”他摸了摸手上结痂的伤口，那里刻着个长牙齿的草的文身。我摸摸自己的手背,隐隐作痛。也许我真的疯了。可是我想换一个答案。

“还有三秒。”我看着表。于言挺直了身子。黑色的车子消失在拐角。我在心里默数：一、二、三。打轮，右转。我等着空白地面，等着于言失望的叹息声。可我等来的结果却是，于言在我右边大喊一声：“这什么玩意儿？”

公园的白石门依旧是白石门，只是不知道什么时候，门口站了两个人。他们的脸很模糊，青黑色的，微微的透明。他们穿着对襟的长袍，衣摆的末端密密层层的褶皱。可是，让于言大叫的，并不是这些。他们两个都很高，两米到两米五的样子，脚和公园里的狮子一模一样，黑色的指甲，沾了灰的肉垫。两条金棕色的尾巴在身后不安分地飘着，敲打在白石墙壁上，一下，两下。看见我们的车开过来，他们中的一个伸出了手。“伤疤。”他简单明快地说。

我把我和于言手上的花纹给他们看。他们仔细端详，然后挥手让我们通过。从他们身边开过去的时候，风从车窗外吹进来。我这才发现，自己身上已经湿透了。

之后的路上，于言都没有说话。道路越往里，越不像个公园，更近似于一个城镇的样子。太阳不知道什么时候躲到云的后面去了，密密叠叠的树使一切都显得青幽幽的。车子驶上一条弧形的街道，路上行人寥寥，远远看得见刘方信的黑色车的影子。我们开过一家貌似酒吧的店铺，有着猫脚柱的浴缸放在门口，穿黑色纱衣的女人从里面站起来，尖声地大笑着，说的什么话，我没有听懂。一家音像店的门口蹲着一个抽烟的女孩子，她的嘴唇是深黑色的。我们的车子从她身边开过去的时候，她看了我一眼。她的眼睛是纯黑色的，没有眼白。

我握着方向盘的手渐渐地冷起来。于言的沉默让我不安。我正打算讲个笑话，他忽然抬手指着前面：“喂！”我抬头看去，原来不知不觉中，刘方信的车已经停了。我也把车慢慢地停下来，压低了帽子看着前方。这是我们第一次这么近打量他。他的头剃得很干净，皮鞋一尘不染。他从那个狭小的楼梯入口上去，我们等了三分钟才从车里出来，跟了上去。那是很古旧的木头梯子，每走一阶都有腐化的泥土飞扬到面前，甜腻发臭。我们在老乞丐说过的那一层停了下来，门是开着的。屋子里非常热闹，小孩子尖声笑闹的声音。于言的脸很苍白，我捏着他的肩膀，他微微地摇摇头。门在这时候开了。尽管事先有心理准备，可是我的手还是抖了一下。那是个个子很高的男人，嘴里咬着一根银色的雪茄。他的牙齿洁白，脸上似乎挂着热情洋溢的笑容，然而那不是笑容。他的身上没有血肉，隔着黑色的长礼服，我隐隐约约地看见他的肋骨。那张“笑脸”对着我，发出了一声不算亲切的问候：“二位要什么服务呢？”

于言哆嗦着，没有发出声音。我舔了舔嘴唇：“我们来找个人。他刚进去。”

“笑脸”笑得更厉害了，下颌骨敲打出“嘎啦嘎啦”的声音：“我们这儿的客人都是独来独往的。您二位找的是谁呢？”

我张张嘴，于言瞪了我一眼，说：“那是我们搞错了。我们不找他了，但我们可以进去看一下吗？”骷髅打量着他，手轻轻地抬起来：“没关系。请里面走。”

屋子里也是那种烂木头的甜腻味道。第一间屋子里坐满了打游戏的小孩，他们每个人的头上都插着无数根细细的红色管子。“游戏场。”骷髅人介绍说，“您能想到的，最有趣的游戏都在这里了……”于言迅速地在里面找了一圈，对我摇头。刘方信不在里面。于是我说：“再看看别的。这儿人太多了。”“笑脸”哼了一声，飘飘地向前移动。右手边的屋子里，有很多孩子在吃东西。刘方信也不在那里面。趁着“笑脸”给于言介绍“美食场”

的时候，我挪到刚才紧挨着“游戏场”的那间屋子。不知为何，我对这间紧闭的屋子有种说不出来的感觉。门只推开了一条小缝，巨大的“嘎吱”一声。在那个瞬间，我看见屋子里的东西，心凛然一动。有个四十岁上下的女人跪在一片黑暗当中，她的左手被一根红色的细管子吊着，连向天花板，一路蔓延，通向隔壁的游戏场。她看见我，黑色的，泥淖般静止的双瞳。她先是沉默，继而尖叫起来，我不由自主地向后退去。一双冷而锋利的手在那个瞬间托住了我。骷髅的嘴凑到我耳边，发出磨损骨髓的声响：“客人最好不要乱走。”他轻轻地推上门，门震耳欲聋地闭合。在那瞬间，我看见无数金色的碎片向那女人飞过去，她的脸在那一秒变得年轻起来，十六七岁的样子。她看着我，说了一句话，之后，门便关上了。

于言凑过来说：“那是什么？”骷髅扳转我的身体，“我们最好的造梦人。不过她最近心情不好。”他脸上的那个笑正对着我，亮晶晶干净净的。我在倏然间感觉一把冷刀子插到了胸口上。“不要再问了。记住我们是来干什么的。”我对于言说。

我们在第三个房间找到了他。刘方信。于言一开始没有认出他。他变年幼了，从四十五岁的男人蜕变成七岁的小孩子。我记得照片上他耳朵上的那颗痣，而且还有别的什么东西，让我知道那就是他。他在那里，一个人玩堆沙堡的游戏。“童年之境。”骷髅骄傲地说，“我们所有场馆里最具治愈功能的一个……让人们摆脱繁杂的现实……回到无忧无虑的小时候……”

我和于言没等他说完，就把刘方信拽了出来，一路狂奔。于言一直嘟囔着：“赶快离开这个鬼地方……”在我们逃到车子上之前，刘方信一直呆呆地抱着他的那个沙堡。我们的车子飞快地沿着来时的路向外驶去。于言一直盯着后视镜，对我说：“千万不要回头看。千万不要回头看。”太阳不知道什么时候突破了云层的包围，左边的马路上，有一只低头嗅路的狗忽然站起来，变成了一个西装革履的男人。我看见之前音像店门前的那个女孩子，她不知何时换了校服，青春可爱的样子。我们掠过她的时候，于言举起左手，让我把车停下。他把她拽到车上来，然后对我喊：“不要停，一直开出去！”车轮驶出公园的瞬间，我听到什么坍塌的声音。回头，看见公园门口又恢复了正常。没有高大的男人，没有甩动的尾巴，只有两只石头狮子站在那里，张牙舞爪。

车后座的两个人带着呆傻的表情。林彤和刘方信端庄地坐在那里，刘方信的手里还抱着那个沙堡，林彤的校服看上去那么地不合身。刘方信先开的口：“你们是谁？”他的声音低沉浑厚，听上去像个顶天立地的男子汉。不知道为什么，我特别想笑。于言点了一支烟，还没放到嘴边，他就笑起来。我跟着他笑起来，哈哈哈哈。这样笑啊笑的，眼泪就出来了。我说：“于言，你知道吗，我想起来你什么时候救的那个小孩了。你还记得去年上山的时候，我们从马路当中救的那只小狗吗？脑袋顶红一块那只？”他愣了一下，然后哈哈大笑起来：“是啊！原来是这样啊！”林彤已经恢复了楚楚可怜的神情，也发现了她身边的丈夫，她抓住他的胳膊喊起来：“你去哪儿了……”然后开始大声地哭泣。刘方信对她看也不看，仍旧对着我和于言：“这两位先生，你们能不能告诉我，究竟发生了什么事情？我和我太太为什么会在这里？”我愣了一下，看着于言。他笑得更厉害了，被烟呛得蹲下腰去。我们哈哈地笑着，像两个疯子一样。我们的笑声中夹着林彤的哭声和刘方信一本正经地询问：“先生？打扰一下……先生？”

阳光透过车窗照在刘方信怀里的沙堡上。坚硬的墙壁慢慢融化坍塌，消散成金色的光。我想起了那个手臂被吊在天花板上的女人对我说的话。她说：“现实的光会像刀子一样毁掉所有人的梦之城，可是我还没有放弃。”阳光下面，公园门口的喷泉造出了一道彩虹。它的一端停止在刘方信手上的沙堡尖顶，另一端指向很远很远，我们都看不见的地方。我想，那个城市，应该是真实的吧。

（完）

“装模作样。”K盯着马修，“无非是说人类沉迷欲望，最终失去灵魂和身边人。卖大麻的有资格讲这话？”

马修叼着烟看他：“我没有影射什么。我只是讲我朋友遇到的事情而已。”

K的姐姐是虚拟实境游戏公司【浣熊】的创始人，一开始因为技术不成熟，死了很多玩家。K感到马修是在针对他，但其实众人都看得出来，马修并不care他。在四十几岁随心所欲的颓废表层之下，依稀可以看得见马修稚气单纯的一面。所以并非他每次故事讲得有多好，而是这么多年了，他仍然没有变，让人满心喜欢。

Vermeer看着马修，嘴角带着个意味不明的微笑，手里的刀子却娴熟利落地切开牛肉。迷迭香溶化在汤汁里，像一个小孩子的梦。

她问下一个讲故事的人是谁。颜茶擦了擦嘴，举起手。她五官平常，皮肤雪白，微微有些婴儿肥。喜欢穿有蕾丝装饰的棉布裙子，乌黑的头发扎成马尾，发尾微微卷起。颜茶出生在首尔，一直以高中生的身份出现在泰国、新加坡、日本和中国。她第一次来花园讲故事的时候，首尔还被叫作汉城。

“这个故事是某一年中国的高考作文。”她欣欣然地开口，对身边的夏扬眨了眨眼。

<The 3rd Story>

回到原点

[1]

颜茶剪完头发的时候，已经是夜里十一点了。店主人忧虑地看着玻璃墙外的天，话音里有了歉疚：“有人来接你吗？要不要我帮你叫辆车？”

颜茶把衣服上的头发拍掉，动作又轻又舒缓，有老人家才有的淡泊，“没关系，我家离这里很近的。”

出了门才觉得夜真的很深了。郊区的小路，人烟稀少。石桥又窄又短，水渠里浮荡着满满的菖蒲和野草。银白色的花穗在夜里显出鳞片一样的滑和冷，萤火虫和嗜血的蛉在荒原上漂泊，有不知什么哭的声音在远山的影子里虚虚实实地歌着。

颜茶深吸了一口气，朝着那片荒山走去。

她选的方向并不是回家的路。她家在市区，有灯有火有人气的市井之地。她走的路却是另一个方向，更偏，更黑，更远离人间烟火。过了二三十分钟，有个人盯上了她。他骑着车在她身后不远不近地跟，嘴里口哨轻佻地响。

颜茶很喜欢这样的时候。暗夜。森林。没有边际的田野。星空和神明在头顶很高很遥远的地方。她离家很远，无依无傍。她可以毫无顾忌地迷路，可以走到死胡同里，可以去空无一人的工厂和废楼。只有这样的时候，她才会觉得这个世界是公平的，它从你这里拿走了什么，就要拿另一样东西来置换。

不过她还是小心地和那个人保持了一段距离。不管他是开玩笑还是真的不怀好意，颜茶都不想在这个时间离其他人太近。

她看了看表：十一点五十三分。

那是一家二十四小时营业的自选超市，建在加油站的旁边。她进去买了薯片和玉米饼，结账的时候发现那个人依旧在窗外徘徊。她猜不出他的年龄和职业，她骨子里是个内向的人，从不会主动和人说话，更不用说观察陌生人的言行举止借此来推断对方的身份。

所以她思考这些用了很长时间，结论却并不很乐观：她只看出他的眼睛很亮，像是喝醉的人，又或是没有吃饱的野犬。

她从超市出来后，他寸步不离地跟着她，不时地用自行车的前轮撞她的小腿。她的裙子很好看，白色和粉色相间的花图案，她一直很喜欢。也许是因为这个，第三次被撞的时候，她扭过头来，想要说两句什么，结果却被人直接推倒在路边。那个人伸手掐她的脖子，他一身酒气，笑得十分天真。

她在那时想起来他是谁。然后下一秒，她忽然消失了。

[2]

十层楼的公寓，它在五层。每层七户人家，它在正中间。

颜茶躺在床上，盯着天花板。贴近下巴的地方还残留着那个人红色的指痕。她等心跳平稳后坐了起来，手里还捏着那一袋子零食——薯片、饼干、牛奶、玉米饼、香肠片……都在。

换鞋、刷牙、洗脸。然后坐在电视机前，打开了薯片。一面看体育新闻，一面听厨房小炉子上牛奶“噗噗”地沸腾。

她反应很慢，有些别人一眼就能看穿的事，她要隔上三五天才能明白。电视里小牛赢了热火，成了NBA总决赛的冠军。她关了电视，抱着热牛奶回到床上，看了半章小说。然后，猝不及防地，眼泪大颗大颗地砸进茶杯里，如三分投篮，精准痛快。

第二天上课的时候，眼圈还是红的。教民法的老师笑嘻嘻地拿她开涮，其他人都笑了，颜茶自己却仍旧呆呆恹恹。直到中饭，大师傅恶狠狠地给她加了一碗牛肉汤和四个小笼包，那张脸才渐渐亮起来，于是她又恢复成那个天生乐观、百毒不侵的颜茶。

“今天晚上乐队训练，你来不来？”林茜一面从她碗里偷菜，一面问。

“什么时间？”

“九点到十二点。”

颜茶愣了一下，“这么晚？”

“有车接送的。”她神秘兮兮地眨了眨眼睛，“她们都来，还有宋翊寒。”

那名字很不一般，不远处的几桌人都抬起头来看。

颜茶低头思索了很久，“不，还是不去了。”

下午因为运动会的事提前下了课。颜茶从学校出去，坐地铁，到万仕街，一个人吃冰激凌，一个人看电影，一个人逛蜡像馆。到了晚上七八点，华灯初上，她买了火车票，单程，一路向北。四个小时后她到了天津。

那是她当天坐火车能到达的，最远的城。

逛街。看着街上陌生的人，听陌生的方言。在夜市上吃糖葫芦，吃羊肉串，跑到街边看陌生的老人家下棋打牌。她变得很健谈。她在学校和家里的时候，都会很安静，看见陌生的老师和邻居还会脸红。然而一旦到了夜里十点、十一点的时候，她就莫名地勇敢起来——想要说话，想要遇见更多的人，想要听见不同的声音，想要做更多不同的事。

她会和酒鬼打不正常的赌，去那些同龄人不敢去的地方。去公墓，去监狱，去地下歌舞场，去鬼气森森的废弃教堂……还有午夜的海，还有山。她真正没有试过的，是在午夜十一点五十九分从摩天大楼顶上跳下来。

她当时只是坐在那里，半身倾向外面——她其实知道没有危险，她计算过落下所需要的时间，6秒多一点。而且她的表很准——然而她还是不敢。她想如果是其他人的话，也许已经做过更疯狂的事了。乘船漂到海里去，坐飞机到空无一人的沙漠中心，攀爬到悬崖顶端……自己真的很没胆。她恨铁不成钢地想。

然后那个念头又像潮汐夜落后海滩上的贝一样浮露出来：

还有其他人和她一样吗？

[3]

第二天下了雨。颜茶忘了关窗，有只灰鸽子误打误撞飞了进来。颜茶把它放了。第三天晚自习回来的时候，那只鸽子果然被困在了那里。

颜茶从前也试着把房间里的东西拿到外面去。垃圾、牛奶瓶、空盒子……然而每到午夜十二点，它们都会自动回到门口的位置。她不得不在阳台搭了个垃圾间，存放废纸和其他用不上的东西。后来她学会了在外面解决食物和其他问题，偶尔买东西回来，也会全部吃完。

不知道从什么时候开始，只要进到过这个房间，无论是人还是物，就永远无法离开。

她叹了口气，隔天去买了鸽子粮，又拿木板搭了小屋，拿颜料上了颜色。安了两个门放在窗口那里，方便它进出。

颜茶每次出门都会很小心地锁好门。不是怕东西被偷，就像之前说的，这个房间里的东西是偷不走的，能离开的只有水和风。她是害怕有贼被困在这个家里——每天夜里十二点，和她一起躺在那张木头大床上。她也想过是那张床或者那只钟的问题，试过把那张床拆散挪开，把钟打烂。然而结果只是发现自己躺在地板上，不知道躺了多长时间，而已。

她想过去找警察，想过给家里的大人打电话抱怨。但她最终还是做了胆小鬼。如果警察和爸妈都被困在这个房间怎么办。她不想他们也被人当作异类，被怨恨。而且她很能忍。她虽然知道早晚有一天，她要把这件事告诉给什么人，也会有人帮她把这件事解决，然而一旦习惯了什么，她就会渐渐忘记它的伤害。这一点和她那做了一辈子皮革女工、最终得了皮肤癌的外婆很像。

颜茶在星期四的时候看到了宋翊寒。他不是一眼看过去十分漂亮的人，五官不够锐利，没有那种咄咄逼人的气势，也不显得十分聪明，反而有种孩子气的随意。他站在那里和一群人说话，他们的眼睛都盯着他一个人。他看了看表，拍了拍身边那个男生的肩膀，一脸歉意地转身。颜茶不由自主地跟过去，一直出了图书馆，出了校园。

到了明七广场那条步行街的边上，她才忽然意识到自己在干什么。没有任何犹豫地，她拽过那个卖气球的小丑，把自己藏在一堆灰太狼和海绵宝宝的气球后面。等心跳不那么夸张了，她才抬起头看过去。

他已经不见了。

她是在夜里十二点的时候，发现那只鸽子死掉的。下午她又坐地铁去了离城区很远的小镇，上了渡轮，过了江，听山上庙宇里的老和尚讲了一夜的经，下山的路上把一群等日出的高中生吓得够呛。

也不知道为什么，她看见那只鸽子倒在地板上的第一个反应不是伤心。她默默地帮它清理血迹，默默地把她给它做的房子捧到天台，默默地点了一把火，把它们烧干净。

鸽子是被利器划开肚子死掉的。也许是小孩子，也许是饭店厨房的大师傅，也许只是山里野营的食客，也许什么都不是。颜茶想着这只鸟最近这几天的生活，猜测它都去过哪里，见过什么，有没有碰见自己喜欢的白鸽。也许它之前有一个家，也许它有一窝很小的雏鸽。也许那天它正和自己的家人说最后的话，然后忽然间午夜钟响，它就被送到这里……颜茶发现眼泪出来的时候，它们正坠落在火焰上，红色变成苍白的金黄色。

她回到家，发现有人来过了。东西没有翻乱，但她只一眼就看见了摆在窗口的那一盒白色的花。那是白得发亮的小铁皮盒子，半盒子水，半盒子白荷。蓝色的夜摆放在它身后，那种不动声色的新鲜华艳，惊怖震撼。

铁盒下压着一张纸，半行字，“别太难过，别忘锁门。”

[4]

颜茶一晚上都没有睡着。她做了很多梦，一张张人脸从眼前晃过，她试着从他们当中猜出那个送花的人是谁，但她很快就厌倦了。只要隔天夜里十二点就可以亲眼看到那个人了。她只要准备好手机和小刀，随时准备打给110就好。也许可以在床上安一个机关，把那个人弄晕掉。她认真思考，并真的画了图、设计了圈套。

等到了那天夜里，那个人却没有出现。

第一天。第二天。第三天。

他都没有出现。

到了第四天的时候，林茜终于忍不住了。

“你最近发生了什么事吗？为什么天天来上课了？还老老实实和我们一起自习了？”

颜茶盯了她半晌，而后一本正经地把书一摞，“快到期末了，你也该好好学习了。”

颜茶其实是很高兴的。她买了花瓶，把荷花养了起来。她买了彩色的小便笺，开始在房间里四处留言。她很容易想到事情好的方面：既然有人有办法进来而又不被十二点的魔法抓住，那么她自己也早晚有一天能从这笼子里出去吧？

她想过其他可能，比如那个人是不是用其他工具把花从窗口送进来？比如那个人会不会藏在房间的某个角落里，等她不注意再偷偷溜走？她脑筋转得很慢，但她想得很周全。

最终结论是：她不是唯一一个被圈在这个房子里的人。有个人比她厉害，他也进到这个房间了，但他没有被限制住。如果她找到了他，那么事情就可以完美解决了。

既然这样，就没有理由不好好上学了。她又开始买喜欢的衣服和小东西，还有吃的。乐队那边，她开始很卖力地练长笛，还被选上参加艺术节的正式表演。她是很单纯的人，一旦高兴起来，就会认真执着得令人刮目相看。至于那个没有出现的送花人，她想得很简单：留字条给他，天长日久，总有一天，他会露面和她交谈的。

放寒假的前一天的夜里，颜茶在一家酒店里坐到很晚。她在大厅里听那个陌生的女孩子弹钢琴，长毛地毯让浮华的金色十分温馨。她在深夜的街上找到了一家营业到十一点的书吧。冷色的光，咖啡色的地板。她在那里找到了一本拉封丹的《寓言》，她小的时候一直想周游世界，到喜欢的画家和喜欢的作家出生的地方，看一看。她被困在那座公寓里之后，就很少想这些了。不过她也不是很难过。有些人，就算是没有被十二点的魔法所束缚，也不能自由地飞翔。大家都是被不同的笼子关着、不同的链子锁着，不过有些人的笼子大一些、有些人的锁链长一些罢了。

她就坐在那里看书，直到开书吧的老先生拿着茶杯开始撵人。她到了公园里，坐在秋千上，后来又干脆坐到滑梯上，一路滑到地面。那个公园是新开的，颜茶以前没有来过。树林阴仄，影子又浓又暗又密集。有个像是格林童话里的小房子立在不远处，白色的墙壁从暗夜森林里突兀出来，如同鬼怪的骨骼。她想进去看看，最终还是没有。二楼亮着灯火，白色的窗纱后光影绰绰，那是年迈的老人家为了省电而点的小灯。她不想闯进去，而后又当着他们的面凭空消失。

颜茶在那个瞬间，被人扑倒在灌木丛里。她没来得及喊。那个人用什么东西塞住了她的嘴，而后一手举着刀子，一手在她身上摸索。他拿到了她的包，另一个人从里面翻出了钱和手机，他们互相交换目光，头不约而同地点了点。那间小房子的灯忽然亮了，颜茶在那个时候看见了面前两个人的面容。都是十四五岁的男生，稚气未脱，而又过早地，光芒暗淡。

她真的没有害怕。还有不到半分钟就到十二点了。她知道看见抢劫的人的脸不是件好事，有很多人被打劫的时候，会主动闭上眼，这样就不会被对方记恨。她瞪着眼看着那两个男生，看着他们当中的一个人的脸忽然扭曲起来，并恶狠狠地把刀挥过来。她其实不是吓傻了。她只是忽然想起了一件事情，就像猛然间摸到了电灯开关，整个房间都亮了起来。

而后她看见了第三个人，他把她从那两个人的手中推开。而后她听见叫喊声和警车鸣笛的声音，一道银白色的光在空气中划出破裂音。

而后她从他们身边消失，回到原点。

[5]

颜茶最初见到宋翊寒，是在医院的义务献血窗口。她排在他的前面，大概一天半后，她收到自己HIV阳性的报告单。

两个月后，市里开始疯传宋翊寒得了艾滋病的事。颜茶家里的人暗自庆幸，以为是医院弄错了标本。颜茶的妈妈兴冲冲地带她去了三家不同的医院复查，结果却木偶人一样地败退回来——三次都是（+）。

这么大的医疗事故，却因为种种原因压了下来。最终知道宋翊寒是因为输血被颜茶感染的人，不是坐牢，就是选择了缄口。颜茶初中做过一次心脏手术，她妈妈查来查去，发现她得病的根源是在那时候。然而尽管很笨很迟钝，颜茶家的人也懂得有些事最好不要被太多人知道。他们把秘密藏得很好。宋翊寒则不同。他把自己得了艾滋病的事弄得人尽皆知，做了很多公益活动，搞得跟明星一样，却丝毫没有提颜茶和他的关联。

她有时会害怕他，觉得他会杀了她。那天在超市外面看见他，他喝醉的样子像另一个人。眉眼，唇牙，双手。她以为他想掐死她。

然而刚刚，在那个灌木丛里，他又救了她。他把颜茶从那两个人身边推开。如果他不这么做，十二点的时候，她会把那两个人一起带回这个家，就像那些被她拎在手里的零食一样。

她躺在床上，盯着天花板。

隔天的时候，没有见到宋翊寒。新闻头条也不是“艾滋病患者勇斗歹徒”，整件事连影儿都没有。按理说，既然有警察去了，事情应该不会这么简单就完结才是。

她仍旧每天四处游荡，夜里十二点被送回家里。她察觉家里有一些变化，具体是什么，她说不出来。好像是有什么东西消失了，死掉了。她总闻到一丝若有若无的香椿的味道。她开窗放东西南北的风进来，却吹拂不散。

然后大概一个月后，她听说了宋翊寒死在公寓里的消息。

他是被一个互助协会的会员发现的。他们有一个定期的聚会，他没按时参加，电话也打不通，于是他们就去了他的家里。他腹部受了十二处刀伤，因为感染而死。在他家里他们还找到了一水池荷花和一个可以发出警笛声音的MP4。

然后，一件十分奇怪的事在网上流传开来。宋翊寒的家安了铁门，一般人很难进去。那些会员是把铁栅锯断才进去的。那天帮着把宋翊寒抬出来的有三个人，这三个人后来都住进了那间公寓里。这多少有点诡异，按他们其中一人的说法：迫不得已。

有个昵称为“红月”的网友说，那个公寓被下了死咒。凡是进到过那个房间的人，都会在午夜十二点零一分被送回到那里。

颜茶看着笔记本屏幕上跳动的字符，手里的饼干就悬在半空里。她有好长一段时间没有明白那个“零一分”的含义，然后等她明白过来的时候，她踉踉跄跄冲出卧室。她在整个屋子里寻找。壁橱、阳台、洗手间……然后她在厨房的一个角落里，发现了一摊已经干涸的血迹。

颜茶每天十二点会被送回自己家，宋翊寒则是先被送入她家，之后被十二点一分的束缚送回他自己家。那一分钟，他一直躲在她家的角落里。

她去他的墓地。她抱了一大束百合，还有天竺葵。她是很拘谨的人，于是没有同他长谈。

她说她会念完大学，考一个土木工程的硕士。

她说她会想办法把那两栋房子拆了，她的和他的。

她说她参加了他创办的互助协会，现在已经升职为副会长了。

她说完就在他身边坐着，听地球在他们脚下静静旋转。坐地日行八万里，巡天遥看一千河。这样说来，每个人都是被囚禁在这颗蓝色的原点上，被它的魔法所浸淫，却也因为这桎梏，而奋不顾身想要活得自由的勇者。

夜深如海，星云相见而又诀别。远处山影层叠，妄生为魇。

她说对不起。

In youth/ when I did love/ did love/ Methought it was very sweet/ But age / with his stealing steps/ Hath claw'd me in his clutch/And hath shipped me intil the land/ As if I had never been such

（完）

众人帮着 Vermeer 收拾桌子，把洗好的空盘子放到架子上，然后推到朝阳的那一面阳台。北面的阳台对着树林，墨绿色的影子和金色的日光，在白瓷砖表面轻轻晃动，风里有薄荷糖的味道。颜茶问：“这个故事好不好？喂，我的中文有没有进步？”其他人沉默。Vermeer 戴着厚厚的棉布手套，把烤箱里的草莓派拿出来，夏扬觉得自己的胃快被撑炸了。

白象坐在夏扬旁边，玩着咖啡杯子里的小勺子。她说：“这种事也不是没有发生过。可以让人总是回到同一个房间的‘术’叫作‘雍崎西见’，是‘饕餮’的排泄物。饕餮什么都不想失去，总想把自己的肠胃填满，所以被‘雍崎西见’捆缚的人，也总是会回到同一个地点。”

“说得和真的一样，我活了这么多年，可从来没有看见过。”菅野冷笑，用食指和中指夹起一枚切成小块的草莓，扔到嘴里嚼了起来，“所以过了零点颜茶就会从这里回到她的家喽？”

“没有看见过不代表不存在。”Vermeer 插话，发小饼干。她看白象的眼神，像是看着一个已经死去很久的人的墓碑。死人是不会撒谎的。

“我讲自己的故事吧。”白象丢掉勺子，对 Vermeer 说。

✠

<The 4th Story>

客神

市南的街区荒凉破败。卖茶叶蛋的老婆婆端坐在街口，做游戏的孩子们叽叽喳喳地跑来跑去。我们等了很久，那男孩才出现。他和他爸爸一样，都很邋遢，同样的校服也能穿出不一样的颜色。爸爸锁好车子，嘱咐我不要乱走，紧跟着那个男孩消失在巷子。我踢着石头，哼着歌看浮云过隙。有个蒙着眼睛的孩子摸着墙壁一路走过来。他穿了件墨绿色的衣服，一路咯咯地笑着，声音在石头上回响。他走过我身边的时候，一把抓住了我的手。他说：“我听见你了。”我说：“抓错人了。”他笑起来，露出上下交错的尖尖牙齿：“没有错。抓的就是你。”

爸爸工作的地方叫作“百物客神协调局”。爸爸负责驱赶非法移民的客神，按妈妈的话讲，这是个“吃力不讨好”的工作，但爸爸总说：“至少它很重要。”每当爸爸喝高了，站在厅里发表雄心壮志的时候，小米就抱着我的胳膊说：“你是个白痴。你挑的这户人家和你倒是般配。”太过分的时候，我就揪着它的尾巴做手摇风扇，直到妈妈听到它的哀号冲过来拯救。它擅长伪装成可怜的猫，只是笑成月牙形的眼睛无论如何也做不出悲痛的表情。

我费了很大力气，才把胳膊从那个孩子手里抽出来。我看着手上的勒痕皱眉抬头，那孩子冷笑后退，手指变成青色的刀子。这个巷子里的孩子没有老师。他们为了填饱肚子结对作战，甜美的充当诱饵，机敏的负责偷袭，强壮的守在最后。我低头躲过了第一次攻击，转身的速度却慢了些，额头被切出一条血线。为首的孩子呼吸急促起来，年幼的弟妹迅速跟进，天真的眸子里写满了渴望。他们太想吃饭，却忘记了检查食材。我和爸妈混的时间实在是太长了，发色和瞳仁早已变不回原来的颜色。我花了几分钟的时间才露出牙齿，饥饿的孩子们慢慢地清醒过来，失望地退出了巷子。我看着他们的背影，心慢慢揪起来。爸爸去了很久，不要挂掉才好。我拔了一根头发，用咒把它结在自行车的车把上。打结的时候，那个老婆婆一直侧着身子吹火。等我打完了，她伸出拇指摇摇，说：“您至少一千岁了吧？”我抬头看她，她微笑摆手，没有再说什么。

巷子里的墙壁被爸爸用粉笔下了咒，我摸着那些红色的纹路，一直走到那个院子门口。白色的铁皮缝隙里，看得见爸爸正在和那个男孩子说话。他们的表情都很认真，像辩论赛上的辩手。爸爸微扬着下巴，眼角轻轻皱起。每次他接妈妈下班的时候，也是这样的脸：很疼爱，很无奈。爸爸没事，我就站在门口静静地等。风里是泥土和蒲公英的味道，还有让我不安的气息。我开始习惯性地默念龙鳞咒。我念到第三节的时候，那个叔叔出现了，他蓄着一下巴的胡子，看起来很凶很威猛。他看见了我，目光先是犀利，继而温和下去。他和巷子里的那些孩子们一样，被我的外表给骗了。

“你是谁家的？来找元献吗？”他一面开门，一面微笑着问我。我摆弄着狗尾草，没有应声。他若有所思地推门进院，不出所料，看到爸爸徽章的那一瞬间他就爆发了：“谁让你进来的？”爸爸开始低声下气地解释，局里的新法令啊，注册的单子寄过来却没有回应啊……妖怪叔叔已经把棍子抽出来了，爸爸才想起来去拽兵器。院门打开后，让我不舒服的那个味道就浓了些。我站在门口大喊：“快跑啊老爸！你打不过他们的！”爸爸顿时醒悟过来，冲出来拉起我就跑。我一面逃跑一面回头张望，愤怒的叔叔大声叫嚣着，元献站在他身后，一脸天真的恶毒。

晚上，爸爸买了妈妈最爱吃的龙虾回家。他一向不擅长撒谎，妈妈很快就抓住了破绽：“等级G的客神，你还和它谈心？”妈妈生气的时候就把电视开得很大声，我和小米在天气预报的音乐里跳草裙舞，庆祝爸爸又一次捅了马蜂窝而大难不死。然而隔周的时间，新的通缉名录发下来，妈妈指着元献问爸爸：“这个拿了 BOLIN 金库五百万的孩子不是你负责的那个吧？”

他们都说爸爸是个同情心泛滥的人。他总以为世界上的人都是水分子，境遇不同不过是落进了不一样的河流里。即便是那些最坏的人，爸爸也总是说：“如果没有遇见×××，我大概也会是那个样子。”爸爸忘记了，有些路都是那些人自己选的。他们既不是什么迷途羔羊，也不需要别人的怜悯或拯救。爸爸借出去的钱很少有回来的。昔日的朋友因为窘迫变成了坏人，再后来，就变成了陌路人。即便这样，爸爸仍然没有忘记他那可笑的理论——大家都是一样的。

然而，即使是爸爸这样的人，耐心也是有限的。再去元献的巷子时，黑色咒文遍布了两面的砖墙。这咒文太强大，巷口的闲人都散了，元献却依旧淡定自若，该骑车回家还是骑车回家，红领巾快乐地甩到脖子后面。我站在路口那儿等他，他掠过我身边的时候，我说：“你打算什么时候从那个孩子的身体里出来？”他停住车子，转脸看我，那是看流浪猫的眼神，“让你爸爸小心些，下次就没那么快逃掉了。”我说：“五百万花得很爽吧？你最好趁早搬走，不然下次来的就不是我爸爸了。”他的嘴角扬起来，眼睛变成铁白色。我本想和他好好谈谈的，可是很久不和同类说话了，舌头和牙齿不听使唤，放出的都是挑衅的鬣狗和游荡的蛇。他说：“你胆子很大啊？我要是在这儿吃了你，你爸会疯掉吧？”他摇摇头，“就他那个笨脑袋，大概会把我当亲儿子养起来。”他没有看出我是同类，误解了我家的情况。我装作吓坏了的孩子，转身跑开。

每当我讲起这段，小米总笑倒在床上，“小猫个咪咪的……这孩子真是太有才了……”

妈妈嫁给爸爸之前，我和爸爸住在隆城火车站边上的一座老公寓里，我们最喜欢的事是站在天台顶上，对着初生的太阳刷牙做操。爸爸养了很多金鱼。黑色的，红色的。他喜欢一面吃早点一面听新闻，用隔日的报纸教我做纸飞机。那时候我还不知道他是猎妖人，而他直到现在也不知道我是客神。爸爸带着我一起工作，是圣诞节刚开始流行的那会儿。我看着他抓的第一个客神，是个卖气球的中年男人，正身是菩提木，有着一双忧郁的眼睛。我一直记得他，因为他是少有的几个识破了我真正身份的人。他识破了我，却什么也没有对爸爸说。

之后的两天晚上，我没有回家。我光着脚在江上行走，太冷了就站到大桥上，用灯光将水迹擦干。黑色的汽车，红色的汽车，一辆一辆，一闪一闪。他们像游鱼一样掠过我，不在乎我是个真实的小孩，还是他们醉酒后的彩色梦魇。我看见了人就说："您愿意做我的爸爸 / 妈妈吗？"他们有的后退叫嚷，有的只是眯着眼睛上下打量。然后，我看见了妈妈。她穿了一条单薄的米色裙子，圆圆的帽子压住齐耳短发。她拎着一只银丝笼子，里面关着一只红色的鸟。她站在那里等我，就像知道后来所有的一切一样。

小米常说："老爸老妈是这个世界上最傻的猎妖人了……哎呦喂……"它爱爸爸妈妈。但它不相信，不相信他们知道它的身份后，还会爱它。

妈妈每个月只上十天班，拿的工资不多，但很清闲。我缠着妈妈一个星期了，她终于答应带我一起去工作。一进大楼，我就抓住了小罗阿姨，使出浑身解数让她带我去禁书区，十五分钟后她妥协了，冒着被开除的风险把我送到了档案馆。那儿有两面墙：

白的那面存放“百物”的资料，灰的那面存放“客神”的资料。我在灰色的那面翻找了很久，一无所获。然后，在最后面的红色书架上，我找到了那本年鉴，上面介绍了1771年的那个案例。随着书页翻动，我的心缓缓地沉向深处。我刚查完，值班人就进门了。我顶着隐身的卡片坐到窗户上，抱紧膝盖屏住呼吸。远远的公园门口，有个老爷爷在拉二胡，柳树垂落枝条，将他环绕在阴影婆娑之内。我听不见他的曲子，但他的样子和我一样悲伤。

这个世界上的东西分成两种——百物和客神。百物出生下来就有躯壳，比如植物、动物、人。客神出生的时候只是一团没有面目的雾气，它要寄生在百物的身体里才能够存在下去，然后，它会慢慢地霸占这身体，反客为主。客神一生中可以有很多躯壳，每当一个客神进入新躯壳，被舍弃的旧躯壳就变成“不破茧”，其他的客神无法进入不破茧，，如果百物原来的灵魂还没死，那么它就变成了对客神免疫的“蝶”。这种情况极其少见，因为百物的灵魂很脆弱，一旦被寄生，常常活不了几天就死了。一个客神换的躯壳越多，拥有的面具也就越多，它们通常被叫做“水”。“水”可以伪装成任何东西——只要它曾经在那个身体里居住过。

元献换过很多躯壳，他喜欢成为人类，他还年轻，不知道疯狂是有保鲜期的。如果他碰到的是以前的我，大概已经在巷口那里被我吃了。我对所有不能控制胃口的动物都没有爱，他们不懂得给大地休养生息的时间，只掠夺，不播种。我留心元献，最开始只是想帮爸爸的忙。我没有想到他真有不同寻常的事。算术课本没有错——每道题都有一个简单的答案和一个复杂的答案。复杂的那个，通常是真的。

我在人群中推挤张望了很久，终于在露天茶座那里找到了元献。他穿了一条湖蓝色的裙子，金色的长发垂到肩膀；戴着一条很贵重的四叶草晶石项链，远远地缭乱了我的眼。他永远都不同寻常，用各种方式。我微笑着朝他走去，伪装成孤单的绅士。他没能认出我来，这就是两千年的客神和三百年的客神的差别。

“小姐，你在等人吗？”我说。

他抬脸看我，天真无邪。我拉开椅子坐下，露出袖口银扣，那上面绘着王冠和火焰，还有，一千年前的我。他很聪明，只一瞬便识出我的身份。杯子在他手里颤抖起来，他的脸在那一瞬间变了无数次——十二岁的少年、意大利裔少女、苍老的男人……在众多面孔中，我竟然发现了几个熟人。我知道他很贪婪，比我以往认识的“水”都要贪婪，但他仍然让我大开眼界。

他支着头，皱眉闭眼，然后又恢复到那个好皮相——白皙的脸和碧蓝的眼，只是唇边的笑消失了。“吃了我你会后悔的。”他说，“我的老师是卷眈先生，鱼龙族里的青龙先生也要让他三分。”我说：“我没有吃你的意思。要想吃你，在巷子那儿就吃了。”我给他看我平时用的那张脸，他这才认出我来。“你究竟想怎样？！”他把杯子摔到桌面上，瓷器裂成两半。我看着他，感到难堪。

“不要因为我和猎妖人住在一起，就怀疑我的身份。如果我想吃你，还是可以吃下去的。”我说。他看着我，愤怒和恐惧渐渐退去，变成了一种更阴祟的东西。我叹气：“我提三个问题，你好好回答。”他看着我，露出一个无所谓的笑。“第一，抢银行的事，是你要做的，还是他们要挟你做的？”他回答：“我自己主动要求的。”我点头：“第二，你们打算什么时候把钱还回去？还是说，就这样算了？”他像是看见什么稀有动物一样看着我，我一动不动地回望。他再开口的时候，是用那个十二岁男孩的声音说的，我的心颤抖了一下。“我们没准备还。我们想要过最上等人类的日子，这次不过是个开头。”他说完了，直起身体，“最后一个问题是什么？我没时间和你玩。卷眈先生很快就要来了。”

我看着他身后的人群，有个孕妇在和她的女伴谈天，粉红色的脸特别好看。我一直都很羡慕人。他们学会了改变世界，不用再为世界改变自己。没有面孔的“水”，是幸福的，还是不幸的？

“第三……”我望着他的眼，“你还记得自己最初的脸吗？”

元献是我见过的最珍惜时间的客神。不到三百年的时间里，他走遍了世界，出现在各个王朝的豪华晚宴上。他佩戴着各式各样的面具，从无知放浪的人类手中掠夺欢愉和财富。他从没被追捕过，他贪图的只是金子带来的安逸，对名声和权力并不在意。从这点上讲，他比很多人都要幸运。尽管后来他拥有了那么多张了不起的脸，却没有哪个比得上他最初的假面。那是1771年的红色国度，满城充斥着瘟疫。那时的元献是条对小主人忠心耿耿的狗，它守在那个少年的床前整整一个星期，在那七天里，繁华的都城变成了一座废墟。下雪的那夜，它的主人从昏睡中醒来，他拍它的头，手掌心的热度让它害怕。他说：“我多么想和你一起去街上，斯科特。”它看着他，犹豫了很久，然后丢掉了狗的躯壳，进了他的身体里面。它带他到外面去，狭窄的身体里容纳着两个灵魂——即将熄灭的，刚刚点燃的。他们遇见了那个穿越城市的马戏团。绿色小丑将纸屑播撒空中，穿长裙的女人轻移舞步。马车一路咯吱，赶车的巨人仰首欢歌，少年和狗停住了脚步，站在那里听。月光穿透了乌云，将破落的石柱投影于白色的地面，一切忽然冷得让人难以忍受。他侧过身去，然后在不经意间看到了那个女孩。她的头发闪着玫瑰光泽，眼睛如同一对切面整齐的水晶。她走过他身边的时候，面具从脸上脱落下来。男孩的灵魂是那时崩坏的。他最后的话是："我恨你，斯科特。"

它抬起头，看见了那张让主人心碎的绝世笑靥。

变化是从那时候开始的。锁链一旦滑脱，堕落便不可终止。所有的单纯和爱，所有的正义和勇敢，慢慢地变成了无休止的掠夺躯壳和用过即弃。资料记载，名为斯科特的客神后来自杀身亡。而真实的戏码是，穿着贵族少女躯壳的斯科特坐在我对面，眼里永远泯灭了悲伤。他皱眉看我，想不出我说的这蠢故事的用意。我站在海边，看他被旋涡捆绑着，不断地靠近而又远离海岸。卷眈是在那个时候出现的，他仅用一张冷酷的脸便将元献重新推下了海平面。

"你不该选西区的，这里的空气让人想吐。"他伸手制止了元献起身的动作，转脸看向我，丝毫都没有惊讶。他仍和五百年前一样，无论换什么样的身份，都要用深红色的眼。我们从来都不能算是朋友。他追逐的是刺激的生活，渴求的是永生不死的身体；我想要的，是称为"家"的归属地，对于他们——卷眈、青龙、冥虫、秒、羽百衣——那没完没了的争权夺利，我没有兴趣参与。我只是不巧看到了元献的秘密，就像是在陌生的油画上瞥见了家乡风景。小米说的没错，我被爸爸传染了太多的白痴习气。

"哟，这不是白象大人吗。"卷眈说，"怎么，不喜欢当人儿子的生活，想要到我这儿分一杯吗？"

他用的是西方贵族的皮囊，从笔挺的鼻子一直到光亮的指甲。让卷眈快乐的东西有很多——身上刻有他名字的美人、被推至悬崖的对手以及在他笑容里战栗的老朋友——可惜他从未让我感到过害怕。客神千主谱里，我只排在青龙和秒之下，即使这么多年过去了，我仍然把他看成那个躲在青龙身后的小孩子。但看到他的随从后，我的确心生敬畏了。穿黑衣的那个是锏；穿灰色西装的是竹林主人；一身紫的女孩子我不认识，而既然我都看不出来，十有八九是纱羽牙。这几个人当年都称我一声“先生”，可现如今，一个个背叛了自己的老师，跟着卷眈过堕落的生活。如果我碰了卷眈的一根头发，他们立刻会冲上来把我给切片了。青龙和羽百衣会感到骄傲吧，毕竟是他们教出来的好徒弟。

我不着急。看多了大鱼吃小鱼的动画片，我学会了耐心。

“我是来提醒元献，不想被抓的话，快点把家搬了。我不想我爸掺和到你们的闲事里去。”我微笑，没有善意，却也没有戾气。我转身离开，卷眈却扳住了我的肩。“不留下喝一杯吗？老朋友应该叙叙旧。”我看他：“这儿至少有五千多人，我无所谓，你呢？”就像过去一样，我又把他的大人面具戳了下来。卷眈松了手，一副可惜的神情。有两件事我一直都很佩服他——永远不放弃任何可能做游戏的机会；时刻记得，任何人，任何东西都是可征服的。

晚上和小米说起这件事，它险些没从窗户飞出去。“你看见了卷眈，卷眈看见了你……”我拉住它的尾巴，它大喊着：“放开我，你这个疯子……”我说：“再喊妈妈就听见了哦……”它冷静下来，转过脸看我：“你做事都不走脑子的吗？知道那小子的后台还跟过去？”我说：“我是想好了才去的。我想帮元献。”

它摇头："疯了，真疯了……"这也许是真的。它缓缓坐下，身体却还因为恐惧而一抖一抖："我们也许可以想办法搬走……"我说："用不着，我不想逃。"这话把小米彻底地激怒了："你想死自己一个人去死！别把我和爸妈拉进来！"我看它，这是它第一次把自己和爸妈放在一起考虑。我想笑，可是它的那双眼睛让我的笑卡在了喉咙里。它说："你别忘了，我对老师发过誓的。如果你惹上了卷眈，我是不会帮你的。"

那个小区一共有十九幢公寓，屋檐边上雕着兔子。第十九幢的边上是个湖，水很脏，已经围起来了。我向湖里丢了三枚纽扣，然后第二十幢公寓从水下浮出来，屋檐雕着狼。除了客神，没有人能看见三橡里的家。这是当年青龙他们逼她退隐的时候，她自己给自己下的咒。

一楼那里关着十几只黑老鼠。眼睛红红的，多爪多尾。二楼那里有三个犯僧的头，他们闭着眼睛哀伤地说："罪过啊罪过……"我加快了脚步，一直走到顶楼。那儿只有一个房间，门是开着的。我站在门口喊："三橡里先生在家吗？"屋子里放着陌生语言的曲子，还有噗噗的煮水声。有个小孩拉着一只木头犬，瞪大眼睛看我。然后三橡里走了出来，白色围裙和橘色卷发。

"进来吧。换拖鞋。"

我跟着她进去。那房间被各种柱子分成了数不清的隔间，它们相互独立，却又彼此相连。三橡里带着我走到阳台，那里有一套白色桌椅，桌上摆着茶具和一本书。我们坐下来，她给我倒茶，手腕上的那道红色疤痕触目惊心。

我给她讲卷眈和元猷的事情，她认真地听，遇到我回避的地方，还会问几个细节。隐居了这么久，她一点没有变老——分析力、记忆力、对事物的直觉。我说完了，她微笑着往我的茶杯里续水，让人参悟不透的烟色眼睛。

“猎妖人的头儿，你知道是谁吗？”

“现任的是席左蠊，不是吗？是个人类。他知道百物和客神，但他知道的东西，都是卷眈故意放出去的。”

她伸手摇了摇，然后看向四周。她的嘴无声无息地动了两下，我们周遭的一切声音一下子都消失了。“真正掌管猎妖人的是冥虫。”她阴郁地说，“它已经接管那里数十年了。”我愣在那里，就像被人一棍子打晕了，一时间不辨方向。三椽里看着我，笑容变得十分苦涩：“你也老了啊，白象。你越来越像人类了。”

我的脑袋飞快地运转着，所有已知的关系都要重新梳理。如果猎妖人的头儿不是人类，那么派爸爸去抓元猷就不再是偶然，冥虫不可能不知道我。它熟知我的过去，我真正的弱点，它一向对所有人的秘密了然于心。虽然它在客神里口碑不好，除了自己统辖的虫族，没有人愿意与之为伍，但的确是个让人毛骨悚然的家伙，它没有心。我知道他觊觎卷眈的势力很久了，但我没想到它会找到我，借我的手去做对卷眈不利的事。卷眈已经知道这些了吗？即便知道了，他也不会躲吧。只要能玩得开心，他才不在乎对手是谁呢。

我忽然非常愤怒。他们变强大了，强大到拿我当兵器了。

“那个孩子不过是个饵罢了。”三橡里说，“卷眈也不傻，如果吃不掉你，他就会弃子保全自身。怎么都是你输，白象。离开那户人家吧，也别管别人的闲事了。我可以给你倒个房间出来，谁也不会知道你去了哪儿。如果他们真的找到我这里来，那就再打一场吧。把所有的客神都叫来，看看谁怕谁。休息了这么多年，我也烦了。”

我看着三橡里，她其实和卷眈很像。我说：“谢谢你，帮了大忙了。后面的事我会安排的，看见你还挺好的，我就安心了。”我起身离开。她在我身后叹息了一声：“白象，你还和从前一样傻。”

两天后，我去了客神们私建的黑市。它修在地下隧道的第三层，疏散通道比上面的商业街要好得多——无论是设计还是实际操作。我去那儿筹备各种材料，算是对卷眈的尊敬。除了准备工具，我还不得不想各种借口逃课，去邻市地下的鱼龙街。那条街只在每天下午三点开放，去的都是青龙一族的客神。我顶着隐身的卡片，装作被注销身份的低等客神，我和穿纱衣的鱼龙族挤在一起，到信息发布局领取刚印出的咒文单子。在这场赌博里面，如果我想要和卷眈站在同一个水平线上，至少要保证脑袋里装的是最新的咒文。鱼龙街秩序井然，街道干净，没有任何颓废的景象。青龙的严苛让我浑身发冷，我不知道如果他插手这件事的话，我的家会变成什么样，我也不想知道。每天爸妈睡着了，我就点着手电，温习遗忘许久的知识。我吃各种难吃的药，保证这躯壳不会因为激烈的战斗损毁烂掉。我做这些的时候，小米都躲到一旁，不理不睬。我给它买了很多水果硬糖，以后再也不会有人给它买了，它只能当夜行大盗，或者换个身份。每天早上，我拉着爸爸去公园晨练。他最近的心情不好，部里催着他赶快把元猷的案子办了，不然，下个月的工资就要停发。妈妈从电视上学会了一个妙招，把爸爸所有的紧口袜子都做成松口的了，说这样抓客神的时候，就不会太勒腿。他们微笑着向前看，没瞥见角落里我的叹息。

元宵节晚上七点，爸爸准时出发去抓元猷。他走后不一会儿，我从窗子出去，沿着救生楼梯一直下到了楼底。我在冰冻的河面上走，比爸爸在人群里穿来穿去要快得多。烟火表演早就开始了，彩光照亮了冰面，天空不停地吼叫着，像是喝太多、唱不出歌的老伯伯。我走到分水桥的时候，数十只猫从东西南北跑了过来，它们跟着我，开始和我一起向元猷家走。小米静静地走在我左面，比其他的猫离我近得多。我说："你不是……"它大叫："你给我闭嘴！"我们又默默地走了一段路，我说："要不要……"它从冰面上弹跳起来吼："我的事用不着你操心！！"它毛茸茸的尾巴扫过白色的冰河，看起来像个小布偶一样不堪一击。我微微地笑，压低了帽子没再说话。

我比爸爸提前到达那个巷子。它完全改变了——所有的砖都变成了黑的，所有的植物都消失了，地上结了一层薄薄的冰。我们的头顶悬着一团可怕的云，之前让我不舒服的那个味道凝聚在那里，我终于想起来它叫什么——辉光粉。客神并非没有弱点。它第一次寄生的那个躯壳有名字，被叫作"正身"。无论一个客神换过多少身份，它身上仍然留有第一个躯壳的痕迹。正身的弱点，也就是客神的弱点。找到一个客神的正身是一件很不容易的事，这需要多年经验的积累，还有，运气。我怕强光这件事是人尽皆知的，这只能说，从一开始我的运气就不好。

“看看人家。”小米说，“老早以前就打算除掉你了，你还在炫耀你的心慈手软——真不是一般的缺心眼。”

毒舌终归只是毒舌，小米的猫们帮了我一个大忙。它们站在巷口，围成了一个小小的乱向阵。“爸爸由我们拦在这里。”小米说，“那几个大人物你最好尽快摆平。”它说话的时候低着头。我拍拍它的脑袋，转身向巷子里面冲出。

这巷子里不知住着多少客神，各家的门上都贴上了防护的白咒。元献家门上的符咒不是白的，是红的。我的手刚摸上去，纸就“吱啦”一声燃烧起来，我遮住脸向后闪躲——这也是辉光粉做的。我刚退到离门三四米远的地方，就听到院子里有人鼓掌吆喝：“白象大人来了！”然后什么人敲起鼓来，无数年轻的女孩子在那鼓声里用银铃一样的声音欢呼：“白象大人来了！”漆黑的大门忽然向两旁打开，红绸长毯铺设到我脚下，院子里站着无数怀抱鲜花的人。他们穿着金色、白色和火红色的轻薄丝衣，胳臂上佩戴着镶玛瑙的金环，额前挂着碧绿的翡翠和雪亮的银链。在看见我的那一瞬间，他们微笑起来，开始奏乐舞蹈。一千多年前的那个夜晚又回到我身上：头顶覆满芳香的花朵和果实，牙齿镶满耀眼的黄金和珍贵宝石。一路缓步举踏，动则威武，静则安然。我扬首吼叫，将花团剥落一地，众人流泪俯身，低声祷告。金丝镶边的红色幔帐悬挂于银竿之上，妖娆少女手铃摇动，紫灰色的夜莺闪动黑色明眸，轻柔歌唱。所有人都看着我，他们叫我的名字，用温柔的手臂将我推向红色的帘幕深处。

就像温柔的月光开出一地花朵。伽那蓝在我耳边轻声地说：

“我们一起到外面去吧，优昙。”

在我惊醒的那一秒，黑色的长矛飞了过来。身体在那一瞬间旋转躲闪，冰冷的刃擦过我的肋骨，矛身深深地钉在了地上。耳边温暖的歌声忽然抽泣变形，填满胸口的快乐和满足变成寒冷和恐怖——我盯着院子，起初它漆黑一片，然后慢慢地，我看见了坐在那里的卷眈，他优雅地鼓掌，脸上是个轻蔑的笑容。从他身后的阴影里，走出了竹林主人。他是青龙当年最疼爱的徒弟，身体不好，但头脑超群。他一直以来都充当谋士，极少冲在阵前。我忘了他的正身是狸，有造幻象的本事。紧跟着他出来的是锎。他一只手拎着小米，一只手拎着我爸爸。

卷眈指着锎，用的是“隆重请出”的姿势。他脸上的笑无声地说——“你让我觉得很无聊。”

我的身体震了一下，无数的声音穿脑而过，然后是墓穴一般地死寂。我身上的血一下子烧灼起来，接着又慢慢地冷却下去，渐渐地恢复了平静。我说：“我老了。我不知道你有没有变强，但我的确比不了从前了。”

他眼里流露出失望和忧伤，“力量都是逼出来的。人有无限潜力，这是我这么多年的总结。我要是把他们都做掉，你是不是就能认真一些了呢？”

我说：“你就从没想过我为什么要来吗？”

他用食指撑着头，装出一副若有所思的神情，然后打了个响指，像个孩子一样笑起来：“因为你想要继续你的幸福生活——

被人爱，被人疼，享受关怀，不用负任何责任。我干扰了你继续做小孩子的权利，不是吗？我威胁到了你爸爸，威胁到了你的‘家’。真是非常抱歉呢，白先生。”

那目光像是淬了毒的钩子扎到我的心里。他站起身来，深鞠一躬向我表示歉意：“你一点都没变呢。打着维护别人的旗号来做自己想做的事情。我真是永远都超越不了你。”

如同凌厉的石子划破记忆的水面，遇见爸爸和他真正儿子的那一天忽然浮现——高大的父亲和瘦小的男孩、篮球、笑声、阴影里穿着猫外壳的我。阳光明艳，他们的呼吸心跳悦耳动听，我踩着柔软的步子慢慢地靠近……胸口忽然一阵疼痛，沙沙的低语响起，它像抚摸猫儿一样抚摸着我：那个孩子生病了，我们不是取而代之鸠占鹊巢，我们是在做好事……紧接着，更久远的记忆深处，那个白得刺目的午后，一刹那间跳出脑海。沉默的石柱和回廊，被囚禁在宫殿深处的年幼的白象。被人供奉，被人爱戴，被人当作神明。我享有最好的一切——最强大的躯壳，最奢华的生活，最大的光荣。然而，我却也因此失去了接近别人的权利。我戴着神明的面具培植恶魔的心，我期待着合适的躯壳带我出去，我向往着自由和温暖的手，不知道那意味着背叛和罪恶。我等到了那一天，那个孩子走到我面前，足够近的距离，够我触碰他的指尖。

他说：“我们一起到外面去吧，优昙。”

看啊。伽那蓝。我又一次被揭穿了呢。

手臂自己动了起来，火药猛然间从袖子里甩了出去，金色的光照亮了院子，卷眈之前坐着的椅子燃烧起来，灼热而明亮。他跳到离火光很远的地方，用一个小孩子的声音说话，把我一下子钉在了地上："来呀！用斧子砍，用火烧！没有错！卷眈大人的正身不过是一株梧桐木，没什么了不起的！谁也不要帮忙！让白先生亲自来！"

他用的是元献的声音。他吃了元献的客神。

震惊如同电光石火，一瞬间照亮我的心。我终于看清了自己，看清了我无法对元献释怀的原因。我以为我想要拉住的是过去的自己，元献和我多么相似。而事实是，元献并不是我。他远比我干净，善良的家伙都死得早，他太单纯，犯了我们这些无耻的人的禁忌。

我一面笑着一面看着自己的衣服被撑破。手垂到地上变成了脚掌，身躯成长，身影膨胀。长长的獠牙生长出来，眼睛灼烧成火。白色甲胄的恶魔，游荡人间，伐戮千年，被当成了神明。这样的污秽的身体，你想要的话，拿去就好了啊，卷眈。

但在那之前，你要付出点代价才行。

咆哮。诅咒。石板在脚下碎裂深陷。闪躲的卷眈变成了扑扇翅膀的红鸟，从喉咙中吐出火焰。"你吃了羽百衣？"我大吼。

"我才没有那么蠢，与天下的禽鸟为敌。"他一面笑一面用沉重锐利的喙啄我的眼睛，“纱羽牙犯了个错误，我作为她的老师，当然要惩罚她。”

我听着他翅膀扑扇的方向，把鼻子甩过去。他摔到地上，刚好落进那堆火里。羽毛燃烧起来，卷眈咒骂着，从火里弹跳出来，这次变成了拿刀剑的男子。他迅速奔至我眼前，用燃着火的剑砍向我的鼻子，我后退转身，变成了白色的猫。镧丢下了手里的人质，默不作声地扑了上来，变成了比我大而凶猛的猞猁。在他压下来的时候，卷眈一脚踢到他的身上，眼神变得疯狂恶毒：“你是在羞辱我吗？”镧在空中转了个圈，恢复到之前的样子，嘴角挂着伤退回到竹林主人的身边。两人无声地对视摇头。

我躲避卷眈的刀子，在他因为惯性偏向左面的时候，我跳到了刀面上，一路滑到末尾，将牙齿深深地咬进他的手背。他放开了刀子，翻转成了一条红豺，迅速地张口合齿，成功地弄伤了我的肩膀。“美味啊美味……”

他吐掉嘴里的血肉，眼神变得贪婪起来。

我倒退了两步，试着变形，没有成功。

“你已经很久不用咒文了吧，白象？”他踱着步子，古怪微笑，“你忘了流血后要马上变形，不然就会被钉在身体里？”

我慢慢地退到树干上，卷眈的笑让我不寒而栗。他说的没错，我想要再次变形还要等三个代谢周期，那是半小时之后了。我看着晕在那里的爸爸，我还不能死。

我一面寻找退路一面说：“我只记住最重要的事情。你已经疯到连自己的徒弟都吃了，谁还会跟随你？”

卷眈轻轻地摇头，眼睛眯起来：“它们说的没错，你已经是人类了，白象。伪善、迟钝，还有小聪明……”

他交叉了前爪，变成了一只皮毛闪亮的豹子，我还没来得及向树梢逃跑，他已经冲上来抓住了我，用那双铜铃样的眼睛和我对望。“吃了你，青龙就不再是问题了。”他用舌头舔了舔鼻子，“你知道你最愚蠢的地方是什么吗，白？即便平庸脆弱，你也不与人结盟。”我看着他，他专注的样子像一只真正的野兽。我说：“你知道你最愚蠢的地方是什么吗，卷眈？”他看着我，眼睛里闪着盈盈的笑意：“什么？太直率吗？”我摇头，目光越过了他，看向他的身后：“你总是忘了，人都是会变的。”

那支箭划破空气，呼啸着刺入了卷眈的身体。火光从射入的地方蹿出，瞬间燃烧得耀眼而炽烈。卷眈痛苦地叫了一声，从树上掉了下去。小米搭着弓站在那里，冷眼看着卷眈在地上翻滚。

“……羽……羽百衣！！”

“好久不见，卷眈。”小米说，“看来，你已经彻底地忘记老师的话了。”

卷眈不清晰地大笑，猛地站起身来，火弹离了他的身体，他又变成为一只眼睛碧绿的狐狸，“规矩是用来管教孩子们的，我已经活得足够老了！”

在小米搭弓放第二箭之前，他抓到了我，大笑着，张嘴对着我的脖子咬过来，我用了龙鳞咒，长出的铠甲抵住了他的牙。“破坏规矩是要付出代价的。你还能活几年？”我朝着他大喊，“你这么折腾，是找到永生不死的方法了？”

只这一句，他齿轮般噬啃的牙忽然停下了，张大的嘴对着空气呼出一团白气。第二根箭在那时候贴着他的脖子射过来，把他牢牢地钉在了树干上。我从他松开的爪子里跳下来，走到小米的身旁。卷眈悬在那里，忽然哈哈地笑了起来，像是有人讲了一个了不起的笑话。我看着眼泪从他的眼角流出来，温煦的火光照亮了他的脸。“你不该吃元畝和纱羽牙的。”小米说，“青龙这次终于找到机会纠集盟军来对付你了。你完了。”

他看着我们，用很愉快的口气缓慢地说：“好开心啊。青也要来陪我玩了。”

当我们都还弱小天真的时候，我们曾一起住在山的深处。那时的天空带有银灰色的邪气，我们习惯在夜色里欢笑奔跑，任凭月光一路跟随。比赛的终点是森林尽头的空旷的草野，越过无边的白色，看得见远处人类村庄的摇曳灯火。即便没有温暖的鞋子，站在干枯温暖的麦草上，我们仍能眺望异乡一整夜。我们把这样的月夜叫作浣世节，把它当作这个世界爱所有孩子的证明——无论百物，还是客神。

多年之后，我们长到了很高很高的地方，我们拥有了各自的根系和血脉，我们却也因此，离清醒的童年越来越远。

被卷眈激起的那份愤怒，就像是燃尽的篝火一样，暗淡消无了。我的心里只剩下苦味和对未来的担忧，我想起三椽里那激动的脸，我想起接管猎妖人的冥虫，我想起青龙它们——保护我内心的那个世界已经不复存在了，卷眈说得没错，他触动了我的家。我走到�এ和竹林主人身边，他们被小米击昏在那里，身上沾了一层薄薄的雪。小米说：“要怎么办？就把他们留在卷眈身边吗？”我说：“卷眈从来都没有彻底信任过他们。他让竹林主人当着我的面显露正身是什么意思，你还不明白吗？”

小米摇摇头，忧伤地看着竹林主人：“青龙曾经把他当作自己的孩子，就像我当初对纱羽牙。”它后退了一步，去抱爸爸沉重的身体。在它身后很远的地方，一团烟火在广场上空炸开，天寂寞地隆隆两声，然后归于晦暗。

我们把爸爸带回家的时候，已经是午夜了。我把他交给妈妈，然后转身离开，她没有叫我，我也没有回头。羽百衣太久不用小米的身体变形，没走多远就累得睡了过去。我抱着它在街上游荡。节日已过，只留一地烟火余烬，红色黑色，在风里缱绻翻飞。灰色的汽车，黑色的汽车，一辆一辆，一闪一闪。它们像是游鱼一样掠过我，不在乎我是个真实的小孩，还是他们醉酒后彩色的梦魇。在街口那里，我看见了那个卖茶叶蛋的老奶奶。她披了件不温暖的暗色衣服，升腾的雾气模糊了脸。我走过她身边的时候，她伸出拇指轻轻举了举。她说：“您十岁了吧，白象先生，生日快乐。”

我看着她，她微笑着摆手，什么都没有再说。

（完）

“客神到底是指什么呢？意识形态？宗教？边缘人群？”

“只是一群让人恶心的妖怪吧。那么想要家人，还不如早点死掉投胎做人，你说对不对，小白？”

菅野拍着白象的头，并无恶意，只是天生对比自己强大的东西不屑一顾。不管那强大是真实可信，还是对方伪装出来的。

白象眼神毛茸茸的，像是小雨微朦后新升起的月亮。她不躲闪也不辩解，只是叼着勺子看着他，菅野的笑容收敛，手缓缓地垂下去。

允哲是第三次来花园的人。夏扬看着他从穿长袍马褂到穿中山装到穿西装，看他从长发变短发再变回长发。允哲原名杜长谋，允哲是他的字。他话少，缄默，每次讲完故事就到阁楼看书，对会不会成功从不期待。他出生在安徽的一个小镇，少年时考过功名，但他母亲被嫡母杀死，沉入江中。罪名是与人通奸，真相已不得而知。他仕途也并不顺畅，提携他的老师早早被人构陷丧命。康熙五十五年，清政府开始把海禁提上议程。允哲变卖家产，远渡重洋，学习西方绘画技巧。他到花园，只是偶然。他那时候爱上一个和他不会有交集的人。Mia 触犯了花园的禁令，被 Vermeer 变成了一只鹦鹉。从那时起允哲就年年来这里讲故事。是的，除了夏扬他们这群人之外，还有其他的人，会来到这里给 Vermeer 讲故事。每年都有不同国家，不同肤色的人来。为什么夏扬他们这群人被安排在这个季节呢？为什么他们一定要用汉语讲故事呢？拿 Vermeer 的话讲：“你们还是孩子，你们的故事简单可爱，适合夏天。汉语是我的母语，我想听你们说汉语。”

允哲从不讲那些涉及巫术和魔法的故事，活得像个普通人。白象讲完故事后一直咳嗽。Vermeer 给她的茶杯添水，发薄荷糖给她。允哲把白象抱到沙发上，盖好她的小毯子，然后开始讲他的故事。这一年他穿着套头衫牛仔裤，看起来只有十八岁。

✚

<The 5th Story>

一寸灰

[1]

段宣和她姐认识的这一年，她高二。其实如果不是段宣去世的大伯，可能这辈子她都不会知道自己还有个姐。大伯比爸爸大十二岁，和爷爷闹翻之后就再也没和家里人来往。他们夫妻二人又都是传说中的“精英”，三天美国两天法国地飞，逢年过节也不露面，爸爸不提，她和老妈几乎要忘了自己还有这门亲戚存在。

这么一想，她对着灵堂墙上那张黑白照片又翻了个白眼。

十一月，山中枫叶落尽。没有允哲说的那么漂亮，却苍凉。段宣插着耳机坐在副驾，谁都知道这是死亡率最高的位置，段宣的爸爸却喜欢她坐在副驾，理由不得而知，大概只是喜欢和她说话，又或者怕她晕车。段宣手里拿着英语单词册，却根本没想扫一眼。不是因为山路颠簸，而是车里一直放着《最炫民族风》。尽管戴着耳机，任何曲子却都抵不过“洗脑神曲”的会心一击。她心里像是有个气球在被人不停地加压鼓动，渐渐膨胀到不能再薄。

微信上允哲回复道：“有多薄？有 Durex 薄？”

段宣在神曲轰炸下好不容易酝酿起来的小文艺小清新又被他一句话打回原形。她额头青筋暴起，手指飞快地按动键盘：“滚！”

到了 B 市，坡路多，爸爸绕了几圈，差点迷路开到海里去。打电话给姑姑，最后终于在沃尔玛超市边上找到了她家。

段宣家在六楼，姑姑家在二十楼。坐了电梯上去，段宣手里拎着出门前妈妈让她带过来的水果和蟹子。爸爸心情很好地问她："紧张不呀？"段宣冷冷地回答："有什么好紧张的？"爸爸像是完全没有觉察出她口气里的不耐，只是"嘿嘿"地兀自笑着，习惯性地摸了摸头发。

段宣握紧了袋子。

二十层，电梯门开了。门口站着两个人。段宣下意识地往旁边让，不料爸爸在这时候开口："姐？"

段宣抬头，可不就是姑姑嘛。

目光却不由自主地落在姑姑身边那个人的身上。

她穿了件黑白格T恤，外罩橄榄色衬衫和浅色仔裤。皮肤真黑，比段宣黑不止一倍。段宣剪了头发，染浅了；她的则已经长到过肩，且拉直了。所以第一眼的时候，段宣没有想过可能是她。段宣家的人，都是天生卷发，说起来不错，却极难打理。但是段宣却也从没跑去把头发拉直过。

段宣看她的时候，她也看着段宣，眼睛黑白分明，目光极亮。除了黝黑之外，她皮肤毫无瑕疵，不像段宣一样，有着痘痘等各种问题。

其他方面，她看起来和段宣一模一样。

一样的身高，一样的胖瘦。

一模一样的五官。

姑姑说："你们来了呀。"

姑姑的笑里掺杂了许多东西：高兴、难过、疲惫、焦虑……但还是高兴占了上风。段宣爸爸不知道被什么冲昏了头脑，傻笑着，伸手摸那个女生的头——是"拍"更贴切吧？他是把对方当小狗吗？

那女生没躲，不过也没什么表情，只是对着段宣爸爸点了点头。

姑姑说下楼是要去给段宣他们买晚餐用的菜，冰箱空了。

姑姑瞟了段宣一眼。段宣道：“车放不下那么多人。我就不去了吧。”

姑姑倒像是如释重负：“那就让小颜留下来陪宣宣吧。我跟你爸去得了。”

看得出她有话要单独和段宣爸爸说。

电梯门在段宣和那女生面前缓缓合上了。

“你好。”

段宣看着她：“你好。”

“你的名字……是？”

大人们没有和她提过自己的名字？段宣觉得好笑。

“我是王子颜。”她伸手。她随了伯母的姓，不姓段。

“段宣。”

离她很近的时候，段宣看见她耳朵上的痣。虽然是双胞胎，第一时间段宣想到的却不是自己，而是妈妈。这感觉怪异而又熟稔，让她生出想要依赖的错觉。王子颜的手指冰凉，段宣觉得不舒服，很快松开了手。

[2]

房间很大，家具大多是钢色。墙壁上是大幅的彩色抽象画。

大伯是建筑设计师，在海外华人的圈子里很有名。

王子颜的房间是在最里面不到二十平米的小隔间。

小却明亮。一整面墙都是窗。

可以看见高架，看见省体育馆，看见大半座城。

王子颜给段宣倒了一杯橙汁。然后坐在靠墙的床上，一言不发。

墙上贴满了她的画。王子颜少年得志，给很多杂志画插画，拿过国际上的大奖，现在又有作品在某知名刊物上连载。

没有车祸之前，据说大伯和伯母是计划今年年底把她送到英国那边读书的。

她的人生和段宣毫无相似之处。

喝了一半，她问段宣要不要听歌。

段宣说：“哦。可以啊。”

王子颜到左边的黑色书架上，翻了碟片来。拿到CD机里放时，电源线找不到了。又翻了iPod接了外放来播，放的却是段宣从没有听过的异国乐队的歌。她真的是从头发到脚趾尖都高端洋气冷啊，段宣喝空了杯子，脸上大约挂了笑。王子颜看见了，误会了：“还不错吧？我蛮喜欢Eskobar的。”

王子颜笑。段宣第一次发现，自己的脸可以笑得那么难看。怪不得老妈总是不让她笑。

“我们聊点什么吧？”王子颜说。

“聊什么？”

“聊聊小时候？聊聊……你爸妈？”

段宣愣了一下，然后道：“好呀。”

她们聊到日影西斜，大部分时候都是王子颜在讲。她真的很能讲，段宣听到后面有点困倦，就抱着她的那只白色绵软的玩具熊打瞌睡。

门这时候忽然开了。能做到不敲门，不经允许就推门这事儿的——段宣抬头看，果然是她爸。

他笑，谄媚又带点和他性格不符的温柔："来吃小龙虾。"

[3]

边吃边聊到七点多，姑姑要段宣他们留下来住。段宣说明天还有课。姑姑说王子颜一个小姑娘自己住不好，这两天都是自己和表姐在陪她。表姐昨天去A市出差了，她也要回家歇歇的。

段宣说："明天还有课。"

爸爸发了火："不是都让你请假了吗？一个补课算什么，你这孩子怎么这么能找事儿呢？"

段宣闭嘴了。爸爸很少和段宣谈学习的事，就算考了年级第四在他看来也没有什么用。每次他对段宣发火，都是因为她让他觉得没有面子了。小时候段宣一直觉得，可能因为自己不是男生。但别人家的爸爸都是喜欢女儿的不是吗，小乔和右右的爸爸就是这样。如今看来，这些也只是不喜欢段宣而已。

姑姑大概也觉出什么来，打圆场道："你们好不容易来一趟，晚点再走吧。宣宣，走，姑姑和姐姐陪你逛逛吧？"

于是莫名地，王子颜就成了段宣的姐姐。刚知道自己有个双胞胎姐妹那会儿，段宣的妈妈怕她心里不舒服，和段宣聊了几次。按妈妈的说法，早出来二十分钟的那个人，明明是段宣才对。

临海的B市，人口不多，街道宽而冷，海风吹来，街上的行人都缩手缩脚。

买好东西从沃尔玛出来，夜灯亮起。对面街的高中放学，有三三两两的学生从学校黑色的铁门里出来。

王子颜的学校，叫作“应隆高级中学”——“应隆”听起来更像是不入流的酒店是不是。

进了校门瞧见那尊人像的时候，段宣才知道这“应隆”其实是个人名。而且不仅是个人名，还是个名人。这学校是那个名人待过的百年老校了——省重点，排名比段宣他们学校远远靠前。

高三教室那一层楼亮着光。

“现在的学生真忙啊，哪像我们小时候……”姑姑开始碎碎念。

段宣觉得嘴里有点发苦。高二有一次考察机会，如果通过了几轮笔试和面试，就可以被选去新加坡理工大学念书。她最近忙着补课忙着考试，为的，也是这个。

不像王子颜，王子颜之前根本不用操心这个。

车祸改变了她的人生。

[4]

姑姑领着两个人买了一堆零食，段宣发现王子颜和自己一样，不爱吃果仁巧克力。

最终还是留宿在了大伯家，陪王子颜。爸爸睡在主卧，段宣在客房。

刷了一晚上的微博，和允哲他们那一群人在群里胡侃，快凌晨两点的时候，段宣终于睡着了。

他们说失眠的人是因为心里有不想面对的事。所以一直拖延着不睡，却只能延迟心里的时间。真正的明天，早已如碾压机一样，铲过来了。

段宣九点多被爸爸叫醒的时候，王子颜早已穿戴整齐，坐在客厅。她今天换了浅粉色的背带裤和泡泡袖衬衫，戴了顶镶铆钉的棒球帽。

她真的太黑了，不适合穿粉红色啊。段宣心里忍不住吐槽。

但她心情不错。和爸爸有说有笑的。

段宣走过去，拿了个包子，往嘴里塞。

爸爸说：“坐下吧。”
段宣说：“不是着急回家吗？”

也没看对面两个人，说完就转身穿鞋下楼了。

允哲发短信问段宣什么时候回学校。

又说数学老师今天又发飙了，课上点了三个人上黑板答题都没答出，所有人都盯着老师憋成紫色的脸，班长连120都已经按好，如果老头晕了就直接拨通。

又说昨天下午自习如何好笑，输了篮球的五班队长带着一群人来找碴儿，愣是把坐第一排的胖妹当成了学生。几个人站门口喊班花的名字让她出去，胖妹执掌重点班这么多年，大概第一次碰到这样霸气外露邪魅狂狷的学生，自然要好好疼爱一番……后来那几个孩子被拖出去的时候，整个走廊都回荡着撕心裂肺的哭声……

允哲总能把很无聊的东西讲得很有趣。段宣则刚好相反，无论什么事情到了她那里都冷成钢板。“在B市啊。”他问她在哪儿，段宣如是回答，“下午应该就能到家了吧。只要不下雨的话。”

“找到了吗，双胞胎姐姐什么的？”

“呵呵。”

“……你这一‘呵呵’，我就小腹一痛……”

段宣刚想吐槽两句，爸爸和王子颜下楼来了。

爸爸看见段宣坐在副驾，道：“去后面和你姐一起坐嘛，你不是不喜欢坐副驾嘛。”

知道她不喜欢坐副驾，却一直让她坐副驾。其实明眼人都看得出，段宣坐在前面就是不想和后面的那个人说话。

段宣插着耳机，没有应声。

爸爸马上要发火了。王子颜在那个时候说了一句什么，段宣没有听清。

爸爸破天荒地静了下来，去开车了。

其实段宣知道王子颜为什么跟着他们回家。

B 市这边的事，虽然还是要打理，但是因为涉及到遗产纠葛，有些场面也许会有些难看。姑姑他们不希望王子颜看见。

爸爸是早知道接下来的安排了。王子颜是过继给大伯家的，如今出了这样的事，自然要接回来。虽然当时爸爸和大伯约定，孩子送走就不要再联系，免得破坏养父女感情，王子颜也有十多年没见过自己亲生父母。不过在老爸老妈眼里好像这些根本不是事儿。

钱什么的，好在段宣家从来都是不缺的。

“所以不至于被那些人在身后唠叨嘛。”姑姑说。姑姑指的“那些人”是大伯母家那一边的人。

但最重要的还是，王子颜她自己居然同意了。

段宣觉得奇怪。因为如果是她自己，她是铁定、肯定、无论如何都不会离开的。

把我送走十六年之后再把我接回来?

说是我家人?

开什么玩笑。

我宁可一个人待着。

段宣从一开始就不相信王子颜会和他们相亲相爱。

但能做到这么平静，王子颜这家伙，心里到底在想什么呢。

“反正你说我什么都好，说我嫉妒她，先入为主、自私、冷酷……都无所谓。我就是不喜欢她。还有我爸，那张装得比谁都亲热的脸，还没回家就上演父女情深，真让人受不了。”

消息送达了很久，屏幕那边却一片寂静。

“允哲?”

没有回应。

[5]

爸爸开了三个小时才到家，看着路上一排一排的树，从来没有发现五月天的歌这么催眠，段宣几乎睡着。

从后视镜瞥了一眼王子颜，她趴在窗边，眼睛看着外面，很清醒的样子。

到了家，还没下车就看见段宣的妈妈。段宣一看见老妈那双泪眼蒙眬的眼睛就知道要糟糕。

段宣说：“我先上楼了。”

假装没有看见后备箱那三个大旅行箱。

虽然里面也有姑姑买给她的东西。

但她还是走了。

段宣的妈妈和爸爸围着王子颜。

妈妈真哭了，段宣上到二楼还能听见她的哭声。

午饭是糖醋小排、素炒菜心、白斩鸡、清蒸鲈鱼、三鲜素烩汤、红烧狮子头、一小碟花生米。

爸爸喜气洋洋开了两瓶酒。

段宣吃了两口就饱了。王子颜倒是吃了许多。

越看越觉得，自己和她除了脸之外哪儿都不像了。

爸爸即兴发挥说了很多。妈妈就时不时掉两滴眼泪配合。

何必呢。

就在段宣准备说肚子痛开溜的时候，王子颜站起来说：“我吃饱了。”

她转头看着段宣：“洗手间在哪儿？”

她也撑不住了。

段宣把王子颜领到洗手间，莫名地在门口站了一会儿。

也不知道自己在等什么，明明和这个人没有什么话好说。

奇怪的是，她在里面待了那么久，却没有听见水声。

王子颜出来的时候也有点惊讶。段宣说：“要去书店吗？”

王子颜短暂地愣了一下，然后说：“好。”

到了书店，段宣就后悔了。因为王子颜连载漫画的那本杂志，就摆在最靠近门的那一排书架。

说实话，不知道画手是她的时候，段宣还蛮喜欢那本杂志的。

王子颜倒像是没有看见，直接朝里面走了。

停在“雅思英语”那儿。

段宣心想：如果你想出国的话，咱爸妈也不会拦着你的。

估计接受爸爸的条件回到家里，就是这么打算的吧。虽然大伯和伯母的钱够她用很久，但是如果出国留学的话，需要的就不止是金钱的支持了。

段宣耸肩，和我又没有一毛钱关系呢。

结账的时候，王子颜买了四本小说。

段宣看了一眼："别买了，我有。"

王子颜愣了一下，然后说："好。"

于是两手空空地回去了。

在段宣家楼下，看见允哲。

他抱着一摞作业，衬托得他猥琐放荡的眼眸也坚贞不屈起来。

"干什么呀？"

"干什么呀？"他学段宣，然后叹气，"我是来传达'圣母皇太后'懿旨的，这是物理和化学一天的作业量，还有语文和英语，要背的我已经帮你标黄了，不用谢我。"

然后他瞧见了王子颜："哇。"

段宣就知道他会这样的。

王子颜看着段宣。段宣只好介绍："周允哲，同班同学。我……姐，王子颜。"

"王子颜？就是那个 ×× 杂志的王子颜？！久仰大名啊，什么时候给我签个名吧？"

王子颜不伤和气地笑："好。"

段宣看着两个人，笑。虽然是一模一样的脸，段宣却有本事从眼角眉梢都笑得和那个人不同起来。允哲举着那摞书，段宣却没有接过的意思。

“姑奶奶你不是认真的吧？”一米七八的男生无语泪长流，“你们家六楼啊，你真的要我搬上去？”

“当然你搬啊，不然你抱来干吗？”

王子颜道：“我来吧。你是不是还有事啊？”

允哲这边忙不迭地点头，段宣却依旧笑：“他能有什么事？不是去打游戏就是去买小黄漫。你住电梯房住习惯了吧，这么多东西，搬到六楼可不是件轻松的事。再说了，抱都抱过来了，还差这么点距离？周允哲你要是不帮我搬上去，就不是个男人。”

“我要是帮你搬上去了呢？”

“我请你吃螃蟹，还有我妈做的‘一招鲜’。”

允哲眼睛亮起来：“哇！”

他说着，把书扔到了地上，眼睛笑得看不见：“抱歉。不搬。”

[6]

七点的时候到了舅舅家，研究为王子颜转户口、转学校的事，还有别的一些大人的事。妈妈陪着王子颜，一一介绍家里的人，王子颜很有礼貌地和他们打招呼。王子颜手臂上的黑纱被白色的外套藏了起来，但是妈妈还是很小心地帮她躲避家人的问询。

好像她是不谙世事的小孩子似的。

在舅舅家的地下室里，段宣和王子颜坐在一起，看电视，剥石榴，聊起允哲，“呵呵呵”地笑一下。一切都太虚假，单薄脆弱，不堪一击。

“你们两个关系很好？”王子颜问。

“同学而已。”段宣漫不经心。

“他那么做，应该是家里有什么事情，你不要生气。”

“我没生气啊。”

“嗯。”

段宣觉得有点可笑了。什么时候一个刚认识了不到两天的人可以跑过来对她讲周允哲的事了。

“大伯他们不在了，你很难过吧？”

“……”

“你别太难过。我爸妈人都挺傻的，你想要什么跟他们说，他们都会满足你的。”

段宣说完，把手里的石榴皮扔到玻璃盆子里：“我上楼去啦，你有事叫我哈。”

她把楼梯踩得当当响，走过拐角的时候看见王子颜还维持着那个姿势坐在沙发里，肩膀一抖一抖的。

自己是不是做得太过分了一些？

这样想着，却一步两级，开开心心上楼去了。

晚饭的时候舅妈烧了鱼。妈妈也罕见地下厨房煲了汤。整个桌上都一派其乐融融的模样。除了……

“王子颜去哪儿了？”

“不知道啊？”舅妈一脸茫然，“不是和宣宣一起玩来着吗？”

爸爸看了段宣一眼，段宣不看他：“我怎么知道啊。她那么大人了，我也不可能走哪儿都跟着她。”

“小兔崽子！”爸爸发了脾气，要挥拳头，被妈妈拦下。

“我？我怎么啦？”段宣抬头，“我又不是她保姆。这儿就这么大，她也许睡着了，也许在卫生间，也许下楼透气了……关我什么事？”

爸爸一脸怒气却又无处可发。的确，段宣看起来和这事儿一点关系都没有。但隐隐约约他又觉得，就是因为她。

舅舅打圆场道：“我去看看吧。”

厕所卧房各个房间都找过了，哪儿都没有。

爸爸脸色不好看。其他人也兴致缺缺，只有段宣，胃口很好地该吃啥吃啥。

“别吃了！”

爸爸一巴掌把段宣手里的筷子打飞了。

段宣愣了一下，一把抓起外衣，飞一样地冲出了门。

[7]

大人总以为小孩什么都不知道。好像有些东西只要小声说，借着酒意说，披了修辞说，就会变得不同一样。

比如大伯曾经性侵过王子颜。

比如大伯和伯母的死根本不是意外。是伯母知道一切之后心灰意冷，在车上动了手脚，却最终不忍心对养了十几年的孩子下手。所以当时车上三个人，只有王子颜面前的安全气囊弹出了。

比如爸爸他们把王子颜找回来，除了因为大伯死了王子颜无人照料之外，更有一个理由是：段宣的肾不好了，需要有人移植一个给她。

所以妈妈看见王子颜的时候，喜极而泣。

所以一向粗糙大条的爸爸，开始走温情别扭路线。

有些事段宣不愿去揣测，去妄想，却又一桩桩一件件跳到她面前。

像是万圣节收到允哲送的谢耳朵小丑玩具一样，在你最无防备的时候神经兮兮地一跳跳到你心里最不愿意触碰的那一片区域，尖声大叫："Bazinga！"

那，如果当初，被送走的人，是我呢?

在决定接王子颜回家的那个午后，王子颜把她的故事告诉给段宣。段宣也把她知道的一切讲给王子颜听。

如果王子颜再不走，段宣就要开始绝食上演傲娇公主的戏码了。

尽管不喜欢她，但却从没想过利用她或伤害她。

王子颜却比她固执："但是双胞胎的肾，用起来比普通人提供的要好吧?"

双胞胎什么的，大人真的懂吗?

但是心里的城池，却在不知不觉中一点点崩毁。一直说无所谓不care没什么是因为自负啊。"我是比较强的那一个，这点挫折毁坏不了我，一切都可以解决的，那些看起来很糟的事就由我来背负好了。"但是实际上你能做的只有那么多，智商也就那么一丢丢，堆压起来的份内之事只能潦草解决。然后就很傻 × 地自己把自己给毁了。

人对人终究是会腻的。只是对奇葩腻得要晚一些。

如果对方是自己的家人呢?

电话“嘟嘟”地响。然后转成冰冷的女声:“你所拨打的电话暂时无人接听,请稍后再拨……”

再拨。

再拨。

有什么东西被风吹过来,贴着脸上。

电话通了。段宣有点欣喜:“允哲。”

电话那边沉默了一下,然后是带着鼻音的女声:“我是他妈妈,有什么事吗?”

段宣微笑的表情僵了一下:“……阿姨。”

“段宣啊。允哲这两天都请假了……你帮他跟老师说一下吧。”

“请假?因为什么呀?”

“因为……”女人吸了下鼻涕,“允哲他爸爸肝癌恶化,前天去世了。”

头脑中切断的碎片,忽然自己拼凑串联:没有接听的电话,抱着书过来找她时欲言又止的表情,讲班级里的笑话时他却一反常态只字不提自己的事情,在短信里讲段宣爸爸的种种不好时他的沉默……

段宣伸手。细碎的雪从灰色的天空散乱落下。

好像有很重要的东西在手里滑过。但那是什么,已经忘了。

那辆面包车是倒着开过来的。为什么是倒着开来的,已经没人晓得。

对面的公交车司机是才领到证四个月的新手，今天是第一次替班。

为了躲那面包车，司机把方向盘一拨，本来弧度不大，但地上刚刚积了一层薄冰。

整辆车都开上了人行道。

后面的奥迪跟着转弯。却没有看见站在一旁拿着电话的段宣。

她发着呆，看着那辆车撞过来。

开玩笑的吧?

她想起王子颜对大伯父之死说过的话："死是很容易的事。恨也是。毫无指望的人生什么的，随随便便就可以。"

有人拉了段宣一把，奥迪就斜着冲过去了，撞在了路边的电线杆上。

"傻子，发什么呆呀？"

段宣回头。

允哲站在那里，撇着嘴。

"什么呀，不是那个漂亮姐姐呀。"

她狠狠地捶了他一拳，在左肩上。

手指吃痛。允哲的表情也很夸张。她看过去，原来是白色的胸花。

他脸上的表情，还是大大咧咧无所谓的样子。

她眼泪"哗"地就下来了。

"哎呀哎呀，下次当心就好了嘛，没事了……你哭什么嘛……”却是有点不知所措，手在她肩膀和头犹豫了半晌，还是伸向了她的胸——然后果然被无情地打开了。

“好疼……我救了你一命欸！你就不能让我福利一下吗？”

“福利你妹！变态！”

“走路要当心啊，现在的人都急着投胎的。”

段宣没有接话。两个人看着警车开过来，因为交通事故，本来就逼仄的小街渐渐变得水泄不通。

雪下得越发大了。落在地上变成巧克力一样的浅棕色。

“走吧。”允哲说。

段宣走了两步，又停下来。

“怎么了？”

她咬着下唇，挣扎了很久。最后还是恶狠狠地说：“你回家吧。我有点事。”

“什么事？”

“……”下雪了，那家伙如果一个人在外面的话，不知道钱够不够花。

“为了王子颜？她已经回家了……嗯，回你舅妈家。”

段宣抬头，惊愕地看着他。

允哲摆手：“别误会。我没和她在一起。我妈刚刚接到你妈电话了。说如果我看见你，让我告诉你，你姐回家了。”

结果还是失败了。就算我说了那么多恶狠狠的话，在你伤口上拼命地撒盐，你还是选择留下来。

王子颜，你这个大傻瓜。

睫毛上，一片雪撞过来。又冷又痒的刺痛。

“啊，雪下大了。”

允哲撑开伞，花哨而又俗气的伞面，一看就是他妈妈的。他站在那里看着段宣，一本正经的表情。

“我之前一直觉得，认识的人越少，当他们离开的时候，你付出的悲伤越少。”

风哗啦啦地吹起来。六角菱形的雪切割着允哲的声音，段宣闭上眼，但还是听清了。

“现在我觉得，认识的人越多，他们离开的时候，你对每个人付出的悲伤越少。因为人一生的感情，是有配额的。”

他对段宣伸出手。天上灰色的云彩，像生长了一千年的山那样，堆叠起来。

“可是我还是想认识很多人，记住他们的名字。”

“为什么？”

“为什么？”他笑了一下，“只是我愿意而已。”

天空灰色的云翳，堆叠如羽。细刃一般的金色光芒，从那些灰色羽翼的缝隙里，坠落下来。瞳仁深处，忽然澎湃汹涌。

什么啊。搞得好像她有多软弱一样。

她看着允哲，笑了一下，把手伸过去。

“靠！好疼！段宣你个神经病！”

“神经病你别缠着我啊神经病！神经病下次英语考试不要找我对答案！”

“老子每次考试都是自己答的好吧？虽然偶尔会有点不自信……”

“呵呵。”

“呵呵你妹啊！你往哪儿走？”

“回家咯！吃好吃的鱼……”

“回家？回家你拉我做什么……哎呀撒手！大哥！好疼！”

死是很容易的事。恨也是。毫无指望的人生什么的，随随便便就可以。

然后，开心也是。喜欢一个人的心情也是。忽然间就想要活下去什么的，完全不需要理由。

只是相信，黑暗的调子放完之后，下一首一定是欢快的歌。总有一天，会有好事发生在自己身上而已。

你也是，一样的吧？

（完）

风把房间的窗户吹开了，几个人七手八脚地去关。夏扬注意到房间里还有一个新人，个子不高，看起来也就二十一二岁。带他来的是冬年，她叫他景峰，刚刚毕业没多久的样子，戴着个眼镜，瘦瘦的，不怎么爱说话，别人讲故事的时候他就笑，很殷勤也很狗腿地给厨房两个厨娘打下手。眼神总是讶然而精彩的，像是万事万物，天生离奇。他说他是个推销员。夏扬问他为什么要来花园？他一脸看傻瓜的眼神看他：“当然是为了享受了。活得久才能挣到更多钱。不然呢？你来花园为了什么？”他坦然而又无邪，心如赤子。夏扬已经忘记了他出生那个时代的道德与观念，对于追求“心之所欲”

的人，既不讨厌，也不亲切，只是漠然。

这是个出生在21世纪的“小孩”，和其他人比，却更老练沉稳。景峰讲故事的时候，人群开始散开。他们要么上楼睡觉，要么在后院打球，要么去游戏厅——是的，这里还有间游戏厅，各年代各版本的游戏还挺全，允哲一遍遍地刷红警。他们像是躲避新鲜病毒的老人一样躲避着景峰，他讲故事的时候就剩下夏扬和Vermeer，还有冬年。不过，他的故事和夏扬想象中的不一样。

夏扬不知道他眼里的世界是怎样的。他有问过景峰，这群人里最喜欢谁？回答是安捷，众人都叫她A。安捷是杀手，但对不死者们都很温柔，做事谨慎认真，倒是很少提起自己的过去，只是故事都是她杀的人的故事，其他人没有不怕她的，很少有人把“喜欢”这个词安放到A的身上。“因为她好看？”景峰看夏扬，眼神惊奇，瞳孔斑斓，“何止是好看。”

✠

<The 6th Story>
第三十二日的国王

[0]

从前有个叫咔嚓咔嚓的国家，里面的人都有四双眼睛，四个鼻子，四张嘴，四个头，八条手臂，八条腿。

不过不要担心。咔嚓咔嚓国的人，看起来并不是怪物，而是和我们一样。他们只是有四个身体，同时存在于四个世界里。

因而他们的寿命，比我们短暂，只有我们的1/4，但是他们整个的生命加起来还是和我们一样的。

咔嚓咔嚓国的人很聪明，但是因为他们同时存在于四个不同的世界里，所以做事情便不能专心，在我们看来，也是一副笨笨的呆头呆脑的样子。他们甚至不会说话，只会发出奇怪的声音。

但是咔嚓咔嚓国的人都很善良。他们在四个平行时空保护着世界，因为他们能够看见我们看不见的另外三个世界的事情，他们往往有未卜先知的能力，能在灾难来临前警告我们。

每个遇见咔嚓咔嚓国的人的人类都很幸运。因为他从此有了和其他人类不一样的地方，如果他足够有耐心，便能透过咔嚓咔嚓国人的眼睛，看见另外三个世界的东西。

以及，更大、更宽广的宇宙。

[1]

4月的雨下来的时候，我只穿了双木屐在赶路。那个女人和我一样，在关了门的便利店外面，摩挲着双肩等雨停。她穿了件粉色薄纱一样的衣服，一张脸因为冷而变得惨白。她大概是怕我的。我看着她的时候她从不敢回头看我，也不敢拿手机。

我盯着她的包。她的包只有一根细细的皮带子。我只要扯一下，包就会到手。车站这会儿已经没有多少人。十一二点的时候还有几个喝醉酒的闲人在这边逛荡。这会儿却连那只要饭的猫都趴在屋檐下睡着了。

我盯着她。她要是聪明，就该离我远一点。但是这是唯一有灯光的地方。外面又下着那么大的雨。她在雨里一淋，身上就都被我看见了。我只是好奇她为什么不敢打电话。

也许，她没有电话？

我把头靠过去的时候，都没有意识到自己在笑。把头靠过去其实有点蠢，她随时可以用包砸我的脸，可惜她不敢，我知道她不敢。她看着我，我在她眼睛里看见我自己的脸。鹰钩鼻，薄嘴唇，下巴有点尖，加上被雨淋湿的头发……怎么看都不像是好人。

我看着她，看着她，就在她快要哭出来的时候，我把那张宣传单抽了出来："小姐，要不要买保险？"

[2]

我提着香蕉进门的时候，大薛在跳健身操，强子在洗澡，老六还没起床，就秀秀捏着个兰花指对着麦克那边的LOL战友大吼："你他 × 的再碰我的奶我就 × 你全家！"

我小心翼翼地把香蕉放在他鼠标边上，他回了我一个风骚的白眼，然后把他那双无敌臭脚从我的笔记本电脑上挪开了。我拜谢过他，到老六的枕头下面翻出鼠标和鼠标垫，又在大薛的刷牙杯子里拿出无线网卡和耳机，就此，在320寝室生存所必需的硬件算是齐全了。

我打开网页，输入账户和密码。为了保险起见，我把那女人的联系方式抄了两份，一份在手上，一份在衣服里衬。她害羞地用手机抽打我的脸颊的时候，大概没想到我脱衣服只是为了记电话号。她男朋友长得挺帅的，虽然跑步没有我快。

我把卡插进去，一面看电脑刷新一面敲桌子："快点快点快点……"

强子洗完澡出来了，掰了根香蕉走到我身边："又有新客户了？"

我把电脑重启，拔卡。他把电脑屏幕扳过来，看了一眼："金山？你实习地点不是在浦东吗？怎么跑那儿去了？"

我把晚上的事和他讲了一遍。他越听眼睛越大，最后伸手狠狠地捏了我的肩膀一把："也就是说，那小妞怕你抢她钱，结果填了保险单？"

我点点头。

"她男朋友后来也填了？"

我点点头。

"他们俩就没报警，把你当歹徒抓起来？"

我耸耸肩。

他伸出大拇指："人才！苏景峰，你真他×是经贸系一朵奇葩！"

我谢谢他的谬赞。

"这么一来回，一万块至少有了吧？"

我刷了一下屏幕："两万三。"

他脸上露出某种朦胧而美好的笑容，把一个淫贼的内心挣扎形象深刻地表现在了脸上。如果当时林苗苗和她男朋友看见的我是这一副嘴脸，我现在十有八九顶着俩熊猫眼被关在警察局里了。

我敲完申请表上的最后一个字，长吁一口气，合上电脑。一抬头，几个人都用和强子一模一样的表情看着我，大概意思是：晚上哪儿吃？

“这钱不能动。”我一字一句地说，看着他们眼里期冀的小火苗啪嗒啪嗒地灭掉，“这钱是要给我们家老周的。”

像是有个大风车，呼啦啦噼啪啪一路扇过去一溜耳光。他们几个人不约而同地站起来，秀秀临走前，还不忘了在我键盘上“呸”一口。

我养的德牧老周，在4月底得了结肠癌。

[3]

十望台是个公园。远山是公园里的一座小寺院。

我坐在石阶上看着韩东和那个老师父下棋。他新剃的光头还泛着青，棕色的袈裟也不大合身。但他一举手一投足，都透着隐隐的禅意，像是他本该如此，像是他生来如此。

我在那儿坐了小半个白天。远看着天从质地单纯的蓝色，变成有点灰的白，再变成紫，再变成半边赭的红。

平常的这个时候，我不是在晚自习室，就是在打工的宠物店里。帮别人抄笔记，或者戴着双层口罩帮贵宾泰迪洗脚剃毛挤肛门腺。人活着总要有点理想有点骨气，有点朝气蓬勃的斗志。我没有理想没有骨气没有斗志，我就是认真务实的这么一个人，眼里只有学分，或者钱。

韩东下完了两盘棋才抬起头看我。一双娴若秋水的瞳孔：“哟，你怎么来啦？晚饭吃了吗？”

他这从小学六年级到现在都没改了的天津口音让我没了脾气。我把那只烤鸭扔在他手边：“你妈让我带给你的。”

他看了看四周，漂亮的丹凤眼挤出个极猥琐的神情：“阿弥陀佛……此乃佛门清净地……”

他下句话没再说了。因为我和那灰袍子的老和尚已经开始撕鸭脖子。

酒足饭饱，他躺在长椅上和我套磁：“你怎么想起来看我？老韩和我老妈都还好吧？”

我说叔叔和阿姨都身体康健，牙齿倍儿棒，吃嘛嘛香。

“我妹和她男朋友还好吧？”

我顿了一下，然后给他讲了讲天下大事分久必合，合久必分的道理。

他失落了片刻。“又分手啊？我以为这一个能长久点，她说喜欢弹钢琴的……”

韩东看破红尘后，身家大事都交给我这个小学同桌兼闺房密友手里，他家的大事小事我都按时按期周全汇报，特别是他那个宝贝妹妹的恋爱史，都可以拍成电视连续剧在芒果台来回播出，还是一二三四季的那种。据说韩东给他妹妹介绍的男朋友不下四十位，从他学前班的同学祸害起，一路荼毒到大学的课外辅导员。他妹妹人虽然长得漂亮，但是性格古怪口味特别绝非一般凡夫俗子可以驾驭，于是这些哥们儿在无法应对诸如“我为什么不能开车到日本去”“你的胸是真的还是假的”“你妈妈真的在外面给你生了个哥哥”这样五雷轰顶百年难遇的极品问题后，一一撒手含恨而去……韩东在惆怅纠结了许久之后，也曾把目光转向我，我在他开口前给他买了本《法华经》，并把我们寝室唯一看得过眼的老五介绍给了韩小妹。这事情到此告一段落，老五会不会是另一个妹下亡魂暂且放着不说。

我和韩东又喝了两小杯王老吉凉茶，加上老头三人斗了一小会儿地主。他终于抬起那双水汪汪的大眼睛看着我：“你们家七子呢？”

我捏着大小王的手抖了抖，一时间想不出来什么话说。

他静了许久，叹了口气。“如果这样，不如分手。”

他甩了清一色的顺子，一双慧眼静澈通明，却是杀人不见血。

我放下牌。“输了。”

[4]

我认识七子是在大三。她是文艺部的骨干。我虽然那时体重超过一百八，却是校乐团唯一一个会拉小提琴的男的。

她看人的眼神和一般女生不同。她喜欢偏着头。

我那个时候，只是觉得她很可爱。笑起来有点像小孩子，呆呆的。头发也柔软，不像我，也不像老六，也不像宿舍里的其他人。

她总是不近不远地跟在我身后。我拉琴、打饭、接电话、发试卷……一个转身就可以看见的距离。

他们说，那些容易被人看见的人，也容易被人眷恋。

我们在一起，被很多人认为是无可厚非的事情。

[5]

我在电话亭里打了三个电话给七子。第一个号码暂停服务。第二个没人接。第三个占线。

挂了电话，看着玻璃外面的天。黑漆漆的天空里只有一轮大得不正常的月亮，半个小时之前这里还下着雨，地面湿漉漉的，偶尔有豪车开过，甩开的水渍好似鞭痕。

于是很想笑。笑声在寂夜里听起来却格外陌生。

[6]

五一劳动节，提着两盒好酒回了家。

爸爸很高兴。妈妈只是看了一眼我身后没人，就静静地转身去端盘子。

姐姐的女儿思思跑过来抱我的腿。我用“买桉树赠送树袋熊”（思思妈妈语）的标准姿势，一步一步挪过去，帮爸爸放桌子。

吃饭的时候妈妈夹了一块鱼放在我旁边的空盘子里。“七子爱吃鱼。留给七子吃。”

我拿筷子的手停了停。

爸爸出来打圆场：“七子有事来不了嘛，下回再吃，下回再吃。”

妈妈看着我。那眼神跟我高考失利没如期升入她执教的大学时，如出一辙。

我盯着那块鱼。总觉得那里有一根刺，却不是夹在鱼肉里，而是卡在我的喉咙里。

爸爸不说什么，但想法其实是和妈妈一样的，“你再好好和她谈谈嘛。换什么工作都好的，我们这边也不是不可以帮忙的。就算不想换工作，也可以挑一个离家近的地方上班嘛。一个女孩子家家，跑到火葬场那边算什么……”

爸爸还要说什么，妈妈胳膊拐了他一下，他不吭气，默默地夹了一筷子笋尖，放在盘子里捏来捏去。

我叹了口气：“这些我都和她说了。七子她有自己的想法。你们就别管了。”

顿了顿，我又加了一句：“有些事，我没办法和你们说。”

我妈脸上浮现出那种教了很多年学生、见了各种各样的人之后，才会有的表情。看起来像是个微笑，细看了却全是讽刺。“不说就不说了哦。说了我们老古董了也听不懂的。反正你们年纪还小，慢慢熬嘛，总有一天熬到人家姑娘不愿意了，煮熟的鸭子飞了的事情也不是没有的咯。”

她说这话的时候我就知道我要饱了。她没看见我爸在后面阴沉而又软弱的表情。那个表情有时候我会在镜子里的自己的脸上看到。她不知道，我经常因为这个表情发脾气。我觉得七子是知道我的这个表情的，七子和我妈一样，吃准了我的这个表情。所以才当着我的面，提出搬出去住；所以才换了手机号，让我找不到她；所以才假装和其他男人交往，就好像当初死皮赖脸跟在我身后的那个人不是她一样。另一方面，她又流露出那种略带焦虑的无助，让我从旁门左道得知她现在在做的事情和移情别恋无关。她就这样一刀刀砍在我身上，放着大招，虐着我的身心，让我作茧自缚，全无还手之力。

他 × 的真当我不会放手。他 × 的哪来“飘柔”的那么自信。

我不会放手。

[7]

老周住的地方，是个古时候的炮台。

炮台边上有塔，也有城楼。

现在不是旅游季节。就算是旅游旺季，来这里的游客也不多。

谁没事儿闲的跑到非风景区看一栋黑黢黢怪不隆咚看上去就闹鬼的破房子。更何况这破房子外面还贴着“围墙危险，行人绕行”的标语。

我看见他的时候，他就蹲在那一堆破烂抹布中央，专心致志地看着那张地图。能看懂地图的人不多，我妈一大学教授，手底下研究生博士后一群了，拿起地图来还是东南西北不分，七子就更不用说了，整个一路痴。这只狗却能堂而皇之地看着地图，不时提出点儿针砭时弊的评论，告诉我哪条街又非法拆迁了，哪个下水道又被挖了，谁家房子防火通道不合格……俨然城市规划局的工程师。

我在他身边坐下，掰了半根火腿肠给他。他说："又金锣啊？不能换个牌子啊？"

一面说一面吞下。

我把手机里的视频给他看。他"嘿嘿"笑："你女朋友倒是好样的。她当初怎么就不开眼看上你了？"

我斜眼看他，他若无其事，戴着老花镜继续翻他的报纸了。

我女朋友是个做宠物殡仪的。说白了，就是谁家养的鸡鸭鱼狗猫或兔子死了，她负责上门清理，管烧管埋。

她以前可不是做这个的。我认识她那会儿，她在IT公司打工，一个月挣上千美金。

我叼着烟，看着天边的云彩滚成一道红线，默默地打着了打火机。

[8]

七子穿着草绿色的背带裤，卡其布工装衬衫和四十四块钱的雨鞋，在那山坡上挖坑。穿着黑大风衣的男人和穿着小旗袍在他怀里哭得梨花带雨的女人看着她在那里铲土，不时伸手指点指点"这边""那边"。

七子戴着口罩，低着头，但仍然听见几个高中同学在不远处嘀咕。"不是说她转行做营销了吗？怎么闹了半天在做这个？""去做营销也比做这个强啊。""还不如去卖肉呢，去卖肉都比这挣得多。”“卖肉也挣不到钱吧？你也不看看她的长相。”……

七子把铲子插得深一些，可以看见黑黑的里土。在这个深度再向下挖几尺，就可以把骨灰匣放下去了。她直起身指挥那两个实习的大学生过来把那盒子平放下去，抬头的时候，果不其然看见之前嘀嘀咕咕的两张脸若无其事地看着天。

不是不在意的。只是听得太多，渐渐形成了一道看不见的保护膜，在里面，是“圈内人”“可以信赖的”“志同道合的朋友”；在外面，是“该干啥干啥去”“不说话就当他们是哑巴”；还有一小撮“认识了算是倒了八辈子霉”的熟人。

七子脱下一只蓝色的塑胶手套，擦了擦汗，看着不远处。她在没有动过土的地方都做了标记，好避免埋的时候搞混。她这个月埋了三只大型犬、两只乌龟、一窝仓鼠和十二只没满月的猫。

大部分都是病死的，还有一些是因为安乐死，命不好，赶上卫生部的年检。

看了一圈，剩下的黄色胶带标记竟然不多了。数来数去也就那么六七个。七子一方面感到欣慰：这多少证明自己的公司小有起色；另一方面却开始发愁：以后再有活儿，埋哪儿呢？

她在那儿发呆的时候，那两个大学生把骨灰盒子碰翻了。原本安安静静的黑衣夫妇炸了雷一样地响起来，一个让人想起涅槃乐队的背景鼓，一个让人想起“9•11”空袭警报的鸣笛声。七子心里“哼”了一声，单手提着铁锹过去了。

[9]

我给七子打了四个电话。

依旧没人接。

太阳已从地平线上消失了。现在看见的，是漫天不眨眼的星星和一只盯着我发呆的狗。

我捻灭了第十一还是十二个烟头，拍拍狗的后背，站起身来。

“你又要走。”

他这话说的，像是个青楼女子。我身子晃了晃，差点没把手里的烟头扔在他脸上。他眼睛埋在黑暗里，忧郁而又不健康地说：“不要因为我。你们这样，早晚会分手的。”

自打我和七子认识起，就有无数人说这句话：“你们这样，早晚会分手的。”如今人话换到狗嘴里，倒是真让我听出点认真告诫的意味来。我说我们不会。拍了拍衣服上的灰，推开了那扇破木板门。

七子站在门外。

身边还站着个男的。

老周说：“我勒个擦。”

[10]

我打小感情经历就不顺畅。拿我妈的话说，“你那情商既没继承你妈我，也没继承你爸爸，而是取了我们俩的对数和。”我打小另一个弱项就是数学，所以直到大四毕业补考我才知道我妈这话什么意思。

对数直取，不顾左右，不问今古，我爸五行属木，我妈生肖属虎，两人八竿子打不着却又相辅相成过了半辈子，孕育了我姐这个精华和我这个糟粕，正负抵消，是个零字。

我看着那男的。比我大不了几岁，二十八九，不高，但胜在眉清目秀，生得一副如今街头巷尾流行的女流形象，文质彬彬里带了一丝嗲气，弱不禁风里夹了一点矫揉。我知道这样的货色最是邪门了，和他吵架拌嘴都有被传染上禽流感的风险，稍微表现得过火些就要被那些腐女窃笑着怀疑意图不轨，于是我直接跳过了这位，看向七子："来啦？怎么不接我电话？"

她毫不含糊，当头给了我一记痛击："我们分手吧。我心里有别人了。"

我看了看她身边的男人，他蹲在那里，逗着老周，脸上的笑很像我们上星期游戏里打死的那个蛇精。

我说："因为什么呢？就因为我花钱给老周治病吗？就因为我把我们俩计划考研的钱给老周治病了？你不也找到新工作了吗？还专门烧埋宠物猫宠物狗。你以为我不知道你怎么想的吗？你不就是恨我吗？恨我把你的钱偷走了，都用来救一只狗？"

她不说话，看着我，眼里淡淡的什么都没有。

我说："也不能说完就完了吧。你现在分手以后一定会后悔的。你现在因为他放弃了我，怎么知道以后不会因为别人甩了他呢。"

说完我就想爬炮台顶上跳海得了。真有骨气。

她看了我半天，用着那个标准的七子的歪头的姿势，看得我心里一悸。她笑笑，这是她从前和我吵架闹别扭的时候从来没有的，倒像是那个蹲在那里的妖男才会有的表情。她就用那个从她新男友那里COS来的表情看着我，叹了口气，“我这两天先不回去住了。这是你的钥匙。你看着办吧。”

她把那串钥匙塞给我，拉着那男的转身走了。

[11]

我和七子在外面租房子的事，我们寝室就秀秀一个人知道。

我打电话让他帮我搬东西的时候，他发出打游戏时常有的“嗤”的一声。我说：“还在陪你的花哥哥刷无盐岛哪？”他在电话那边翻了一个我看不见的白眼说：“我是在嘲笑你，你个傻×。”

放下电话坐在小区台阶上。看小朋友跳皮筋。我想我为七子做的那些事，想我陪她从浦东搬到浦西；想我帮她做论文考四六级的那些日子；想她爱吃老鸭粉丝，不爱吃灌汤包和小杨生煎；想我和她相处的那些片短。

嗯。我的确是个傻×。

把衣服被子茶杯茶缸打包好往外背的时候，从行李袋里掉出一样东西。我一开始没注意，倒是秀秀眼睛尖，一把把它从一堆破光盘烂游戏机里捞了出来，“这是什么？”

那是我在七子生日的时候送她的速写本。她拿它来写日记，那时候还不让我看来着。

我拿着那本子讳莫如深，“秀……”

秀秀劈手夺过，翻了几页，眼角眉梢冒出一个冷笑，“2012年1月4日，苏把钱用在狗身上。生气。一个人去施华洛世奇买了水晶戒指。2012年3月15日，苏把手机卡拔了，不让我联系他。在宠物医院找到苏，在给他家狗治病……2012年12月1日，苏早起，拿了我放在书柜里的钱，出去了。那是我拿给外婆救急用的钱……2013年1月14日，外婆去世。”

他后面没念了。他眼里的那个冷笑散了，变成个挺严肃的人。他在校学生会穿西服打领带，忽悠那些新来的小学妹小学弟的时候，就是这个表情。他拿这个表情看着我，我有种被七子和那个妖男又一次手拉手甩了的感觉。

“你这个人，就是作死。”他说，翻白眼，把本子抽到我小腿骨上，死准，“偷女朋友的钱救一只狗？你是脑袋里进屎了吧？哦不对，你脑袋就是屎，进了也是屎……”

他一面说一面抽打我，处处狠毒。他是真生气了，不然以他的水平，根本不至于满嘴屎啊屎啊地糟蹋自己，想当年他率领着经贸院一群妹子舌战法学院的那帮油头粉面的小白脸的时候，可是一句脏话都没用，一个F打头的英语单词都没提，杀人不见血，笑里不藏刀，藏的都是小型原子弹核武器。

“我是该解释解释……我欠我爸我妈一个解释，我欠七子一个解释，我欠我们320寝室一个解释。我欠全中国全世界全宇宙人民一个说法……我去死好了吗？我去死你们就可以放过我了吗？”

我说这些话，不自觉地笑起来，用着之前从七子她男朋友那里盗版来的那个笑容——看，我和我前女友都是他的忠实粉丝——我一脚踏在窗台上，一脚踩着摇摇晃晃的椅子背。秀秀看着我，手里还扬着那个速写本子——明显是被吓傻了。

在那一刻我是真想就此跳下去的。人生就此戛然而止，没有纷纷扰扰的考试；没有没完没了的论文答辩；没有老师三天两头找我谈话；没有女朋友翻来覆去地和你玩宫心计；没有家长隔三岔五打听你“毕业答辩准备怎么样了呀”“实习公司签合同了没有呀”“打算什么时候和七子把事儿定下来呀”……以及实习公司里各个高手极品的指手画脚、公司客户的恶意刁难、宠物医院坑死人的医疗账单……

一眼看不到的未来。就像，从来没有过“未来”这种玩意儿一样。

然后，就在我松手的时候，我看见老周。

他看着我，就像十六岁那年，我第一次看见他的那个时候一样。

他说：“你别走。我走。”

[12]

粥是头一天妈妈在家煲好的。放了猪肉、红枣和枸杞，肉用小火在砂锅里炖烂了，翻出来一层一层的红丝都是酥软的。素素不知道这是给她未来姐夫的，用手偷了一块肉，结果被她妈妈狠狠地拍下去："没规矩。"

七子抱着粥到病房外面，本来喜滋滋的脸渐渐变得严肃。房间里有二十来号人，医生护士，实习的小大夫，患者家属，还有看上去应该是室友的四五个膀大腰圆的汉子。

她想：之前认识他的时候觉得他挺胖的，原来他们寝室都是这模样。顿了顿又想：还好后来拉着他天天上操场跑步瘦下来了，虽说胖子都是潜力股，但看他们寝室剩下的那几个，明显是要暴跌的。

等会诊的大队伍从房间里撤出，她又端正了笑容，从容不迫地进了屋。

[13]

我在床上，强子和大薛一起喂我吃饭。老六在剥香蕉，秀秀在那儿和负责换药的小护士死磕。

我看见七子抱着个饭盒害羞似的站在门口。于是我招了招手，感觉上和民间传统宫廷戏里的老佛爷差不多。

她说："你醒啦？"

秀秀"嗤"了一声。就连一向对小姑娘怜香惜玉的强子都粗着大嗓门道："你瞎啦？是个人都能看见景峰这俩眼睛睁得跟牛犊子似的，而且昨天做的手术你怎么才来？换我你这样的女朋友我可不要，赶紧走赶紧走！"

我在他那一声“景峰”之后就呛住了。强子的妈妈不含糊，一大块回锅肉，真是一大块，卡在我喉咙深处，让我再一次体会了一把“生死时速”。秀秀一面款款走过来，一巴掌拍在我后脑勺，用深不可测的内力把那块肉震出（对面抱着小茶缸吃小馄饨的大爷吓得假牙都掉了），一面用皮笑肉不笑的微笑对着七子道：“别这样，人家想着来就说明良心还没完全被狗吃了，让她把话说完，把粥放下再走。”然后在七子还没开口回答之前，以迅雷不及掩耳之势把那粥和一兜子苹果拎了过来：“好了话说完了你可以走了……”

我看着七子脸上的表情变了又变，最终还是不忍，“大薛，老六，你们先走吧。强子，秀秀，你们俩也先出去等我一会儿。”

他们看我。目光里写着“苏景峰你没救了”，但还是出去了。

我在那里看着她，沉默。其实我只是想理清思路，想想该从哪里讲起。

“我是老周的孩子……不对，老周是我的……也不对……”

“你是摔到了大脑吗？还是在哗众取宠，吸引我的注意力？”她走过来，靠在我身边，坐下。她歪着头笑，我对她这个表情从来没有抵抗力，只有傻兮兮地笑。

“那条狗的主人是金百城，你怎么不告诉我？如果我知道那条狗的主人是金百城，知道他悬赏二十万找这条狗，我怎么会拦着你给它治病？”

“我……”

“你是想给我一个惊喜对不对？你不知道我外婆生病的事对不对？你是为了我，救了那条狗，对不对？”

我很想点头。老周跳出去的时候，我没有伸手。我眼睁睁地看着他跳到楼下摔死了。后来我拿着他的遗体到金百城那里换了二十万，因为他们要的本来就是狗肚子里的那一袋钻石项链。你看，这是个侦探悬疑片儿：老周在炮楼误打误撞吞食了黑社会偷来的钻石，有钱人家的少爷找到了狗之后重赏了养狗的屌丝——TVB 经常播放的那种，后面就更经典了，我拿着钱恍恍惚惚往回走的时候，被车给撞了……但那个时候我心里一直想着的，的确是七子，我前女友。

可是我现在醒过来了。我得说实话。说。一个字一个字，一个词一个词，一句话一句话，完整的，彻底的，不含一点虚张声势花言巧语的。

不然我真的不得好死。

[14]

人的平均寿命在 60~70 年，最近几年提高到 80~85 年左右，不抽烟不喝酒爱跳老年健身操的，比如大薛那种，不出意外的话，可以活到 99 岁。

狗的平均寿命在 14~16 岁，有得到妥善照顾的，可以活到 20 岁。

20 岁。换算成人类年龄的话，大概是 110 岁左右。

我认识老周的时候十六岁。他三岁。他站在街边，和一群野狗抢一根粉色的丝带，浑身的白毛染成灰色，该打结不该打结的地方都打结了。他打架打输了，看见我的时候，眼睛里还充着血，走路的姿势流里流气踉踉跄跄，眼神却始终恶狠狠地不服。

我考试失利，很没出息，于是偷了家里的钱来青岛看海——这么一说，我以前就有偷家里人钱的习惯——我在海边看着穿比基尼的大爷大妈撒娇卖萌媚眼抛来抛去，手里拎着那瓶二锅头，胃里一阵翻滚。

那时候的海，蓝蓝的，看起来，干干净净的。如果走近了看，你能听见它傲娇地拍着浪花，一朵一朵地砸在海滩上，石崖上，那些肥硕而又龌龊不堪的人的肉身上。它一面不动声色，一面孜孜不倦勤劳刻苦数十年如一日地对着这些人这些石头说着同一句话："去死吧去死吧去死吧去死吧……"

在逃学离家出走的第三十二天，我一直麻木无痛的胸口，忽然有了一点感动。不是因为太靠近海而听得见它大逆不道的诅咒。

在山崖上，很靠近风和天海交界的地方，看过去那一片蓝，是宁静而一尘不染的。

这样的宁静让人安心。这份安心让我觉得，就算海在遇见人和石头的时候说着怎样恶毒没有同情心的话，也都是假象。那个安静的，像是地球中心一块碧玉石头一样的它，才是真正的它。

所以说，有时候一言不发比滔滔不绝更有蛊惑力。

我站在石崖上，张开手臂准备闭上眼，做自由落体运动的时候，老周出现了。他打完架，叼着那根粉色的丝带，在我脚边坐下，呜呜地看我。

他那个时候还不会说话，就像一般的狗一样。

我在那个时候想。这个狗，不会是不想让我死吧？

事实却是，老周的确不想让一个人死，那个人，却不是我。

我跟着老周爬了半个多小时沙礁，在那石头崖壁下面，找到了那个小女孩。她剃着光头，抱着海螺。不知道为什么，昏迷了很久。我想把她抱上来，但是她的脚卡在了礁石的缝隙里。

海水一点一点地涨上来，我看着她说："你等我，哥哥去叫人来救你。"

她拉着我的衣服说："哥哥，你别走，我给你讲个故事吧。"

我大急："都什么时候了……我去找人马上就回来……"

她看着我，超乎一般孩子的沉稳平静："哥哥你到最近的海岸也要半个小时。等你回来我已经死了。"

她看着我，眼睛干干净净的，老周摇着尾巴看着我，好像在问我为什么还不把他的小主人救出来。

然后琦琦开始讲那个故事——她是永川小学广播站的主持人，最擅长的就是讲故事。

她的那个故事叫作"咔嚓咔嚓国"。故事里的人都有四个身体，能够同时活在四个不一样的世界里。她讲完了那个故事之后，抬头看我。

她说："小哥哥，你知道吗？狗狗和猫猫还有其他小动物的心跳是比我们快得多的。因为他们是从咔嚓咔嚓国来的，他们只能活十几岁，因为他们有四个身体，藏在四个不同的世界里。我妈妈说，我也只能活到十几岁，但是我一点都不难过，因为在另外的三个世界……"

她看着我，嘴被水覆盖，发出的声音变成了泡泡。我把她的头抬高，再抬高。有没有人啊！快来救人啊！我哭着，撕心裂肺地大喊。老周摇着尾巴转来转去，我骂他：你这只蠢狗！懒狗！为什么不跑去找别人！他 × 的你就找到了我，我是个废物……

海水升上来，月亮冷冷的光。远处城市的霓虹灯绚烂得像个笑话。她的眼睛沉在水下面。她对我说：“因为……我是咔嚓咔嚓国的国王。”

[15]

我是在十一国庆的时候出的院。出院的时候，七子已经成了别人的女朋友。

大薛和强子他们捧着鲜花来看我，后面跟着老五老六不知道从哪里拐骗来的一队小学妹，一个个的大长腿白花花的晃得人眼花缭乱。

他们说丢了一个给你找来一个连队，值了吧。

我“嘿嘿嘿”没说话。

我知道七子没相信我说的话。不过后来她的确不再做宠物殡仪了。

女人的感情和好奇心紧密联系。一旦她觉得我没有那么神秘，也就不再对我无所不用其极了。

我倒是接过了她的生意，开始认真地做小猫小狗的葬礼。

“你图个啥？为了和那么个只认识钱的女人怄气，值得吗？”

秀秀看我，还是一脸鄙夷。

人活着，总要埋葬点什么。这一世，能让你真心付出感情的东西不多，无论是人，还是兽。

我只是想。只是相信。在这个让我们失望的世界之外，有另外三个世界。那里有一个咔嚓咔嚓国，那里每年会向我们这个无趣的世界派来很多英雄子民，他们陪我们欢笑，陪我们玩乐，陪我们度过这漫长而又萧索的一生，虽然他们为了到我们的世界来，把自己切成了四份，变成了看起来没有我们聪明，没有我们完整，爱发呆，不会说话的存在……但他们和我们拥有同样的生命长度。

她是那么说的。我相信她。

因为她是，咔嚓咔嚓国的国王。

（完）

冬年从花园的窗口敲玻璃，问夏扬要不要出来玩。他不知道她什么时候溜出去的，瞥了一眼 Vermeer，他站起来，推开后门。

她提着篮子在后面山坡漫无目的地走，在夏扬开始感到无聊和怀疑的时候，她回头，“规则变了你知道吗？今年只有一个人能从这里出去。”

“什么？”

她微微笑，踢起脚底的松塔和樱草花，“要和我结盟吗？把其他人干掉。如果我们合作的话，应该可以吧？”

“我都无所谓啊。”夏扬看着她身后的夕光，他认识的人都渐渐苍老死掉，像是一昼夜的昙花一样开满又枯萎，时代变迁，只有他们这一小撮人，似乎永远不会变老或长大，也像是他的肺炎，几百年了仍然治愈不了。

有时候他都不知道为什么Vermeer会接受他们的那些矫揉造作、拼接伪装后的故事。明明他们只是一群躲在巢穴里，窥探真正人类生命的怪物。他们并不懂得人性，虽然尽力攫取，却仍然只留下弱不禁风的身体，和不禁推敲的宿命。

他看着山丘上的奶牛。想到自己坐火车掠过家乡的森林，溪流边的兽群。

“最开始带我来花园的是谁来着？”

“周？”

“嗯，周。”

他说的那个人曾经是他的护卫，他的友人，他的兄弟。但那个人从未进入这个花园。之后的许多年夏扬在世界各个角落寻找过他，一无所获。他们说，进入Vermeer花园，不只是要找到小女孩、神像和那一系列的谜语。花园里讲故事人的数目永远是固定的，有人活下来，就有人要离开。

“结盟什么的，你还是找别人吧。”

“你不是说，无所谓吗？”

夏扬笑起来，有史官评价他“温和淳厚”，不如说他软弱可欺。几百年时光冲刷打磨了他的“温和淳厚”，最终裸露出棱角来。

“你知道吗？地震之前，山崩塌之前，大厦拆毁之前，都会发出细微的咔嚓声。”他伸出手，在冬年耳边，轻轻摩擦拇指、食指和中指，她忽然脊背发冷。“就像这样，沙沙沙，沙沙沙。但是人听不到，只有动物才能听到。人活得越久，身体里最接近自然和真相的那一部分，就会越来越小，像是田螺一样，缩到最里面。”他缩紧身体，好像真的变成了田螺一般，只有眼睛是大睁而明利的，带着那种让冬年身体发冷的不协调感，“有时候只有在半夜里突然醒过来，身体和感觉才会回到最初始的状态。有时候你以为无所谓的、不在乎的事情，会在这种时刻刺痛你，让你恨不得死。”他张开双手，脸上露出孩子在梦里才有的那种舒适恬然，说出的话却字字诛心。

“……”

“你可以试一试。自己一个人到山里、海边，或者冰川，没有人的地方。然后你会明白自己真正想要什么。我没有故事好讲，所以，你还是找别人吧。”

“没有故事？”

“没有故事。”他盯着她，眼里幽幽的光火，带着猎食者的兽性，“我知道我想要什么，我活够了。”

<The 7th Story>
齿轮

“如果我非契合，你是否将抛弃我？”

——题记

[1]

每个午夜，那个蒙着眼睛的女孩都会出现在化工厂外的沿河公园里。她一动不动地坐在长椅那儿，藏身于榆木阴沉的树影里。每个晚上，晴夏和他爸爸到公园里工作的时候，都会看见她。爸爸负责的机器是面巨大的墙壁，用玻璃和青色的金属制成。它有四个面，前后较开阔的两面开着七扇门。爸爸每晚用喷泉水清洗机身，检修破损的零件和松弛的发条。晴夏还小，不能像哥哥们那样帮爸爸做事。每当爸爸工作的时候，他就一个人在公园里游荡。

第一次看见女孩的时候，他被吓了一跳。她用一块黑绸将自己裹得密不透风，而且不知为何，晴夏看不清她的脸。晴夏将这件事告诉爸爸，爸爸的回答却晦涩难懂。

“这世界上有各种动物，它们吃不一样的东西。有些靠别人血肉活着，有些却靠别人的秘密生长。”

“您是说，那个人是在等吃的吗？”

“谁知道呢？”爸爸头也不抬地回答，“也许只是在等别人丢下的骨头罢了。”

[2]

他向楼下走去，一面走一面打电话。不。中午不吃了。是。有点儿事要忙。在他挂断之前，他看见了那两个扛木板的男人。他们和他擦肩而过，朝着四楼走了上去。他心里的那根线一瞬间绷紧了。有个声音说：“是今天吗？”

已经两个月了。它缠着他，咬着他，悬挂在他身上。他无法踏实地入睡，没办法做自己喜欢的事，甚至不能在课上走神。每分，每秒，他和“那个”捆绑在一起。他从没像现在这样专注过。有时他嘲笑自己：如果他把这专注用到其他任何事情上，他都会大有作为。大有作为。他笑。又一个遥远的名词。

电话那边的人的声音大了起来：“你还在听吗？袁琅？”他

回答："嗯，在。"

一直都在，形影不离。

这是盛夏的一天。袁琅安静地走进教室，貌不惊人，举止得体。坐在他前排的那个长头发的女生把脸转了过来，她说起前天晚会上的事情，露出一排好看的牙。袁琅用同样的微笑回应，有一点紧张。他接着她的话开了个玩笑，很冷，但谢天谢地，她笑了。

托"那个"的福，他得到了洞察人心的本事。他看得见他们夸张的笑、不合时宜的颤抖、错误的转身和失败的问好。这本事成了他生命的重要组成部分。它教会了他如何去看，如何去听，如何去发现那些他从前忽略掉的东西。然而它并不是不要报酬的。就像"那个"在每天夜里纠缠他一样，这本事毁了他的白天。别人任何一句玩笑、任何一个不自然的动作都会触动他心里的那个警铃。大家都在撒谎，他们都在表演。他学会了控制自己的身体——攥拳、后退。只有这样，他才不至于失声大叫，将那些微笑的人推倒在地。在极少的时候，比如上周他们办的那个晚会——他才会忘记"那个"，变成真正的自己——朝气蓬勃、前途无量、快乐而又自信的高三（7）班班长，袁琅。

可那不过是个梦罢了。他很清楚。即便在他沉浸在梦里哈哈大笑的时候，"那个"也没有离开过他。在梦醒的瞬间，他疼得比任何时候都厉害。

偶尔，他会想起遇见她的那一天。那是另一个梦了。也许她本身就是一个梦。那一天下着雨，天空是纯黑色的，路面是纯白色的。他坐在游乐园的旋转椅上，任凭雨水打湿全身。水流过指间，带走体温；血流过手腕，带走痛觉。她站在那里看他，手里撑着一把白色的阳伞。因为怀孕，她显得有些臃肿，但那张惊奇的脸仍然十分漂亮。那一刻，他忽然没有了恐惧、耻辱和悲伤。她站在那里看他，脸上有着不甚明了的笑容。墨一样的卷发环绕着她雪白的颈项，让她看起来像是刚从油画里走出来的人。她离开的时候没有拿伞。她把它留在那里，陪他尝试死亡。

“如果那天你死掉了，一切就都完美了。”他对着镜子，轻轻地将破碎的表情拼成一张“正常”的脸。

下午的时候，他又看见了那两个扛木板的男人。他从他们身边走过，一脸的漫不经心。他的眼睛死死地盯着他们忙前忙后的那扇门，他记下了他们穿着的衣服，记下了他们说话的腔调，记下了他们拎着的油漆的辛辣味道。他只想知道一件事——

“是今天吗？”

他无法确定。这世界有数不尽的招数来毁灭他，而维系他呼吸的光只有那么一束。他们是工人，给402的主人装修房子来了。

这么说，它将要被卖掉了？

那间屋子。他应该怎么做，搬走吗？坐火车还是汽车？学校那边要怎么办？请病假？退学？如果真的走了，事情会不会变得更糟？

是今天吗？

他思考，他筹划，他侧耳聆听。有个看不见脸孔的东西蹲在角落里，它一言不发，却睁大眼睛，张开流涎的嘴。黑暗从没有保护过他。它更像是毒品，使他的心跳变慢，呼吸平稳，把每一分每一秒都折磨成无尽永恒。太阳每日升起，他开始讨厌所有阳光明媚的清晨。小时候的那些日子，在阳光的庇护下无忧无虑地奔跑的日子，渐行渐远。在他内心极深的地方，有个声音提醒着他："它们会回来的，那样的好时光。"时间流逝，他的记忆流逝，所有的一切一切流逝，而这声音却站在河流的中央，给他一方站立的地方。

它稳固牢靠，是他唯一的死党。

这一夜他做了一个梦。他梦见好多好多的笼子，蒙着厚厚的遮光布。不甚清晰的声音从那下面传出来，"嘎啦嘎啦""丁零丁零"。就像是坏掉的钟表，一面盘算一面唠叨，不知道该抛弃哪个齿轮才好。那些声音飘浮在空气中，织成一朵厚实温暖的云彩。它围绕着他悬浮在那里，时不时地触碰他的身体。它有着完美的体温和轻柔的触感，那温暖比任何疼痛都让人绝望。他精疲力竭地从梦里逃出来，看见月亮静静地挂在窗角，痴笑着欣赏他的疯狂。他披上衣服，出了门。他不该这么做的。

他在街上没有目的地游走，时不时有一辆没有牌照的车飞过身侧。飙车的男人大声呼啸，改装的车轮在银灰色的路面上奋力弹跳。

他想起小时候和姐姐在深夜的街上，提着零食回家。小小的心轻轻跳动，担忧着从暗处冲出来的坏人。年幼的猫闪过眼前，他们跟着它，忘了夜色凶险，它却倏然间融入黑暗，补全午夜拼图。夜晚是属于猫的。他想。

当他看见商店门口停着的那辆车时，他才意识到自己有多么愚蠢。它身侧漆着蓝色的条纹，冷白的月光照亮头顶警灯，看起来冷酷而又危险。守门的狗。他想。心里那根线一下子绷紧了，所有童年的金色幻影被勒成了碎片。他向四周张望，确定那些亮灯的窗口没有盯着他，确定没有闪亮的眸子藏在漆黑的窗子后面。然后，他像猫一样融入建筑的阴影里，向家的方向走去。

那晚他没能回家。

[3]

虞和萱一起住在化工厂研究院的附属楼里。萱管虞叫“姐”，虞则称呼萱作“小萱”。她们从不打听彼此的私生活，共用厨房和电视机，一起照顾研究所老师们的小孩。对于她们来讲，这不是工作，而更像是一项娱乐。萱看起来只有十六七岁，说话做事都像个寻常的高中生。虞这年二十八岁，怀有七个月的身孕。

然而在这个城市，人们靠着谎言生存。新华大街转角的那个要饭的小孩，擅长把腿弯成骇人的弧度。如果他没有诓来足够的眼泪和纸币，对街餐厅里的高个子男人就会将他的脚锯掉——像他对那些失败的小孩做过的一样。

有时候，这样的谎言可以持续很久。它们裹着糖衣，力不从心地治疗着人们流血的生活。

虞最近有些心不在焉。种种迹象都向萱透露这点——虞打破了她们最好的一套茶具，虞连续两天做了同样的晚饭，虞弄混了两个孩子的衣服，虞错过了一次产前检查。这很奇怪，她是那么谨慎认真的一个人。而且，萱可以肯定，这一切和疲劳无关。虞从未精疲力竭过，这不是因为她体力过人，而是因为她从不会让自己陷到那样的境况里。萱可以识破别人所有的情感——沮丧、欣喜、愤怒、疯狂。然而这个，萱摇头，她从来没有见过。

也许是因为那天早上的新闻。萱想起虞那时候的表情。西市区的一栋居民楼半夜里着了火，有个少年救了睡梦里的邻居们，结果无一人因火灾丧生——这是则温馨的报道，镜头不错，剪辑漂亮，采访真实感人。那个少年也是个有趣的人，他解释事情的样子非常特别——手势慵懒颓唐，眼睛却是警醒而又清亮的。然而这些和虞有什么关系呢？就萱所知，虞并不是个对这类事情感兴趣的人。然而萱没能思考更远。有个孩子扯着她的衣角喊饿，她一面哄他一面想起了那条规矩："永远不要触碰你身边的人。"

她慢慢地压下翻涌上来的兴奋和好奇，将胃里的那团火拢成豆大的光。安静，忍耐。她掰了块饼干塞到那孩子嘴里，然后又喂了自己一片。"太容易碎开了，要小心呢。"她一面说着，一面复原成那个温柔善良的女孩。

[4]

糟得不能再糟了。

这是这些天在他脑袋里盘旋的唯一一句话。他一直小心翼翼地克制着，才没有把它吼出来。他上了电视节目。他的脸被拍到了。学校嘉奖了他。市长给他打过一次电话。还有什么？他应该弄面锦旗，上面写着"新时代的好少年袁琅"吗？

坐在他前排的那个女生优雅地转头，对他一笑，将那纸团丢在他桌子上："中午一起吃饭，好吗？"

他艰难地抬头看她，他忽然发现自己想不起她的名字了。

在他刚准备开口回答的时候，那两个男人出现了。他们看起来经过严格的训练，动作利落，行事敏捷。他的胃猛地抽了一下，然后黏热的血沸腾起来。他发现他的手开始不自觉地颤抖，而那张字条也不知何时变得湿漉漉的了。那个慢吞吞的声音又一次响起来：

“是今天吗？”

他尽了全力压制住身体里的那只畜生，没让它带着他从房间里冲出去。他听见坐在他前面的那个女生惊奇地说：“警察耶！”他将他的头自然地转向门的方向，把那双不听话的手藏在桌子的下方。他选了好奇的表情，抬起头来。这表情让他迅速地融入众人。

他们走进门，径直朝他走来。

他的心沉下去。他知道周围的同学们都用好奇而疑惑的眼神打量他。他伪装出来的好奇仍然支在那里，带着随时都会崩溃的裂痕。他希望心脏不要跳那么响，它会害死他和它自己。

“袁琅，嗯？”他们当中的一个说。他们的眼睛警觉而又冰冷，和袁琅每晚梦见的一模一样。

“是我。什么事？”

冰冷的光凝聚浓缩，笔直照射。袁琅努力没让自己的眼睛逃开，“又有谁家着火了吗，叔叔？”

几个男生笑起来。他擅长开玩笑，这是他还是个小孩时就学会的技巧。无论处境有多艰难，他总能找到东西来娱乐自己，这是他和孤儿院里其他的那些孩子不一样的地方。他不是个擅长赢的人，但也从没输过。

那份警觉淡了，也许不多，但那人再开口的声音几乎是温柔的了。“我们在查你住的那幢楼的一个案子。希望你能跟我们走一趟。”他拿出证件给他看，“应该下午就能回来了。”

他的心不再狂跳了。他听见它撞碎在他的胸口上的声音，尽管疼痛难忍。他还是迅速地找到了最佳的反应：“好。我要不要和老师请个假？”

对方微微点头。他站起来，不易觉察地摇晃了一下。他走过去，先和学习委员郑嘉说了两句，然后出门去找班主任老师。他声音镇定坦然，他做得很好。

他忙这些的时候，那两个人一直看着走廊里的学生们。他们对看到的一切都是一副兴趣盎然的样子。学校，阳光迷恋的地方，纯洁无瑕的地方，邪恶无从落脚的地方。嗯。

他们中的一个抽出烟点着了，另一个飞快地抢了下来，小心地熄灭掉。他们的工作很无趣，危险而又被人看轻。就像杀虫剂。虽然被需要，却不是很想随时看到。

袁琅终于从办公室出来了。其实班主任早就知道了一切。两个警察盯着他，有些同情。那孩子脸上挂着个假笑，仍然试图把颤抖的手藏在身后。这小孩肯定有问题，清理火灾现场的时候从楼板夹层发现的那个尸体希望和他没有关系。抽烟的男人在心里叹气。他想起自己十三岁的儿子。

他们一起走出教学大楼。两个男人寸步不离地走在袁琅的身边，无论他向任何一个方向逃跑，他们都能在一分钟内将他追回来。袁琅一面走一面想心事，男人们一面走一面抽着烟。

白色的云朵懒散地堆在深蓝色的天空里，这是个阳光明媚的好天。

事情发生得太快，那个男人没有立刻搞懂发生了什么。起初，他以为某个玩水枪的孩子在和他们开玩笑，然而他很快意识到，这水流的温度太高了。他转过身，看见地上一圈红色，那把小刀齐柄插到了袁琅的脖子里，喷出的血液染透了他的上衣。两个男人慌乱地把孩子抬起来，用知道的一切办法帮他止血。有个女孩子远远地尖叫起来，声音嘶哑，如同夜鸦。

[5]

时针指向9。几乎在秒针刚转到12的时候，它便鸣叫起来，歇斯底里。虞走过去，打开它的玻璃罩子，将时间拨回到8:30。然后，她坐回到原来的位子上，继续拆装那支枪。

这是今晚她第八次这么做了。

这世界上有两类人。第一类人做事黑白分明，他们喜欢将世界分割，擅长使用刀子和火；另一类人喜欢灰色，他们模糊好与坏的界限，用温软的手指调节世界的平衡。在好时代里，第一类人被称为英雄或者创世者，第二类人被叫作天使；在坏时代里，第一类人被叫作战争贩子，第二类人被叫作墙头草。

虞是第二类人。她身体里有种叫作妥协的东西，让她没有办法区分自己的喜好和别人的恳求。她不知道自己真正需要的是什么，她不知道她站的位置是不是她真心想要的。她始终用一双灰蓝模糊的眼睛看着这世界。每当她遇到了麻烦，她都将她的心切成两半——无法停下来的此时此刻和无法抵达的彼方彼岸——这几乎毁了她的生活。就像这会儿，她一面拼着杀人用的器械，一面想着一件全然无关的事。

苑没有敲门便进了房间。他扫了虞一眼，立刻明白了她的状况。“停手。”他说。她置若罔闻。苑上前一步，迅速地夺下了她本能举起的另一把枪，她射出的子弹击穿了苑前一秒站立的地面。她在那一瞬间清醒过来，看见他一脸冷峻地站在那里。“你应该敲门。”她说着，把枪收好。苑冷酷地笑：“敲了你能听见吗？”

虞倦怠地坐回椅子里。她的眼神又开始混沌不明。苑盯着她，盯着她躁动不安的手指。

“这不像你。”他说，有些感伤。

他把那支枪放回到桌子上，眼睛却不肯看她，“你碰了脏东西，它开始腐蚀你了。”

虞没有抬头，“你饿不饿？我做了晚饭，在厨房的桌子上。顺便给我拿一份来。”

苑沉默了一秒，然后重重地一拳打在桌上，“我最讨厌你这一点。”

他转身出门。

虞看着凹下去的铁板，轻轻地摸着肚子：“没事的，哥哥在生妈妈的气呢。”

十分钟后，门又一次开了。这次是乔。他探进半个身子，房间立刻狭小了许多。他在虞的对面坐下来，开口说话，声音绵软动听。

“能不能告诉我，到底怎么回事？”

虞向他眼睛的深处看去，温柔而清澈。她的手指又跳了一会儿，然后放弃了，“乔，你抓过老鼠吗？”

他的额头微微皱起。“我是在新城区长大的。”他说，略微显得窘迫，“但我同学里面有当大夫的，给我看过实验用的白鼠。”

虞说：“被叔叔领养前，我在老城区的孤儿院里待过。我们楼前有块空地，种了很多白菜和西红柿。一到夏天就有老鼠跑到里面去。又黑又大的老鼠。”

“你抓过？”

“没。我怕老鼠的。但我哥抓过。他还编了很多笼子，把抓到的老鼠和仓库里的小鸟、兔子什么的养起来。”

“他拿什么喂老鼠？”

虞看着乔。那张娃娃脸上没有恐惧或厌恶，只有好奇。这表情让她想起工厂那边和她一起照顾孩子的那个女生萱。他们是同样的生物——有着幼犬表情的狼。

“死掉的青蛙。那是刚开始的时候。你也知道我哥的性格，做事情没有长性，后来就扔着不管了。”

乔满意地笑，那笑容无声地溺爱着那个还是个孩子的戚十激，仿佛在说：“不愧是我们的头儿。”虞继续说：“再后来，新年的时候，我们才想起来去看那些笼子，你猜怎么着？”

乔摇头。

“所有的兔子和小鸟都不见了，连根羽毛都没剩下。它们的笼子都是完好的，前前后后没有一滴血。可那老鼠却撑得和装它的笼子一般大了，两个眼睛从栏杆那里勒出来，又大又红的。”

乔哈哈大笑：“它怎么做到的？隔山打牛啊？”

虞耸肩：“谁知道呢。也许是那些兔子主动送上门的。”

乔一面笑一面摇头。虞轻轻摸着自己的小腹：“如果我做了自己想做的事，你们会把我丢到笼子外面喂那只老鼠吗？”

乔收了笑，看着虞。他过了好久才开口：“一直以来，我都小瞧你了。”然后又摇头：“你想救他，他知道你是谁吗？”

[6]

萱坐在公园里，等城市主人和他的儿子离开。他们丢下了一个损坏的零件，这让她兴奋不已。她默默数秒，直到绝对安全后，才把遮眼睛的避毒帘摘了下来。公园中央的喷泉闪着暗紫色的光，如果她早摘了一分钟，这双眼睛就再也看不见了。她眯着眼四处寻觅，终于在自动贩卖机那边看见了那个小孩。和传说中的一样，他站在一圈白色的粉笔印记里，有一双紫色的、玻璃样的巨大眼睛。

她拿出了笔记本，迅速地冲到了那孩子跟前：“这次死的是个什么人？”

他木然地把头转向她，他的额头上印着一圈红色的数字。他迟缓地张开嘴，声音像八音盒一样清脆。

“一个男的，一个女的。”

萱的肚子又“咕咕”地响起来。她舔了舔嘴唇：“他们怎么死的？”

他没有立刻回答，而是默默地闭上了眼睛。他的皮肤是暗褐色的，像某种用来做长靴的皮革。他再抬头看萱的时候，嘴角扬起个诡谲的笑。萱忽然感到身上一冷。

“我给你看。”

他伸出手，它们变成细细的铁线，紧紧地包住了萱的头。

[7]

这世界上的东西坏掉，通常有两种方式——从里面，从外面。

那些从果核开始烂掉的苹果，依然保持着好看的外表。它们光可鉴人，它们芳香四溢，它们可口，它们甜美。

袁琅一直以为自己是这样——内心溃烂不堪，外壳却仍苦苦撑着光鲜。他最不愿想起的，就是那个下雨的晚上。他和同住一间公寓的室友吵了一架，摔门而出。当他后半夜回到那里的时候，发现室友已经因为煤气中毒死在了浴室里。

他想不起来的是，这事是不是自己干的了。

灰暗的指甲将他的生活撕开了个口子。他开始怀疑镜子里的那个人，他看起来既道貌岸然又居心叵测。他有没有恨过什么人。他有没有背着自己撒谎。他有没有因为愤怒将手染红。

但接下来的事，却的确和他有关了——他配了把钥匙，利用四楼闲置的那个房间，把室友封在了水泥墙壁里。只要那房子的墙不被敲开，就没有人会发现那个失踪的少年。他做这些的时候，冷静而又沉稳。他开始笑自己：你有没有做过类似的事。你抹杀过谁。你为何如此擅长自然。你到底是谁。

无论如何，已经回不去了。

直到那个下午，那个阳光刺眼的下午。他跟着两个“警察”走出学校，全然不知他们是他分开多年，在杀手组织工作的姐姐派来帮他的。而当他把那把刀子刺入喉咙的时候，他才真的看清自己。他没有杀死任何人。他的心，磊落如初雪。

有的人因为扭曲而融入黑暗。有的人，因为不小心触碰了黑暗，永远地弄伤了果核。

[8]

丰源小区公寓藏尸案终于告破。凶手是职业杀手集团“黑线姬鼠”中的一员，名叫虞多珊的女人。她给出了作案动机、时间、指纹和作案工具。在证据确凿，被判有罪后的第三个月，她生下了一名男婴，随后自杀，断了警察顺藤摸瓜，找到这个臭名昭著的杀手组织其他成员的念头。

萱站在镜头前，面无表情地完成整个报道。被她采访的那几个专家反倒显得有些底气不足。毕竟这个案子牵涉到的人太多，潜藏的麻烦也太多了。

控制台这边，有几个人忙着交头接耳。关于罗瑾萱怎么弄到这条内幕消息，已经有数十个流言版本了。有人说她每天夜里都会穿一身黑，在城外和一群流浪汉买小道消息。也有人看见她和一个小孩在交谈，那孩子赤着脚站在树林里，身后跟着一个巨大的满是齿轮的机器。

在城市的另一端，袁琅躺在医院洁白的床单上，阳光照亮他熟睡的脸庞。晴夏拉着爸爸的手，飘在窗子外面看他，“他是个好齿轮，对吗，爸爸？”

披着白色斗篷的城市主人微微侧头，默不作声地关紧窗户。唯有他知道齿轮没有好坏之分，只有孤单和不孤单两种而已。

（完）

夏扬和冬年聊完，回来的时候，天变得灰而阴郁，山坡上下起了小小的雨。远远地可以看见有小山羊在小坡慢慢地嚼草，不安地甩尾。夏扬提着风衣下摆跟在冬年的后面，一面走一面想她说的话。乌云在他身后逼近地平线，有深色马群在世界尽头徘徊，棕色的马尾不安地甩动，瞪大的黑色眼睛凝视着草原另一端的人类。群居的生物彼此互为齿轮，异类被驱逐杀戮，只为了维持整体的有序和健康。但人类不同，人类保护弱者和衰败的老人，原谅有罪之人，带着毁掉整个系统的风险，缓慢地进化着，来到了食物链的顶端。

被凝望的夏扬看着鞋子上的泥渍污痕，对这一切一无所知。

在门口脱掉鞋子，把外套挂在门外面的挂钩上，换鞋，放下满是覆盆子、蓝莓、榛子、青皮核桃、康乃馨和樱花草的篮子。房间里的女仆看了他们一眼，皱眉，像是看玩泥巴玩了一天，嘻嘻哈哈跑回家的孩子。那个眼神，给了夏扬这样的错觉。记忆的深处，金陵辉煌而又冰冷的宫殿里，似乎也曾有人这样佯怒看着他，眼里却是喜不自胜的疼爱。那个人是谁呢？自己的母后吗？奶娘吗？宫人吗？他已经记不得了。时光会磨烂一切羁绊的锁链，无论那是钢铁石器，还是骨肉血脉。

大厦崩塌之前的咔嚓声。沙沙沙。沙沙沙。

夏扬拖着脚步，上楼洗澡换衣服。大部分人坐在沙发里聊天打牌玩游戏。等他洗完澡下楼来，冬年正在讲她的故事。

✝

<The 8th Story>
积雨辋川

早上起来，天灰蒙蒙的。从十五楼看下去，停车场里那二十多辆车看上去空落寂寞。四点多的时候下了一场雨，三辆车开走了，银色的丰田，白色的沃尔沃，灰黑色的保时捷。车胎在白色的水泥地上留下魔法阵一样的环形印记。

毯子不知什么时候滑到了沙发下，他把它捡起来，丢在那堆衣服上面。灰色条纹的猫从那下面钻出来，叫了一声抬头看他。

熙川伸了伸胳膊，活动了一下脖子。他身高一米八三，体重八十五公斤。即便如此，站在三米高的落地窗前，这间白色空旷的房子里面，他仍然显得单薄渺小，像个孩子。

电视机在身后自动响起。新闻。足球。早间的散步节目。一群人在细雨里寻找渡鸦的蛋。

旁边房间门开了。穿着白衬衫光着两条腿的女生出来。黑色的长发有些凌乱，她并不看熙川，直接走到卫生间。从她出来的那个房间里传来男人低沉的哼哼声，半梦半醒，说的是粤语，熙川听不大懂。那女孩回了一句什么，语气不善，而后关上了拉门，哗哗地冲起澡来。

熙川从冰箱里拿了一杯咖啡，一袋土司面包，转到了足球频道，一面吃一面看着。切尔西又输了，让人有些灰心。

陆名彦从房间里出来了，倚靠着门框，睡眼蒙眬地看着熙川。他下巴的胡子没刮，头发也有些长了，刘海散散地遮住一只眼，赤膊的上身露出完整的六块肌肉来。他走到熙川身边坐下，分了一块土司放在嘴里嚼着："怎么就吃这个？冰箱里有昨天买回来的肉馅包子。"

对方又进了一球。熙川"啧"了一声："懒得动。"

"昨天晚上做得怎么样啊。完成多少？"

"还差一半。他们之前做的代码有个大的问题，我改不了，又从头写了一个新的。大概下午能完工吧。"

"从头写？能行吗？你昨晚睡了几个小时？"

"仨钟头。没事儿。下午四点前发给他们就行。"

两个人又聊了一会儿，陆名彦皱了皱眉，对着浴室大喊道："生生，洗好了没？我和魏哥都饿了！"

浴室的水声停了。那女生包着头发出来，瞪了陆名彦一眼，但还是去煮饭了。

熙川笑了一下，把咖啡喝完，吃掉最后一片面包，拍拍手站了起来："我去外面找个地儿，把剩下的程序写完，你在家好好休息，有事电联。"

"你不吃过饭再走吗？"陆名彦微微睁大了双眼，表情像个高中生，"你下午去哪儿啊？还是老韩楼下那家咖啡店吗？"

熙川点了点头："交完程序我就直接去足球场那边了。你要是没事儿可以过来找我。"

陆名彦看着熙川出门，临走前两人挥了挥手。

门关上。穿着白衬衫的女孩在陆名彦大腿上坐下，用叉子喂他包子吃："他怎么还不搬啊？"

包子不温不烫，刚刚好。陆名彦一面吃一面道："不要乱说话。"

熙川在自动提款机里取出五百块钱。

电子屏幕上显示卡内余额一百二十元。

他拔出卡，走出建设银行的提款小隔间。

街上车来车往，阴了一星期的天空，忽然蓝得不自然。

他还有一周才能拿到下个月的工资。

月底还要付房租。

他抬头看着蓝天，提着电脑包拐进旁边的那家咖啡馆。

房间光线十分昏暗。桌椅沙发也都显得破破烂烂。但是和平时一样，屋子里坐满了人，有一半是外国人，大部分是德国人，有一小撮法国人和英国人，还有几个眼熟的亚裔面孔。熙川在里间靠吧台的位置坐下，擦杯子的老板看了他一眼，便把已经热好的饮料放到他手边。两个人对视一笑，熙川笑得有点艰难。

"不顺？"

熙川摇摇头，开了电脑，翻看之前改的程序。

“怎么回事？”

“她把我们结婚用的钱也都拿走了。”

“白如安？”

熙川点头。

“她去了哪儿？”

熙川摇了摇头。

“你现在住哪儿？还是原来那个地方？”

“嗯。因为窗玻璃坏了，昨天去老陆家住的。”

老韩盯着他。熙川静静地敲了半个小时，其间只喝过一杯浓咖啡。他写得不是很顺，不时卡住，一面敲着键盘，一面低声骂脏话。

下午一点整的时候，熙川拍了拍手提电脑：“我先去公司了，回头聊。”

老韩说：“有什么事叫我。我和老七手里还有一点积蓄。”

熙川挠了挠头：“也不都是钱的事。我是有些事情想不清楚……我总觉得小白是不是家里有了什么事……我还有点担心她。”

老韩没吭声。熙川笑了一下：“得，我又傻了……回头研究吧。”

他从咖啡店走出来，对着湛蓝如洗的天空叹了口气。

熙川抱着电脑到了公司。老板办公室在十二楼，比其他人高一层。偶数的电梯人满了，他坐了奇数的那一台，到了十一楼，又爬了一层上去。

原本也想坐到十三楼的，不过最近忘了听谁说，下楼梯对关节有磨损。

到了办公室，到处都是玻璃门。尽管已经在公司待了三年了，还是有点不适应，每次都担心会不会有人撞上去，听说老板之前辞退的助理就干掉了一扇玻璃门，还为此赔了不少钱。

熙川想着这些有的没的，进了老板的办公室。老板今年四十七，跟熙川一个姓，中文名字叫魏文启，但习惯让下属叫他Sam。

熙川把改完的程序递给Sam，然后问起了薪水的事。

“预支三个月工资？”

熙川点了点头，挠了挠额头：“我家里出了点事，有点急，一时间没办法周转……”

“没问题。”Sam点头答应，“能问问是什么事吗？”

熙川想了想，还是摇了摇头。

Sam也不追问：“下个月有个会在欧洲，我身边没有合适的人，要一起去吗？”

熙川算了下时间：“如果家里的事处理完了，应该没有问题。”

Sam拍了拍他的肩：“那我等你。”

出了公司，熙川站在人来人往的喷泉广场中央，发了会儿呆。

外面不知何时下起了雨，路上的人都行色匆匆。

想来想去，还是掏出电话，拨了那个已经烂熟于心的号码。

之前曾经一怒之下删掉，却忘了自己对数字从来是过目不忘。

何况白如安的电话号码十分好记。

嘟了两声后，电话断了。本以为她会直接丢掉电话卡的，但又一想，她一向小气，不用到最后一分钱是不会罢休的。

想到这儿，又摇摇头，笑了一下。

明明那么了解她，却还是忘不了她。作为一个也算见过大风大浪，谈过几任女友的熙川来说——其中一任女友还是法国人，这样的事还真不能用简单的“蠢没边儿”来概括。

一见钟情什么的，都是屎吧。

认识白如安的时候，熙川还是个小鬼。

初中升高中，他化学不好，妈妈逼着他到白如安家补课。那楼房在重点高中后面，学区房，前面是弯弯绕绕的花园，树木老，绿色深得有了恶意。

白如安家住得高，七层。每次气喘吁吁地爬上去，那绿色的恶意便从楼道间的窗玻璃穿刻进来，落到眼里心里，化在熙川砸门的拳头上。白如安出来开门，一双红白凉拖，身上套着不知是睡衣还是吊带裙的东西，同样红白条纹。头发乱乱一个马尾，刘海用发带一类的东西箍起来，更显得额头异常的圆和宽。她总是在吃着些什么，要么就含着棒棒糖或者牙刷一类，嘴里从来都不闲。

上课的是白如安的妈妈，房间朝南，阳光晃眼，屁股底下是彩色的板凳，多半是白如安小时候的。黑板是白色板，用水性笔在上面涂涂抹抹各种化学反应方程式。墙壁上塞满了玩具布偶，房间里飘舞着灰尘。老师四五十岁的年纪，一张马脸，上面满是坑洼斑点，眼神诡诈而猥，讲课到一半便要停下来，拿湿纸巾擤鼻涕。一头卷发翘而光亮，黑得十分可疑。熙川从未见过白如安的爸爸，故而不知道白如安的长相是不是像他。

那时也并不觉得白如安漂亮。彼时熙川喜欢的是七中的一个女孩，在外语补习班同她和几个一中的学生一起学新概念。她姓李，叫什么已经忘记。只记得黑色的绢缎一样的发，不过肩，白如冰雕玉刻一样的侧颜。手指与声音都美，不爱笑，若被盯的时间久了，眉心就皱起来，但还是优雅而摄人。

班上的女生，喜欢讲各种各样的八卦。男生也讲，但可观赏性就差些。女生讲八卦的时候，声情并茂，抑扬顿挫，前因后果，恩怨情仇，你死我活，最后落在一个“该”字。男生们三言两语，撒尿抽烟眨眼间讲完十几条，之后回想起来只有嘘嘘嘘和暧昧不明的臭气。

白如安是熙川讲故事的启蒙老师，也是唯一肯把八卦讲给他听的女孩。

她讲学校图书馆里的鬼其实是两个老师。她讲教学楼的灯为什么会是十九盏。她讲实验室里那个坏掉的水龙头还有被锁死的标本室的那扇门。她讲广播站的那个漂亮的高三男孩为什么会自杀。

她讲完后，把脸上的面膜一撕：“好了我要去上班了，你也快回家吧。”

她在法国人开的店里打工，因为她法语好，又爱热闹。熙川喜欢看她换了黑色的裙子，头发用卷发棒梳到微微里弯，睫毛和脸上颜色都调配妥帖，站在二楼楼梯间低头看他。她近视眼，又懒得配隐形眼镜，所以熙川知道她眼前朦朦胧胧，其实看不见他。

她红唇半张的样子近乎媚艳。

熙川骑着车从她身边过。插着耳机大声唱歌。其实跟她没有关系。只是听完恐怖故事难免要抒发一下感慨。

熙川在班上的人缘，不算好也不算坏。男生们不喜欢他，因为他是李老师的儿子。熙川打球很烂，学习一般。女生们不喜欢他，因为他体重一百六，身高一米六三。

但熙川懂得给人传球，也肯给人讲数学卷子最后一道大题怎么解。

白如安说，同学们不肯和熙川讲学校里的八卦，不是因为他长得难看。

"你没有东西和他们交换。"她一面往方便面里加鸡蛋，一面把窗户撬开一道缝隙，往熙川看不见的黑暗里张望，"你家条件那么好，爹也亲娘也爱的，能有什么故事和他们互通有无啊。你又不爱撒谎，搞那些故弄玄虚的玩意，女生嘛，说白了就是喜欢做梦而已……算了，和你讲这些你也不会明白……锅烧干了！"

熙川盯着她耳廓前面垂下来的那一束弯弯的卷发，盯着她烫了手又把手指移到耳垂上的动作。时间迂回，光阴辗转舒缓，他的心如她所说，因为平静无澜的成长背景而空阔荒芜，没有任何值得和别人交换的锋锐秘史，但大约是同样的平静无澜空阔荒芜，助长了他内心莽野粗饶的狂想，它们像野草一样燎原疯长，让他的视线从她的发梢移到鼻翼，移到嘴唇，移到下颌，移到颈项锁骨，最后隐匿在碎花围裙后面的那只蝴蝶结边缘。虚空中没有人敲着梆子唱天干物燥，他却依然觉得口干。

白如安喜欢上的人，是她学校的学长。那男人有着和熙川一样的身高，体重却只有他的四分之三。所以他可以嘲笑熙川胖，熙川却没办法嘲笑他矮。熙川唯一的长处，是比他年轻。但在那个时候，这看起来并不是什么长处。

白如安喜欢他哪儿，熙川并不知道。熙川只在照片上看过那男人，瘦瘦小小，白，圆框眼镜。他们说他文章写得好，人也有趣。“但他有女朋友了。”熙川把打探来的八卦，一字一句地戳出来。“你是真的傻。”白如安把汤勺敲在他头上，哈哈大笑着说。

熙川不是真的傻。

他看得出她有多喜欢。提到那个人，耳朵会红，眼睛会弯，声音不自然地变高，笑声变很吵，变尖，变得不像她，总而言之，变丑。有一阵子他觉得她很烦，黏黏腻腻唠唠叨叨讲同一件事，学长看了她一眼，学长借书给她，学长端茶从她身边经过，学长和她挤电梯的时候讲了个笑话。

熙川想：关我屁事。

有时候，他会想，她是故意讲给自己听。炫耀，戏弄，因为熙川年幼无知缺乏自制，而又自作多情。

但他那时并不生她的气。因为她说：“这些呀也就只能讲给你听。”

更主要的是她煮饭好吃。逆光站在窗边，光线在她身后晕染一圈，那悲春伤秋的样子也还能看。

因为白如安妈妈的补课，熙川的年级排名从三百升到一百，加上从她家到他家有一段距离，骑车骑了两三个月，熙川瘦了。

倒也没有瘦得多明显，加上青春期长胡子，整体来说，还是不好看。

但熙川的妈妈很开心，提了一袋子水果让他拿给白如安。

熙川骑着车，哼着周杰伦的歌，到了白如安家。午后的太阳慵懒毒酷，他穿着他爸从欧洲带回来的阿玛尼的裤子，剪了头发，缓缓蹬着自行车，整个人迎风招展，觉得自己特别狂野。

十六年前的熙川，心如白纸。

熙川想得其实不多，只希望白如安妈妈不在家，俩人捧着西瓜，坐在天台，枕着凉席，看一会儿《火影忍者》的漫画。要是她心情好，愿意跟熙川讲那些有的没的八卦，在他假装听不懂的时候抬手掐他，他就让着她。

敲门，没人应，再敲，出来的是衣衫有些不整的白如安。她眼皮有点肿，眼神迷茫却干净。光影里，她肤白如脂，唇与隐匿在薄衬衫下的乳晕都是粉色。她像是落日余晖里的一朵新鲜的白色花卉，又像是山林里静步聆听，皮毛薄新带着奶香，让人血脉偾张的幼兽。

看见熙川，她有点吃惊：“小魏？你怎么来了？”

她头发乱糟糟地散开，看起来比平时要可爱。熙川心中有什么打开旋放的“咔嚓”声，笑意荡在眼底，却不动声色。

他挑着嘴角，举着袋子，像得胜的人那样叫喊：“懒猫，西瓜！”

她愣了一下，而后回头，朝着熙川看不见的某处喊了一句什么。有那么一瞬间，他觉得她身后是无尽虚空。

从门厅走过一个白衬衫、长头发、薄有唇髭的男人。眼神淡漠慵懒，没有看熙川。他微微侧头，脖子上残留一点红印，和白如安身上隐约的痕迹承上启下，首尾呼应，连成一整篇课文。

这一堂课熙川没有迟到，却退得狼狈。

熙川在很久之后知道了那男人是谁。他自然不是白如安心心念念的那个学长。他是白如安妈妈的男朋友，那个马脸、爱流鼻涕的化学老师的姘头。熙川是在海岛上吃龙虾喝啤酒的时候听那个男人提起她。他们身前水清沙白，身后环绕着许多漂亮姑娘。男人此时已不记得熙川，只知道熙川和他众多客户一样，是个有钱而又不会花的傻瓜。

他讲到白如安。讲的时候，满怀珍惜留恋和遗憾。但依然是炫耀的，“最美好的过往云烟”。熙川大概知道他炫耀些什么。她笑起来那么干净，她眼睛明亮像个孩子，她年轻而又毫无划痕。不像现在的姑娘，都贴了标签，“生人勿动”“非买勿动”“价高者得”。

放在十六年前，熙川会在他提到脚踝部分的时候就动手。但男人终究和十六年前那个圆胖的小男生毫无瓜葛了。所以熙川听他唠唠叨叨，讲到大腿的时候，才抬脚把他那把太阳椅踹散了。

他讲白如安并不是她妈妈亲生的。

他讲白如安生了场大病，后来就退学了。

他讲白如安去了国外，又回来，在北方靠海的城市开了店铺。

他讲的一部分熙川知道。一部分他不信，一部分，在熙川已经沉寂如泥的心里，挖开一道又一道的深垄壕沟。

但最终雨打芭蕉风吹破，一切归为平静。

收拾好行李，熙川坐上从南到北的飞机，到了那个海边的城市，找到了那家店。门前花卉层叠，一只玳瑁猫在放满白色山茶的长桌上游走，碰落了花盆和水壶。熙川拿着喷水壶，站在纱窗边看着她。日光照在遍布褶皱的绸面桌布上，洛可可式的白色餐布，孔隙间留下日光棕黄色的浅影痕迹，绿色半透明翅膀的蛉迅速藏匿。

而她坐在桌边，不看他，也一言不发。

他想送她春日的花卉，12 月的风雪，想对她说甜言蜜语，任凭人间流言闲话。

四个月后他们订婚。又过了十四个月，她卷着他们全部的家当和别人逃开。

早晨的城市，街道一点一点亮起，路灯熄灭。小镇上的人们还未醒，电车轨道与电车，日光和台阶上的猫。法国名叫第戎的小城，开满白如安喜爱的山茶花。

从前他的心中，有着野心与希冀，运行在这个世界上。如今，这些都被他用来廉价交换，换了更便宜的东西，果腹而已。但还是想一个人穿过下雨的暗城，意大利佛罗伦萨的老街，沧桑堆叠，身边有你没你，都无所谓。

如果你爱，就去爱好了，我也不必装作痴情。

熙川以为最难过的部分，应该是白如安从来都没有喜欢过自己。

但并非如此。

从开始他就知道。从开始他就看得到。

从她变化的声调、眼神、笑容。从她望向他身后，又收回到他胸口的目光。

她喜欢过他，却只是依赖与渴求。她渴求她自己都不知道的东西，年轻给了她做梦的能力，她看见的和熙川给她的，从来都不是同样的东西。

她后来从别人那里得到了她想要的，于是目光剥离，如叶落森林。自始至终，她的故事里没有熙川这个人。

熙川却依然怀念她的厨房。她热气熏缭的玻璃窗。她连衣裙后面的蝴蝶结。她随口哼的歌。

怀念从未有过的，和她一起吹着风扇，在天台凉榻吃西瓜的夏天。

你曾经，看见过我吗?

陆明彦很擅长打电动。

《街霸》《红警》《最终幻想》《英雄联盟》，还有街头游戏店里拿着仿真枪嗒嗒扫射的那种。

他交了很多女朋友，周一到周三，风水轮流转。

他一个人演着一对多的单打游戏，不曾疲倦，笑得开心。

在瑞士，他试着乘坐滑翔伞，在凌晨四五点的城，低空飞过。他一面飞一面和熙川视频通话："魏，你看得见吗?"

空气中有清醒如铁的寒意，熙川在屋顶披着单薄的外套，藤花开得正烈，远处旅店区房屋洗衣的白色水汽蒸腾，有人拿着棍子在拍打。城市闻起来终于像是活的，像是多年前那个人早起为熙川煮饭买早点时峰回路转，穿过人气厚重的早街。上海的老人言语里有小小的料峭，女人眼神锋锐如刀割，却依旧锦绣，清美。

"大概是小时候没有得到足够多的爱，长大后才会想要那么多来填补内心的空缺。”

夏日炎炎的午后，陆明彦喝酒喝多动了真情，冷不防地对熙川吐露心声。

高中毕业的时候，熙川如他爸妈的愿，进了南边的那所大学。

毕业册上的他，长到了一米八三，体重正常。

有很多人要熙川写同学录，最后还要在学校页上，留一句话，纪念自己埋葬在试卷题海里的青春。

熙川写：“我爱过一个人。”

同桌和她死党在身后起哄：“哎哟！”

熙川写：“我爱过一个人。从那之后，我不认识的东西，新的东西，只剩下一些脏的东西了。”

你是我生命中的一条琉璃河。斑驳无痕，静静流过。

扣上笔盖的时候，她们都看他。

从意大利回到公司后，熙川升了一级，转到北京工作。

在新的城市，新的办公室，他再也不听八卦。

他喜欢的人有长发短发，有华裔有欧洲人，有的喜欢穿短裙，有的偏好连衣裙，有的爱哭，有的爱笑。

都不像她。

（完）

冬年的故事讲完，房间里光线暗下来。她眼尾眉梢还带着笑意，那种孩子气的妩媚，放在常人身上会显得甜腻，但她眉目冷淡，所以不让人觉得过火，只是蛊惑人心而已。她眼光扫了一下房间内众人，最后留在马修的身上。她眼里有恶意，一闪而过。这就是她的执着了，攻击别人的弱点，挖掘别人不被众人所知的过去，用自己的方式证明它，激起愤怒或者其他反应，来证明自己是对的。是游戏，也是她知道的，和人做朋友的唯一方式。

冬年和夏扬不同。她是热爱生命的。

夏扬看着 Vermeer，她无声无息地喝着茶。她身上残存了一些维多利亚时代英国人才有的风情，虽然被时间洗刷得寡淡浅薄，稍微用力，就可以戳出真实的凶残来。她其实是和他们当中任何一个人都不同的异类。房间里大部分人都清楚这一点，因而敬畏而又厌恶着她。他们说 Vermeer 其实是遥远太空旅行而来的异邦人，他们这个种族以信息流为食物，人类的故事对他们来说，是珍馐佳肴。

Jason 跟在冬年后，讲了他的故事。他是背包客、DC 和漫威的粉，眼睛是那种带着冰霜的浅蓝色。早年美国南北战争的时候，被砍掉了一根手指，后来换上了金的，所以其他人都叫他金手指 Jason。最近几年住在重庆，收养了个小男孩，名字是夏扬给起的，叫清栴。

<The 9th Story>

睡眠的主人

尼罗河的清晨是透明的。透明的青色。透明的茶红。透明的睡眼蒙眬。市集头顶的天空未暖，猫在售驼绒的女人怀里假寐。空中飘浮着锦葵汤、蚕豆、香料、红色的沙土以及陈酿的杂酒的味道。沙漠只有这个时候是静谧随和的。七点以后，它便抛弃所有细致的爱，只剩下热与焦躁——太阳神赐予的烙印。

清栴跟在爸爸的身后，一路走过那些摆着银色的陀螺、玻璃香精瓶子、纸莎草画、黄铜烟管等的店铺。原本的睡意因为身下驴子的不安分而一扫而空。老爸一面教他那些东西的阿拉伯语说法，一面微笑："你不用那么紧张，你那头驴子很老，很懂事。两条腿不要夹太紧，重心摆正。"他很自在，回头说这番话的时候前面刚好有辆车过来，清栴不敢松开握着缰绳的手，只能一个劲儿地喊"车车车"，爸爸轻轻一带缰绳，让开了。卖陶罐的老婆婆捂着嘴笑。清栴看了她一眼，她却恢复成一脸正色，轻拍着陶罐唱："Jarrah，jarrah……（好罐子啊，好罐子）"

到达图坦卡蒙的坟墓前的时候，Fadwa 已经准备好一切了。挂钩，保险锁，登山绳，ATC 锁。她里面穿着 LEE 的短牛仔裤和粉红色的背心，外面裹着黑袍。一进古墓里面，立刻从中东女子变身为登山客。和她一起的还有 Andy 和 Martin，他们和爸爸握手，而后像过去那样拍拍清栴的头："Hi，Einstein，路上怎么样？"

"I hate donkey。"

他们哈哈大笑起来。Andy 笑岔了气，Martin 一面笑一面按着清栴的肩膀说："这可不是探险家该说的话。"

"我不是来探险的。我是来救人的。"

"没错。"爸爸走过来，说，"掉下去的那个人的状况怎么样了？"

他们脸上的笑收敛起来，严肃了许多，"十分钟前还听到过一次呼救声。之后就没有动静了。"

“放食物和水下去了吗？”

“那洞口很窄，而且不是笔直的。我们想派救援犬下去。当地人的态度很奇怪，最终还是算了。”

“当地人认为狗是不洁的。”爸爸点头，“所以到现在为止，对方的一切情况还都是未知的了？”

“地下十层是从未开放过的区域。因为地质结构的问题，还有空气流通的问题。除了蜥蜴以外，最了解它们的就是图坦卡蒙本人了。”Andy 苦笑了一声，“他可不是胡夫陛下，没那么好相处。”

“图坦卡蒙对他的坟墓下了诅咒。”爸爸对清栴解释，“最早进入他坟墓的那批探险家发生了意外，前阵子科学家为法老做 CT 扫描的时候，计算机还坏掉了。此外，还有很多关于他的传说，六翼死神所庇护的法老陛下，入其墓者不得好死什么的……”

这些清栴都听说过。然而此时此地讲起来，却有种不舒服的感觉。他咳嗽一声，爸爸却笑起来：“怎么，害怕了？”

清栴的老爸向来不相信什么诅咒魔法一类的东西，这个时候制止他的话，他绝对会唱反调，越说越起劲的。对于这种笨蛋，只能智取，不可强攻。“再说下去就没时间救人了。”清栴说，“你不会忘了我们是来干什么的了吧？”

老爸愣了一秒。这一秒的时间足以证明他刚才当真忘了。

从墓室底部的洞口下去，吊绳拴着 Fadwa、清栴、清栴的爸爸三个人，Andy 和 Martin 在外面照应。空气是黑的，沙土和闷热的风的味道，酸腐的木头的腥气，还有没药的香味……全部混淆在一起。随着高度的下降，通道渐渐变窄，最后变成只容一人通过的小路。Fadwa 在这个时候停下来，和清栴换了一下位置，“发现异常就拉绳子，不要一个人下得太快，不要摘掉面罩。看见什么立刻告诉我。”

清椖点了点头。头盔灯白色的光打在两侧的墙壁上，年代久远的彩色壁画显得有些阴邃。那上面讲的既不是图坦卡蒙的父亲所敬奉的太阳神的故事，也不是图坦卡蒙的祖母所崇拜的阿蒙神的故事。那些画看起来更古老，每幅画的旁边都有文字装饰。依靠着爷爷所教的那点象形文知识，清椖依稀分辨出荷鲁斯和俄塞里斯来——一位是鹰形的神，一位是冥神；一个是儿子，一个是父亲。关于那搜集父亲的尸首为之复仇的王子的故事，讲上三天三夜也讲不完，据说荷鲁斯之眼可以保佑人平安，市集上也有人出售这样的护身符。不过这两个神出现在这里都有点不同寻常。他们受拜祭的年代要比图坦卡蒙统治的年代早得多。这道门是在三天前墓室修缮的过程中发现的，尚未对外界公布，相关领域的工程师、科学家、考古人员都还没来。因为三天前的那个意外，清椖他们是除了掉下去的那个人之外，进到这里的第一批人。看着那些壁画，清椖不禁怀疑起来：这隧道通往哪里？它真正的主人又是谁？

十分钟后，通路又一次缩窄，这一次，除了身形瘦削的大人和小孩外，没有人能下去了。Fadwa和爸爸都不算瘦小，两个人看着清椖，犹豫不决。清椖把绳子放长了一些，换了面罩和通话器的电池：“我再走深一些，如果实在找不到，就回来。”

“实在不行我们先回去吧。再找个体形大小适合的向导来。”

“为什么要回去？你们找我和爸爸来不就是因为这个吗？而且回去的话，那个人又要等好久吧？时间越长，生还的几率就越低，不是吗？”

Fadwa看着清椖。从她的眼神里，清椖看出来她在担心。从进来的那个时候起，她就和清椖一样，感觉到了某种不祥的东西。

她说想要回去，这说明，三天前她来的那个时候，隧道里的气氛还没这么诡异。

他们对视了一会儿。最终她选择了相信他："小心脚下，尽快回来。"

清栴再一次点了点头。

三分钟不到，就看不见也听不见爸爸他们了。洞壁的吸音效果极好，黑暗如同一块巨大的海绵，把光和声音都吞吃掉。那不是什么舒服的感觉，就像走在雪地里，很快就会被白色戳瞎双眼、刺聋双耳。清栴闭上左眼，换了他那只不寻常的右眼来看。一切都变得清晰起来——虽然那没让他轻松许多。

快下了十七八分钟，忽然冒出了一个岔口。坡度依旧向下，方向却和之前完全不同。清栴打开对讲机询问爸爸，耳边却传来嗞嗞的杂音。古墓里面有时候会这样的，受磁场干扰什么的。但这个明显是人为的，清栴冷哼一声，捏着鼻子喊道："救命啊，我腿摔断了。"

老爸果然上当："没事吧小子？等我，我这就去救你！"

"等你减肥成功下来，我早变成木乃伊了。别闹了，问你正经事……树和鸟你喜欢哪一个？"

"什么？"

"有两条道走，一条边上刻着树，一条刻着鸟。刻着鸟的是我们现在走的这条道。有树的是条新路。要抛硬币吗？"

老爸冷峻下来："你是说出现岔口和路标了吗？"

"我没说那是路标。按爷爷的说法，法老墓里的文字和图画不是警告就是诅咒，哪有路标那么好。"

"那两个图案什么样？"

“树就是很普通的树。鸟不是鹰，也不是古埃及语里用来表示数字的那个……我说不好了，你自己看。”

清梅打开手机，把图照下来传给他。

等了三分钟之久，老爸才回话道：“走现在的这条。之后碰见岔路也要告诉我。”

他的声音有点异样。清梅问：“怎么了？那符号有什么意思吗？”

爸爸没正面回答，只是口气严厉地说：“十分钟后如果没有看见那个人，不管怎样，立刻回来。听见了没有？”

清梅心头一震，不知是因为他的话还是别的什么。然而也就在那个时候，忽然有哭泣的声音从坑道里传来。

是个小孩子。

“喂，你听得到吗？”清梅用阿拉伯语大声喊。

隔了很久，才有人喊回来：“我的胳膊好疼。我想喝水。”

“待在那里不要动，我们马上下去救你！”

“爸。”清梅对着对讲机说，“找到掉下来的那个人了。他在隧道的另一边，树的那一边。”

老爸沉默了半晌，道：“你回来。我找其他人下去。”

“那孩子胳膊好像受伤了。”

“我让你立刻回来，你听见没有？那只树上盘……是菲……岛的标……那是条……路……”

他的话音忽然中断了，对讲机如哑了一般一声不吭。清梅抬头看过去，黑暗里有什么东西掉下来——是绳子。

清梅浑身一冷，有一瞬间，刺骨的寒意贴着脊柱走到尾骨，他大声喊：“爸！ Fadwa！”

没有人回答。

那个孩子明显听到了这一切。他微弱的喊声从通道的另一边传来:“求求你不要丢下我一个人!求求你了!”

清栴犹豫了一下,咬一咬牙,走了进去。墙壁上的壁画又变了。从人像变成了河流与树木、鳄鱼、牛、蛇、圣甲虫、鹤、鹰隼。每隔一段路,两侧就会出现一对极窄的口,仿佛没有关紧的门的缝隙一般。清栴开始以为是通风口,然而伸手过去——没有风。他想起电影里机关触动、弩箭齐发的镜头——他咽了咽口水,把手又收了回来。

最终看见那小孩,他坐在通道的最底层,左手果然骨折了,肿得不成样子。他浑身上下只有件破布围着。清栴问他,衣服呢?他指了一旁的火堆:“太暗了。我想点火照明来着,可是烟太呛,就又踩灭了。”

清栴倒吸一口冷气,心想这家伙真是命大。在这地方点火,氧气很快就耗尽了,不被熏死也会被憋死,弄不好还会被烧伤。都说这边的孩子早熟而精明,这一个明显不济。回想一下,要是聪明的话,根本不会掉到这下面来吧。

清栴把Fadwa之前给的备用绳子挂到他身上,又试了下对讲机,依旧不好用。他给爸爸打了个电话,没有人听。他试探了下绳子,松紧度还可以,但承担两个人的重量的话,就不好说了。上面究竟出了什么事还不清楚,谁的绳子掉下来,为什么掉下来……弄不好救人不成,自己也要永远地睡在这里了。虽然说这里风水不错,睡一百年都没有蚊子打扰,不过……呸呸……怎么想到这上来了。

几乎就在清栴开始绝望的时候,手机忽然响了。

“清栴你在吗?”

“爸!”

“抱歉，不小心把对讲机摔了，刚才找了半天手机没找到，还把 Fadwa 的备用绳子给弄掉了……你现在在哪里？”

“我找到那个小孩了。他左手骨折，还有轻度脱水，需要马上治疗。”

“你找到他了？！”

“我找到他了。”清栴又重复了一遍。

“好。那你带着他慢慢出来，我和 Fadwa 在上面收线。”

他听起来有种如释重负的感觉，清栴没有立刻明白。等到坐在开往开罗的吉普车上，清栴才领悟到：爸爸是对他没死这件事感到惊讶和欣慰。

离开古墓阴浊沉滞的空气，就连沙漠上空的烈日看起来都可爱了许多。Fadwa 和另外的两个人负责把那个孩子送到医院去，爸爸带着清栴赶回开罗。晚上八点宴会准时开始。蓝色的玻璃建筑，白色的大理石餐厅，冰激凌一样的寺庙尖顶，穿纱衣的异域女子，红酒，牛肉，咖喱饭。在这样的时候就会觉得暴发户一样的埃及也有它的好处。自由。包容。爱 PARTY，爱人群，爱现。

端着杯子坐在石阶上，水池里徜徉着粉红色的睡莲。十五岁的亚裔少年倪清栴，一脸清浅的倦怠与疏懒，在异乡的月色下，浮现出一种不同寻常的华艳。他忽然想起爸爸在地道里喊的那句话的意思。菲莱岛。生长睡眠之果的岛屿。传说荷鲁斯为了使得暴虐的女神哈托尔睡去，到遥远的菲莱岛摘取睡眠果。途中通过夜王国的十二个王国，那里有十二位女神和十二位残虐的魔王，想要顺利通过，必须得到女神的庇佑并打败魔王。十二个国家分别为拉神之河、吴努斯王国、神奇之河、墓地之国、隐蔽之国、源泉之国、岩洞之国、乐土之国、急流之国、拉神之国、洞穴之国、复活之国。荷鲁斯一路杀伐，击败了鳄鱼神索贝克、凶恶神阿乃特、罪恶神巴巴拉、墓地神茶隼、复活神海拉比、赫里尤布里斯神牛、各种邪恶凶残的蛇妖以及夜之国的统治者，强大的蛇怪阿波菲斯。清桷翻出手机查看那张照片。那棵树的上面有个地方有点模糊。放大三倍后他才看清了那是什么：那树冠上盘绕着一条蛇。

“你爸爸担心那条路上会有机关陷阱，所以才不让你去的。没想到，一切都很顺利。看来电影什么的，都不能当真呢。”

清桷抬起头看她，“你怎么也来这里了？”

Fadwa 提起藕荷色的纱裙在他身边坐下，镶银的钻石耳环流华一闪，“有个人是这里的贵客呢。我只是个随从罢了。”

清桷顺着她手的方向看去，微微睁大了眼睛：“他家原来是开罗的吗？”

“一家石油公司老板的儿子，家在圣地亚哥。前两天到这边来谈生意，结果儿子忽然失踪了。没人知道他是怎么进去的，明明维修期周围都封上了。也没人知道他是怎么掉下去的……这传出去，又是一则图坦卡蒙诅咒灵验的好新闻了。”

“不过传不出去吧。他爸爸那么有钱。”

她笑：“Einstein，有时候你的想法真的很阴暗。”

“再阴暗也没有法老的坟墓阴暗。你一直在那种地方工作，不会觉得压抑吗？”

“不会啊。事实上，我觉得埃及的坟墓是这个世界上最漂亮的坟墓了。你见过胡夫的金字塔了吗？”

“那个世界第一的锥体？”

“金字塔的自重 ×1015= 地球的重量；金字塔的塔高 ×10 亿 = 地球到太阳的距离，1.5 亿公里；塔高平方 = 塔面三角形面积；塔的底周长：塔高 = 圆周：半径；塔的底周长 ×2= 赤道的时分度。

金字塔的底周长÷(塔高×2)＝圆周率(π=3.14159)。按照它的比例造出来的小金字塔可以保鲜水果哦。也有很多人说它是ET造的，远古的核反应堆。”

“异形嘛。美国人喜欢的东西。”

“不过我最喜欢的说法还是那个——”她晃了晃杯子里的葡萄酒，“金字塔里沉睡的人最终会得以复活。”

“等着天外来客给法老王钟情一吻？”

“金字塔就像电池一样，这么多年来一直在充电的状态。等电池满了，那些人就会醒来了。”她笑了笑，“这是Andy的理论，他总是嘲笑那些把金字塔说成是飞行器的人，说他们都是bullshit，要我说，他这说法也很bullshit。”

正说着，那个小孩走过来。胳膊上打着绷带，但已经恢复了出身良好家庭的小孩所特有的那种神采——内敛而又嚣张的神采。

“谢谢你们救了我。”他用英语说，“我妈妈让我把这个送给你爸爸，请你务必收下。”

那是个包银的象牙盒子，一看就贵得要人命。然而清栴毫不客气地接了：“英语说这么好，之前为什么不用英语？”

“我阿拉伯语说得也很好。而且那种情况下，只有阿拉伯语才适合。”

“我是中国人。说汉语才适合。”

他骄傲的神色有了一点挫败，但马上反驳说：“我当时又没看见你。我以为你是本地人。”

“也就是说你不会汉语了？”

他嘟囔着什么，大概是“我以后会学”之类的，然后忽然拉起Fadwa的手：“我爸爸叫你过去。”

Fadwa 看着清栴，清栴摆了摆手，“我一个人在这里坐坐就好。过一会儿爸爸和我还要去火车站接一个人。”

酒宴开到凌晨三点多才陆续有宾客离开。Fadwa 始终没有再露面。老爸看清栴实在太累了，叫了辆车把他送到旅店，而后一个人去了火车站。清晨六点的时候清栴接到了他的电话，他只讲了一句，清栴便从床上一下子坐了起来。

“Fadwa 死了？！怎么可能？”

“尸体是今天早上五点多发现的。在举办那家酒宴的住宅后面的池塘里。初步推断死亡时间是夜里十二点，因为那个池子里有很多睡莲，夜里光线又暗，没有人看到她，直到早上清洁工收拾残局的时候才发现。”

“十二点？那个时候她刚跟我说完话，然后就被那个男孩的爸爸叫走了。”

“哪个男孩？”

“就是我们救上来的那个男孩。他爸爸是圣地亚哥的石油商人，昨天也出席了晚宴。”

老爸沉默了一会儿，而后道：“那个男孩没有爸爸。”

“什么？”

“Andy 查了他的家庭住址和家庭成员。根本没有他说的那些人。我们又拿他的血样和系统里的资料做了对比。”

“你想说什么，爸？”

“他根本就不是人类。”

时光沉默。皓石镶嵌的表针嘀嗒。

“他不是人类？什么意思？”

“听着，清栴。”爸爸的声音透彻起来，每次他讲课讲到要害部位，声音都会变得这样轻而华丽，如同玻璃或冰，“我们查了他的DNA。那小子和我们不是一个物种。”

“不是……一个物种？”

“不完全一样。有些关键的部位被改变了。就像人类和老鼠，基因上只差那么一点点，样子却截然不同。他跟我们的差别……比老鼠跟我们的差别要大得多了。”

清栴握着电话坐到沙发上，大脑一片空白，“他……它在哪儿？”

“跑了。估计是杀完Fadwa之后开着她的车走的。她在开罗有座房子。警察已经派人过去了。”

“所以，人是它杀的了？”

“初步认定是这样。昨天还有别的人看见那个小孩和Fadwa在一起。但具体还要等鉴定结果出来才知道。总部那边已经派专家过来了。埃及这边也有些了不得的人，很快会赶过来。这些都要严把口风，要是让外界的人知道了，就不得了了。”

“封得住吗？现在网络这么发达……明天早上全世界就都知道了。”

“我担心的是你那边。你碰他了吗？有没有和他说些什么？”

“没说什么，他目标明确，直接把Fadwa带走了。不过给了我一瓶香水，说是谢礼，还没打开呢。”

“什么？”

“他给了我一个盒子。”清栴望着床头的那只象牙盒，“里面只有一小瓶红色的液体。瓶子的样式跟古龙水很像。”

“他给你你就收下了？而且，你还把盒子打开了？！”

“我那个时候还不知道他是外星人好不好？”

“从现在开始不要再碰它。”爸爸气急败坏地说，“立刻从屋子里出来，到楼下去。把房间门锁上！”

"你怀疑是液体炸弹吗？光躲到楼下没有用吧？电影里那些外星武器一爆炸，整个星球都没了……"

"照我说的做！！"

清栴揉了揉耳朵，"遵命。"

旅馆的下面是主人自己的家。清栴下去的时候他们正在那里吃耶素（类似面包的小饼），还有红豆汤、南瓜、豌豆炖鸡。清栴想，我现在的样子一定很颓废，不然为什么不管怎么解释，主人都坚持拉着他坐过去呢？"一起吃吧，一起吃吧。"老先生一脸怜悯地说。

清栴心不在焉地吃着，耳朵却听着门外的声音。爸爸公司总部的人比当地的警察先到。不过没快几分钟。爸爸是最后才来的，看见清栴在那里蹭饭，直接把他从椅子上揪了出来。

老爸看起来很疲惫，犹如一夜间老了十岁。

"所以我们要回总部检查身体，然后直接回家？那这边的事怎么办？他们派了谁来？"

"Vector · Cavendish。密码学和符号学的专家。还有几个生物学和人工智能学的人过来，不过都只是个幌子。真正过来的是纠集团的人。"

"纠集团？"

"就是武装部队。"

"来抓那个家伙？"

"如果能够的话。上面给的命令是尽力活捉，如果被其他组织或集团介入，就全力打杀，至少要带一部分组织器官回来。"

和狼群分食一只羊没什么两样，"Fadwa 她……？"

"已经被带回总部了。毕竟她是我们的人，家属也同意了。

关于她还有一些不明白的事，需要进一步调查。”

“不明白的事？”

“早上打电话的时候尸检还没做完。刚刚法医打电话来说在她胃里发现了一些东西。她手表上的太阳能电池，还有一张写着字的锡纸，应该都是她自己吞下去的。但是那张纸上的字迹已经被胃酸毁掉一部分了，还有一部分只是符号。所以要找Vector来。”

在他提到电池的时候，清梈浑身一震。等他讲完，清梈脑海里的轰鸣声已经盖过骆驼集市的喧嚣了。

“那字条上余下的符号是什么？”

“你想到什么了吗？”

“待会儿讲给你听。先把那纸上的符号告诉我。”

老爸打了电话，没几分钟便有信息传到他的手机上来。他把手机递给清梈：“如果你破解了这个，Vector先生就要失业了。”

清梈打开彩信看了一眼。

“爸，掉头向北开，告诉纠集团的人也跟过来。”

“不会吧？”三十九岁的物理学家瞪大了双眼，看着他的儿子，“你知道那个外星人在哪儿了？”

“我知道谁是外星人了。”

胡夫金字塔大约建于公元前2700年。塔高146.5米，塔基每边232米，占地52900平方米，总重量648.8万吨。塔身用230万块巨石砌成，平均每块重10吨，石块之间不用任何黏着物，而由石与石相互叠积而成，石块之间的缝隙，连一张薄纸都无法插入。长达5000年的时间里，它是人类史上最大的单个人工建筑。大金字塔的子午线把地球上的陆地、海洋分成相等的两半，金字塔基正好坐落在地球各大陆引力的中心。

金字塔里没有用火把之类的东西来照明的痕迹，考古学家动用现代化的仪器，分析了积存4600年之久的灰尘，没有找到炱，也没有找到刮掉烟炱的蛛丝马迹。这说明那些古埃及人在雕饰浮雕、清扫墓室，或者搬入法老尸体的时候，都是在黑暗中进行的。

也有人说，他们在那个时候就懂得了使用电能。

纠集团最先进入胡夫墓。清桷他们在特遣队员 Chuck 的保护下，跟着第三支队伍进入金字塔。队里几乎都是科学家和考古学家，拿 Chuck 的话讲“一群行动不便的家伙”。他有点苛求了。大部分人体力都很好，还有几个人是运动健将。

当然，一想到他们要面对的东西，这些就显得单薄无用了。

“你是怎么判断出来地点是在胡夫金字塔的？” Vector · Cavendish 追问着清桷，“你学过符号学？”

男孩摇头，“没。”

英国人皱眉，认为这个孩子不够坦诚。

“Fadwa 留下的那张字条上写的是‘徽率’两个字，代表了圆周率。而她之前刚和我聊过胡夫金字塔的秘密：(金字塔)底周长 ÷(塔高 ×2) = 圆周率 (π=3.14159) 。所以我就知道她说的是胡夫金字塔了。”

“徽率？她写的是汉语？”

“没错。所以当地的法医才会以为是某种特殊的符号。而我爸爸又没有看到那张纸，向上面汇报的时候就保留了法医的说法。”

“你是怎么想到 Fadwa 会用汉语留下信息的？”

“我没有想到。我只是知道她吞电池是为了告诉我一些什么。告诉我，只有我知道的一些什么。因为那天晚上，我是唯一一个听她讲那个电池理论的人。”

也是最后的一个。

Chuck 打了个手势，他们停止了交谈。墓穴里一片死寂。仰望头顶，金字塔的尖端六角有种殊然的美。对称的美。数学的美。永恒的美。

然而从那不朽的美轮美奂中掉下来一个人——西红柿摔破在青瓷砖上，西瓜绞碎在榨汁机里……大致相同的颜色，相差无几的混乱与泥泞。

Vector 在清栴身后干呕起来。

就在这个时候，第二个人从天顶上下来。他下得很慢，飘逸而又迟缓。白色的绢布在他身后扬起，如同古老的航船上的风帆。

那个孩子。那个少年。十岁，或者十三岁——清栴不是很会判断当地人的年纪——他悬落在龛的一角，宁静地注视着那些举枪瞄准他的士兵。他不说话，眼神深处却有种静谧的威严。

纠集团里的交涉官权衡了一下利弊，还是靠前一步，用和缓有礼的口吻道：“能请您和我们一起走吗？”

少年静了静，而后道：“到哪里去？”

“更安全的地方。”

“安全。危险。主语是谁？”

“对于大家来讲，都更安全的地方。”

“这里是法老王沉睡和等待复苏的地方。这里不够安全吗？”

“很快会有别的人来这里了。他们不会采用这样的沟通方式。他们会用武力胁迫您离开，甚至伤害您。希望您能够明白，我们是站在你这一边的。”

少年扫视了一圈那些士兵，而后目光落在了清栴的身上。“你，过来。”他说。

老爹拽住了儿子。清桷拍拍他的手，“没事。我正好还有些问题要问他。”

他走到交涉人的身边，男人尴尬地看着他。清桷说：“让那些队员把枪都放下吧。没有什么用。而且你说别人会用武力胁迫他，我们这就不算了吗？”

“必要的防备还是要用的……而且上面说……”

清桷把口袋里那支手枪的弹匣给他看，那人的眼睛立刻瞪大了，“这是……熔……”

“让他们放下枪吧。我说了，没什么用。应该已经都变成这样子了。”

交涉官垂头丧气地转身走了。

那少年看着清桷，第一句话是：“Fadwa 不是我杀的。”

清桷说：“哦。”

第二句是：“杀她的人是 Andy。他们两个都知道了我的身份，Fadwa 理解了我，想要帮助我，而 Andy 为了得到大地之眼而绑架了我，我在这里杀了他，刚刚。”

清桷看着地面上那堆摔成肉酱的东西，心想：是这样啊。

“我的编号是 9370。我的职责是重启沉睡之人。我这个身体的主人叫作图坦卡蒙，九岁封王，十九岁暴毙。我选择他是因为传输站距离他的坟墓最近，也就是你找到我的那个洞穴。当时身体的组织情况不是很好，谢谢你帮我从那里出来。”

“不客气。”乐于助人是中华民族的传统美德，“不过有件事我不明白，93……呃，70，图坦卡蒙的尸体还在博物馆的棺材里，你说你这个身体是他的……是什么意思？”

“重启用的身体是全新的，只有模板是旧的。模板的信息在每个传输站，只要我按规定时间抵达，信息便会自动录入，即便没有墓主人的身体，重启也能够完成。”

“模板？”

“就是这个。”他从脖子上的配饰上取下一块红色的宝石来，递给清栴。“将身体的一部分放在大地之眼中，模板的信息就会被永久的保存下来。这是凝结后的状态，我给过你没有存入任何人信息的大地之眼。”

清栴愣了一秒，随后惊叫道：“那个香水瓶子？！”

他困惑不解：“香水？大地之眼没有气味，除了能使人入睡和存储信息外，没有其他的功能。它负责收集身体主人在世时的一切人格、记忆、情绪、情感等和时间有关的信息。只有大地之眼和身体的一部分都保留下来了，重启才能够实现。当然还有其他的因素……”他摇头低声说，“如果模板和大地之眼不匹配的话，都齐全了也没有用了……”

清栴看向其他人，他们都处于震惊的状态中，但并不是所有人都像他一样，没有听懂那个少年所说的话。老爹看起来就很激动，还有那个叫 Vector · Cavendish 的密码学家。

“你还不明白吗？清栴，这就是法老王复活的秘密啊！所谓模板就是 DNA 啊！利用人体组织的一部分来提供基因信息，利用那个红色的香水瓶子来存储记忆和个人信息……那个相当于录音笔和摄像机一类的东西吧？只不过明显要更高级……这两个结合起来，加上合适的时代，就会使得法老王重新获得生命和权力！”

“没有错，只是他们不是我要重启的人，这也不是他们预料的那个时代。”

“什么意思？”清梅和爸爸同时脱口问道。

“我要复活的是亚特兰蒂斯的后裔。但明显地，他们已经灭绝了。古埃及人继承了他们的文明和复活的方法，但他们的模板和大地之眼是不匹配的，也就是说，这启动是不完全的，这个身体的编码已经乱掉了，应该很快就会坏掉。而且，古埃及人所设定的时间并不适合他们的王的重启。”他看向天空，“他们还要等很久，很久。”

爸爸哑在那里，许久，叹了一声。

“那么，再见了，倪、清、梅。”男孩一字一句地说，“我送给你的大地之眼和你的模板是匹配的。下次重启的时候我会来看你。到时候我应该已经学会汉语了。”

他说完这句话，忽然仰头向天。白色的光从他的眼睛和嘴里射出，一瞬间便消失于穹顶。一切只发生在短短的十几秒内，而后，大门被特种部队的士兵所打开，“不许动”“放下枪”“举起手来”……声音此起彼伏。贪婪与奢望掩藏在每一张凶狠的面孔下，他们都望着神龛上睡着的那个九岁的男孩。他睫毛纤长，笑靥恬静，如同新绽于尼罗河上的一朵睡莲。

（完）

Jason 的故事总是彼此相互联系，从没有真正讲完。好像他花了这么多年时间在写一本部篇小说一样。夏扬和他讲过自己的出身，Jason 拿着笔记本和钢笔一面抄记一面道：“有机会一定要讲你的故事，真的太有趣了，王位争夺，被亲叔父赶出来什么的，可以放到《秘境之匣》里面……”夏扬不知道他说的《秘境之匣》是什么，“但是我已经讲过自己的故事了。”Jason 停笔笑：“同样的故事有不同的讲法，不同的人讲同样的故事，也会不同。”

夏扬不置可否。

接着 Jason 讲的人是 K。他早年做工程师，脾气暴躁，后来越发不济。K 的爸爸是清末的一个做海运的商人，妈妈是日本人，K 参加过巴黎万国会，与 Coco Chanel 有过一饭之缘。通过 Vermeer 得到近乎不死的生命之后，他依旧富有光鲜，只是一直睡眠不好，被梦魇和抑郁症困扰。

话虽如此，夏扬却还蛮喜欢 K，因为他是个有趣的人。

✠

<The 10th Story>
每天一点超能力

老王每天早上醒来的时候，都要躺在床上先琢磨一会儿。琢磨今天迟没迟到，窗户外面下没下雨，早上是吃个包子还是吃个卷饼。比如说今天，老王躺在床上，摸到身后那对翅膀的时候，深深叹了口气。叹完气又觉得这玩意比之前那根猫尾巴好多了。至少有点用不是。

老王醒得挺早，也就五点来钟的样子。他支棱着两根翅膀进了洗手间，刷牙，洗脸，上大号的时候费了点劲，隔间小，翅膀就卡在墙和墙之间。好不容易搞定了，出来的时候发现地板上掉了好几根毛。

都什么事儿啊你说。

但老王心里还是挺激动的。在返老还童、猫尾巴、吸血鬼等不靠谱的选项之后，终于出来一个看起来有点用的技能了。他上了阁楼，开了窗，琢磨着要不要跳。他脱了拖鞋，拿了钥匙和钱包，把头上稀拉的几根头发扒拉到一边儿，心想他爷爷的死了也就死了。但是话虽这么说，他还是没敢立刻跳。翅膀的感觉像是特大号的胳膊，他用力，发出呼呼的声音，扇得他自己眼前都花花乱乱的。但是他还是没敢立刻跳。要是半路没力气了怎么办呢？老王想。要是被人看见了怎么办呢？要是被警察打下来怎么办呢？

老王一面想，一面从阁楼里出来，踩着瓦片，往外面走。他下意识地往开阔的地方去。南边人少。飞高点，就没人看见了。他还带了件薄外套。披上的话，也许还能在路边买个馄饨面啥的。

老王没想过要是压根飞不起来怎么办。

但事实是他还是飞起来了。

扇了一下，然后就像是喘气儿、咽口水、打喷嚏这些自然而然的事，后面的那两个巨大的东西就自己动了。他飞得挺高，不累，一高兴就到了汉庭酒店的顶上。脚底下空空的有点悬，但是心里也没多想，就也没害怕，直接越过了楼顶的避雷针头。然后又往上飞，朝北，那边的楼群高，都是玻璃墙面，一阶一阶，老王踩在上面，借着力，在高楼顶上玩着跳跃运动。

他们看见老王的时候，他已经来到了东方明珠的顶上。他手里拿着半袋子馄饨面，一块粢饭糕，一小盒豆腐脑。老王站在东方明珠塔顶上，看着底下咔嚓咔嚓拍照的老外和抱孩子的老太太，心想这可咋整。

“抽到 × 宝公司的年度大奖，你有何感想？现在这个超能力是飞吗？你对之前拥有超人能力但是不小心撞到高压线电死的那个二等奖的获奖者有什么想法？你之前的每一天获得的超能力都是什么呢？”

穿红背心的记者拿着扩音话筒大声地喊。消防队的队员们面无表情地站在摄像机旁边，一边还停着警车啊救护车啥的，就怕万一老王掉下来砸到个小朋友啊小动物啥的。也有不给面子的记者在那边冷嘲热讽：“之前你不是说不打算使用大礼包了吗？到底还是用了嘛。促使你打开大礼包的原因是什么？你愿意说说吗？”

老王听着他们拿喇叭喊来喊去。心想，这咋整。

× 宝的年度大奖不是他抽中的。是老王的儿子小王给他女朋友买生日礼物的时候抽中的。

但小王的礼物最终没有送成。他女朋友跟一个开小跑的光头跑了。小王心一凉跳了地铁，小王的妈正在打麻将，听说儿子出事儿踩着拖鞋就往院外跑，刚好赶上下雨天阴沟井盖被水冲开，咕咚下去人就没了影。老王从此变成了光棍老王，那 × 宝的年度大奖也被他撕了个稀巴烂扔在了墙角。

但是老王不知道如今是信息时代，一切都存在网上。他撕的不过是个凭据。等到他整理儿子遗物的时候，点了下手机，一切都大事不妙了。

头三天都是不好不坏的超能力。比如自动收拾房间，散乱的物品归类，在空中飞来飞去，自己整理好之类的。比如锅里有饭有鱼有虾，有他老婆以前常做的鸡蛋糕。第二天是水啊油啊这些液体都会变成钱的超能力，一开水龙头，哗啦啦，掉下来的全是五毛钱钢镚儿。开大一点，就是一块的。洗个澡，飘下来的都是钞票，还是花花绿绿的美钞。第三天更绝了，从外面来了很多年轻漂亮的小姑娘，俏眉俏眼的……这些放在别人身上都是要爆炸掉的大事件，到了老王身上就变成毛毛雨叶尖风。日子过得好又怎么样呢？老婆儿子又都回不来。要那么多钱也没用。

但后来事情就急转直下，越来越不靠谱了。

每天的能力都是零点开始，零点结束。于是每天早上老王不是发现自己身后多了条尾巴，就是脑袋上长了俩犄角，再不就是发现脚变成鱼尾巴什么的了。偶尔也有穿墙术，点石成金术，千里眼顺风耳读心术神马的，但是次数极少，极其不稳定，动不动就消失了。可见大奖什么的质量也就一般，国产的东西难免有点花哨且哗众取宠，一开始看着还行，到后来就越发不是那么回事了。

比如今天，老王飞到一半的时候，翅膀就少了一只。他不得不大跳小跳，拿出当年小学五十米冲刺的本事跳到了东方明珠塔上。手里的粢饭糕还飞出去一个，馄饨面的饭盒也丢了。但是好在老命还在不是。

楼下面穿小红背心的记者还在哇啦哇啦讲什么。老王觉得烦死了。他抬头看了看头顶，临中午了，大太阳晒得人头疼。

图个什么呢。老王想。还不如跳下去一了百了。

但是他饿得厉害，于是踮着脚，在塔尖边上先吃掉早点，这个时候已经变成午饭了。

下午起了一阵风，下了一阵雨。人群散了点，小红背心和同事都喊得嗓子哑了，也无聊，就躲到星巴克避雨。

等到太阳再出来，人们往塔上面找老王的时候，发现他早没影了。

老王回到家的时候，拿钥匙开的门。一楼二楼的邻居都还没做饭，和一楼老赵碰了个照面，但也没说什么。

翅膀不知道什么时候又长出来了。还挺硬，飞回家一路，比飞机都高，也没觉得缺氧。国产货有时候也让人摸不到头脑。

死不了就不死。老王心里想。也许哪天就能轮到时光穿梭、大变活人、让死人复活什么的本事了。

老子要等。

（完）

K 还没讲完，众生和祸就从窗外跳进来。这两个人是双胞胎，活泼新鲜，总是开开心心的，十二岁，心思比同龄人显得简单，众生留着长发，有时候还喜欢穿裙子，外面的人见了总以为他是个女孩。祸比他含蓄安静些，短发，声音更低。他们俩出生在日本滨海的一座小城，一百年这个循环，和他们年幼的外表，让这两个人总无法长久停留在某个地方。他们从前跟着马戏团满世界转，后来当过艺人，跑过龙套，参加过嬉皮士的乐队，在高档酒店当过门童，但最终还是四处流浪，在各个轮渡航船山间的小国里隐匿行踪。双胞胎带来的故事很多，但总是悲伤而抽象。

冬年是喜欢众生的。每次他来，都会和每个人打招呼，带各种各样的礼物，但只有冬年会一直坐在众生身边，抱着他的脖子，窃窃私语。夏扬问过 Vermeer 这对双胞胎的年纪，她并没有回答。偶尔众生和祸会给夏扬父母兄长的错觉。错觉，因为这里没有人会真的关心别人，在意彼此的死活。他们只是一群苟延残喘的陌生人罢了。

✠

<The 11th Story>
双胞胎的故事之一：标本

[1]

他提前十分钟就到了。从一开始就站在离门稍远的地方等，既不引人注目，也不会被来往的人流挡住视线。提前是出于礼貌，但他很清楚我不会那么早到。他只看了一次表，差不多正点的时候。之后，他的身体略微地朝前倾斜了一些，转头的次数也增多了。超过约定的时间十分钟后，他又恢复到原来耐心的状态，表情也没有变得阴暗。他并不在乎那个服务生，尽管她已经望了他好几次。有母亲带着小孩走过他身边，他会很好看地笑，温暖而明亮的目光。

会很棘手。第一印象。

我从工具箱里拿出那套红色的衣服，穿好后，从楼上下来。他一眼就看到了我，瞬间改变了姿势。他抱着两臂，看我穿过马路，戏谑的笑容将真假不耐烦完美地融合在一起。他穿了件蓝白色的T恤，鼻梁上架着副无框眼镜。他皮肤白皙，然而不是那种日夜对着电脑屏幕的苍白，是很健康的象牙色。他眼眉好看，鼻梁高挺，虽然称不上俊朗不凡，却的确让人印象深刻。如果说有什么美中不足的地方，大概是他笑得太干净了。吃了那么多人，还能这样明亮地笑，多少让人有点吃惊。

还有一点恶心。

我蹦跳着走过去，先鞠躬，后道歉："和她们逛得时间长了点，让您久等了。对不起。"

他没动，夸张地点着脚。我继续说："这顿饭算我请吧。请兄长大人原谅。"

"一顿饭就想打发我吗？"

愉悦的、略带邪恶的声线。有一点冷，却因为上扬的音调显得很不正经。如果是普通人，只会当他在开玩笑。然而我听得很清楚，那冷漠不是装出来的，玩笑却是用来掩藏寒意的假面。他很清楚自己残酷的程度，不像那些低等的家伙，煞费苦心地想去掩藏声音里的危险。最聪明的犯人不会将凶器深埋地下，而是放在最显眼的地方，然后安静地等着。所谓的，斩风不若擎借力。

我的心抖了一下。希望他没有听见。

“下次也我请。”我继续拱着两手，面色悲戚地说，“还有下下次。还下的N次方次……”

他已经转身往楼上走了，一面走一面摆手：“上来吧，别在门口丢南溪一中的脸了……”

茶馆环境不错。干净、人少、空气清新。我们在靠窗的位置坐下，他已经点好了几道菜，我们一入座，盘子便顺次摆了上来。鲤鱼、墨鱼、虾蟹蛤贝……尽管事先已经排演过无数遍，我还是深吸了一口气。他笑意盈盈地说：“都是你最喜欢的，怎么样？”

“你可真能点。”我说，“我是喜欢吃海鲜，可那已经是小时候的事了。你这么干，不怕海啸了啊？”

“你不吃我吃。要是海啸了，就顺窗户把你丢出去，立马风平浪静。”

“你当我东海龙王啊？”

“我当你是定海神针。”

我把筷子往桌子上一丢，向后一仰，“不吃了。这饭没法吃了。”

“你不吃我可吃了啊。”他依旧笑着说，“待会儿记得结账啊。”

我闭着眼睛，听着他动筷子的声音。他吃了左边的两个菜和右边的一碗汤。他的筷子在右边的第二道菜上停了一下，然后又挪开了。如果老师说得没错，这几道菜不能随便碰了。这家伙擅长下毒，筷子，勺子，甚至手指。吃海鲜的确很方便，因为毒可以用手涂上去，面积大一些，量也不会不足。

我睁开眼，嘟着嘴看他：“吃！不吃便宜了你这个‘海龟’！怎么样啊？多伦多是不是美女如云啊？”

我躲开他吃过的那几盘菜，专注地夹那条鲤鱼。他说：“美女倒是很多，不过帅哥更多。所以，我就回来了。”

“啥？”我瞪着他，“竞争力太弱，被人家优胜劣汰了？”

“不是。”他面露难色，“我太受欢迎，害得他们为情所困、自相残杀……”

我转过头喷饭。他动作很快，趁我侧身的一瞬间，在那条鲤鱼上动了手脚。我看不见，但耳朵听见了，鼻子也闻到了。尽管一切都在老师的预料之内，我的身上还是爬上了一层寒意。不愧是全国通缉的恶魔，最擅长的便是追杀和围困吗？转过头，我却仍要按照台词说话：“你就丧尽天良吧！连外国友人都不放过，小心被一个金发碧眼的帅哥追到家里，到时候看你怎么和姑姑说！”

“实话实说呗。”他喝了口茶，“谁叫她把我生得美貌如花。”

“我服了。”再次拱手，“你让我把饭吃完，成不？”

他笑，然后貌似无意地指着那盘子鲤鱼：“这鱼不错。”

我的身体颤抖起来，沿着手臂蔓延到手腕，在它殃及到手和筷子之前，我及时地停住了。这 0.01 秒的怯懦足以要了我的命。我定了定神，继续按计划行事，眼睛却暗暗留意他的反应。

“我也这么觉得。”我伸出筷子夹了一块鱼，“嗯……你这么一说，倒是有一点甜了……”

他挑了挑眉毛，也夹了一块：“没有啊？”

“哼！去了南半球两年，不但出卖了灵魂出卖了色相，还出卖了舌头！汉奸啊叛徒啊胡汉三啊孟姜女啊……”

“打住！最后那个是烈士！”

“是吗？”

药劲很快就上来了。困，累，耳鸣。他注意到了我的变化，“怎么了？不舒服？”

“有点……”如果没有吃解药的话，就不只是不舒服了。他关切地望着我，担忧和自责的神色无一丝破绽，连瞳孔都紧缩了一毫米。这样的人物，能纵横百余年，吞吃上百万人一点都不奇怪。只是可惜他太我行我素了，没有同伴。

我不该替他考虑这些。在最后一秒来临之前，一切都是未知数。如果现在暴露了身份，该同情的是我自己了。

“我送你回家吧。”他一面皱眉看我，一面转身招呼，“服务员，结账！”

“我来！”我去拿钱包，然后在半空中，放开了手指。余光里，他的表情改变了——伪装的无奈瞬间消失，只剩下一层安静的白。那是猎物得手时的快乐，却因为那张人类的面具的遮挡，变成一刹那的空无。他按住我的肩，眼睛对上了我的眼睛。黑色的瞳孔变成了浅绿色，隐约可见缭绕的火光，“跟我走，不要说话。”

我站起来，按照中毒的症状摆出表情和姿势。心跳和呼吸的次数要调整，走路的速度要调整，眨眼的频率要调整。不能被发现，不可以出岔子——否则，会死。

他没有送我回家。公共汽车在北郊医院门前停下来，我们下车后，又继续向北走了近一公里。人影渐少，人声渐稀，最后看见的，是那幢黑色的废屋。他推门进去，让我站在屋子正中。窗户被木板钉死了，暗淡的光束沿着缝隙射入，在地上铺上一道道苍白的温暖。他锁好了门，然后转过身来开始蜕皮。和蛆虫那一类的恶魔不同，他很珍惜自己的皮，没有莽撞地撕破而出，而是沿着后背的那道裂缝一点一点地钻出来。他的身体是黑色的，光亮亮的好像镀了一层釉。他的头是红色的，最上面有两个尖尖的毒角。他一拱一拱地从那人皮里爬出来，屋子里瞬间弥漫了一股尸体的腥臭味道，混合着薰衣草和玫瑰花瓣的香气，以及，奇特的草药香。我强压住翻江倒海的肠胃，不让它发出太大的声响。

功败垂成的例子太多见，更何况我是有名的倒霉鬼。我目光空洞地看着他从站立的姿势换为伏卧，成千上万的雪白细脚支撑着那圆筒状的巨大身体，落地的时候发出水囊振荡的声响。他慢慢地向我爬过来，沿着我的影子爬上我的脚，然后是我的腿、我的躯干。他仍然保持着37°C的体温，那些腿的触感真的不是很好。如果没有跟着老师特训了一个月，我也许会禁不住战栗起来。好在到目前为止一切都在计划之中，我身上的这件衣服看起来没什么，却是用他死敌的皮纺丝做成的。它有两个功能：一、将我伪装成他想要抓的那个女生；二、释放出只有对他有效的毒素。只要我再撑个三五十秒，他就会浑身瘫软，倒地不起。说实话，他本应该在爬到我身上之前就倒下的。随着他慢慢地爬上来，那气味更加浓重了。我在心里把老师骂了一千遍，照这样下去，不被这家伙吃掉，也被他的味道熏死了。

“哦，是吗？你的气味应该是什么样的？”

像是腊月里被人扔到了冰窖里，我的身体一下子板结了。那红色的头不知何时已经逼近了我的咽喉，上百双绿色的眼睛荧荧地闪着光。那男子的声音从他腹部传出来，轻而易举地破解了我心中的念头，每一字每一句都像冰刀一样插在我的心口上：“你的血闻起来真的很棒，噬魔者。”

[2]

老师和我跟了他半年多，才渐渐熟悉了他的狩猎方式。火车站、天主教堂、拆迁区、超级市场……他是个奇怪的家伙，喜欢混乱的地方，混乱，但不一定要人多。他靠幻术使人失去自我，有的时候连皮吃掉，有的时候会仔细地剥离猎物的躯壳，做成下次游戏的道具。这么说他也许不太公平。他不是享乐型的家伙。他只是很认真地想要活下去，但因为年纪大了，消耗的食物不免要比其他人多出很多。

他专注的时候，眼睛会变成虫翼般的金绿色。

他的家在老城区的一条小街上。门户并不好找。街上其他的店铺都有着宽敞的门和明亮的灯，它却只开了一道侧身才能进的窄门，而且除了约定的日子，它一直都是关着的。偶尔有流浪猫或狗闯进去，使得它看起来更像楼和楼之间没修好的一道缝隙。他喜欢靠着门站在那里。他喜欢雨。

不狩猎的时候，他的身份是小药店的年轻老板。他有好几套一模一样的皮，颀长的身形和精致的五官，时间最长的已经三年了。他擅长学人微笑的样子，年轻的女孩看见他，总是脸红心跳地尖叫。那条街上还住着一群鱼龙族的家伙，和他的种族不同，它们在千岁之前是吃素的，但他们之间的关系还算融洽，药店里的东西也多是卖给它们。偶尔，也会有人类误打误撞地闯进去。他从不发脾气，即便客人当着他的面把货物摔在桌面上，即便那些他视若珍宝的东西被人碾碎吐上肮脏的口水……他总是不紧不慢地、面带微笑地对他们说："我们到里屋谈谈好吗？"

他们很少有再出来的。

为了抓他，老师把自己关到阁楼里好多天。老师列了上百份计划，制订出各种行动方案，然后又不停地推翻重做。我从没见过老师这么认真地想要抓谁。为了他，老师戒了酒。为了他，老师每天只睡两三个小时。老师的眼圈青了又黑了，最后变成一层褪不掉的暗紫色。我学着老师的样子，每隔一星期到他的住处溜达一圈。有时候我会看见他默默地站在那里，面色忧愁地看着柏油路上细密的雨点。他做什么都很有耐心：晒药、擦窗、缝补破旧的人皮大衣……渐渐地，我明白了老师的表情——不是紧张不是担心，不是忧虑不是漫不经心，那是没有一丝杂质的，恐惧。

她出现的那天，也是下着很大的雨。轰隆隆的雷电在天上划出明亮的伤痕，灰色的水就从那伤口处漏泄下来。她很漂亮。白色的裙子白色的腕，黑色的长发墨染一样的眼。纯粹、透明、精致而又不堪一击——人类。她走到他的店里去，像是被看不见的线牵引着，又像是被听不见的旋律蛊惑了身心。她说她叫苏画叶，她想要治头疼的药。出来的时候，她手里拿着一只小小的木盒。她苍白的手像蝴蝶一样将它紧紧包住。他把她送到门口，然后又在那里站了很久。

他的表情像个坠入爱河的少年。

我和老师住的地方离他家很远。东区东区，所有的人都这么叫，后来便没有人记得它的名字——天星街。东区的孩子生下来就会骂人，学会走路就开始打架，等到了十二三岁，便值得我们举着匕首谨慎对峙。清晨是东区唯一安静的时候。街面上横着前一夜的杯盘狼藉，八十三岁的吴奶奶总是抱着比她高比她粗的扫把，一面恶毒地诅咒，一面将杂物的尸体扫荡干净。顶楼的大叔习惯把收音机开得很大，一面放着第九套人民广播体操，一面豪情万丈地领着儿子做踢腿运动。有的时候，他们太豪情万丈了，对面楼浇花的爷爷会“失手”把喷壶砸到天窗上。

老师常说世界上只有两种妖怪。一种是比你强大的，一种是比你弱小的。一直到现在，我们抓的都是些小妖怪，我们看得见它们的脸，我们追得上它们奔跑的身影，我们可以找到它们的弱点，我们能够将它们的心破坏掉——用手、用刀、用一切可以用的兵器。然而还有一种妖怪，我们站在它的肚皮上，躺在它的手心里。我们会在它的长发里迷路，在它的泪水里淹死；我们会在它呼吸的瞬间碎成千块万片，在它的笑声里永远地失去听力。可是因为它们太巨大了，我们甚至都没有想过它们会是自己的敌人。

从某种意义上来说，东区就是一个这样的妖怪。它改变了它怀里居民的性格，也许也改变了老师和我。据说老师年轻的时候，是个温柔内向的人。纤瘦，苍白，喜欢坐在图书馆的窗台上看书。二十年的职业生涯和东区的日夜熏染，他变成了倒在啤酒罐里睡觉的那个胡子拉碴的大叔。有时我会想，如果他当年选择的是仕途或学术，那双眼睛会不会变得完全不同。

抓捕方案终于在画叶出现后敲定了。老师不想再看见更多的牺牲者，更重要的是，老师讨厌他狩猎的方式。他太喜欢人类了，他喝人血、吃人肉、穿人皮、说人话，用人的方式谋生，用人的方式思考问题。他把自己变成了一个人类，却无法摆脱要靠他人性命为生的命运。他狩猎的时候，是痛苦而又镇定的。因为他把自己当作人而痛苦，因为想要活下去而变得镇定。他不像那些初等的恶魔，它们单纯而冷酷，作恶和行善永远水火不容。不狩猎的时候，他是个普通得不能再普通的商贾，他会对人笑，会在公共汽车上给老人让位置，会和不讲道理的人面红耳赤地对骂。他的心甚至会因为别人的感激而悸动。

因为这个，他让老师感到恶心。

[3]

“哦，是吗？你的气味应该是什么样的？”

他说话的声音很开心，带着小小的兴奋，阴谋得逞的小兴奋。他向我炫耀他的读心术，那是只有满千岁的恶魔才能拥有的能力，他以为我们低估了他。我扯开了袖口的一根绒线，这开启了我身上衣服的另一个模式。我的体温急骤下降，躯干和四肢因为寒冷而绷直。他喜欢冰冷的血液，曾经有相当长一段时间，他只在雪天和雨天觅食。他快乐地说："你的血闻起来真的很棒，噬魔者。"

在我心里极深的地方，有个声音轻轻地叹了口气。我不喜欢他，我无法喜欢任何一个恶魔。然而看着他像人类一样感受着喜悦和悲伤，像孩子模仿大人一样学我们说话的方式，我的心头仿佛压上万吨巨石一样沉重。

只是一瞬间的怜悯。

"啊，桦蛱百衣！"他盯着我身上的这件红衣，声音里满是戏谑，"你们把我当成尺蠖了吗？想要利用它释放出的毒素放倒我？"

他的眼睛变成绿色的时候，代表着他正在读心，所有千岁以上的恶魔都是这样的。于是我在心中想道："啊！难道他不是尺蠖吗？天哪！我怎么会犯这样的错误！"

他听到了。再开口的时候，威胁的声音里掺杂了些许满足："现在后悔已经晚了。把我当成那二三百年的小虫，是你第一个错误，却不是最后一个。在茶馆的时候，你在筷子上涂了毒，假装让我尝鲤鱼，其实，是想要废掉我的功力吧？"

厉害。老师说他有百分之十的概率发现我的毒，他竟然真的识破了。如果这个计划真的按我的想法设计，那么现在我已经输了。

虽然不甘心，仍然暗暗吁了口气。老师果然是老师。

他的眼睛又变成了绿色。我想："完了。这下子死定了。只是到现在都不知道他的正身是什么，好不甘心啊！"

他果然上钩，"今天我本不打算杀人的，不过是想取点血而已。可是你是噬魔者，我不得不除。事已至此，不妨告诉你我的身份，让你死得安心——”

他红色的尖角对准了我的喉咙，猛地刺了过来：“我的正身是冬虫夏草，名字是千渊沢！”

[4]

我五岁的时候，和老师执行第一次任务。我们在明艳的夏日午后闯入滨河小区的一幢豪宅，豪宅的主人在我们闯入的前十五分钟离开，一同走的，还有他的老婆和两个孩子，他们飞到海对面的国家去过六一儿童节。我和老师在屋子里转了三圈，拿了两听脐橙汁，吃了一只鸡腿和两个生煎包，然后，老师走到顶楼，从壁橱里拽出了那只花斑猫。它一开始还装傻来着，朝着我们喵呜喵呜地叫，两只眼睛炯炯有神而又楚楚可怜。老师挠着脑袋不耐烦地背诵《五魇破》里的第十七条——也就是后来所谓的恶魔管理协定。老师背到一半的时候，那家伙觉悟了，变了身开始大吼大叫。我说了，我当时才五岁，见过的最大的猫科动物，就是动物园里的熊“猫”。所以，当那家伙挥舞着刀片似的爪子，头顶着天花板对着老师怒吼的时候（后来我才知道，它说的那句话是：“老子不过是借住两天，凭什么抓我进去！”用的还是山东口音），我两腿一蹬，倒了下去。等我再醒来的时候，一切已经恢复了平静，老师捆着那只猫，用脚把我踹醒。他说：“把屋子打扫干净，不然晚上没有饭吃。”

等到我长大了，大到足够自己执行任务的时候，我仍然常常晕过去。恶魔死的时候会散发出无比难闻的臭气，好像它们一生中吞噬的所有生命都在那一瞬间腐烂成风一样。每每到了这个时候，我都会不自觉地晕倒。老师总是说：“东区的味道比那难闻多了，你不是也忍过来了？不改了这个习惯，早晚要把自己害死！”

老师不知道的是，我晕倒不仅仅是因为那可怕的瘴气。每当有恶魔在眼前死去的时候，我都能看见一些别人看不见的东西。它们有颜色，有声音，张牙舞爪而又脆弱得一吹即逝。它们总看着我，直勾勾地望进我的眼睛；它们环绕着我，在我的耳边吹风。它们音色不同，语调各异，可它们都说着同一个句子：

“看着我……

“看我是如何死去的。”

一开始，我以为它们是恶魔的灵魂。那恶毒，那愤怒，那诅咒。然后渐渐地，我发现它们更像是人的灵魂。它们有悲喜，它们会流泪，它们可以像婴儿那样甜美地微笑，它们知道如何让你的良心被虫噬鼠咬。

然后有一天，我遇到了千渊沢。他让我终于明白了那些东西是什么。

“你、骗、我？！”

在他的触角离我的喉咙还有十多厘米的时候，他的身体不能动了。像石板一样僵硬，像冰一样寒冷，像骨骼一样苍白。我伸手轻轻地推了他一下，他像雕像一样掉了下去。落在地面上的时候，发出水囊一样的声音。他圆筒一样的身躯滚了几圈，然后停留在仰面朝天的姿势上，不动了。

我看了看表。时间、位置、姿势，全部命中。

“告、诉、我！”

台词也不出所料。

我叹了口气，蹲下来看他。上千条细足悬在那里，低空飞翔的风拂过它们上方，微微震动。我等他的眼睛从绿色变成紫色，然后才开始回答。我不喜欢和人解释，但是这是工作，不做的话，心里会不踏实。

“你说的没错，这件衣服是桦蛱百衣，可以释放出杀死尺蠖的毒素，可是你忘了，这件衣服的另一种功能是伪装，它可以改变我的外貌，也可以改变我呼吸和心跳的速度，而你是通过这个判断人类是否撒谎的，不是吗？”

“我、会、读、心、术！”

“我们从一开始就没把你当二三百年的小虫子。他们很难做到像你这样近似人类。你知道你问题在哪儿吗？你太像人了。”

“可、是……”

“那个鲤鱼也的确是我下的毒。不过我们不只下了这一处。为了这顿饭，我们准备了近三个月，你以为那个饭店是随便选的吗？那条鱼是我们用毒药喂大的，目的是让毒素能够分散均匀，这样才不至于引起你的注意。还有，记得那个端茶水的小姑娘吗？她是我老师假扮的。所以，实际上，我们下了三次毒：老师在茶水里下了一次、我用筷子涂了一次、鱼肉本身的毒一次。除了我下的那个毒，另外两个你都没有发现，所以这局棋，你根本没有胜算。”

“你、们、不、知、道、我、是、谁……根、据、什、么、下、毒？”

“那个毒，叫作‘封名蓟’，对任何恶魔的作用都是一样的。只要你告诉了我你的名字，它就会在那个瞬间将你全身力量封印住。这个毒，连百龙之王刹镇冰都抓住过，更不用说是你了。”

他沉默了片刻，然后哈哈大笑起来，笑着笑着，那声音变成了令人毛骨悚然的泣血求饶：

“不、要、杀、我！我、还、有、事、情、没、有、做……”

我站了起来，心中最后的一丝怜悯也消失殆尽。

“根据《五魇破》的第九条和第十三条，冬虫夏草千渊沢，噬人毁命，袭伤执法者，罪不可赦，于此日销名诛杀！”

抽刀挥刃，恶瘴跌生。他碎成了百十块，青绿色的臭气一下子冲了出来，弥散了整个废屋。这股气太厚重，竟然无法化成烟雾，只能结成凝重的云，沉沉地压在地面。我从没见过那么多的面孔，它们从虚空中不断地衍生出来，海浪一般冲向我，让我无法呼吸。他们吼叫、悲鸣、长叹、呼啸……他们围着我说：

“看着我……

“看我是如何死去的。”

我倒向地面的那一瞬，忽然看见了他的眼睛。它们是绿色的，仿佛昆虫的翅膀。它们笔直地看着我，仿佛要用目光在我的身上豁开一个洞来。朦胧中，有个声音说：

“你会后悔的。”

[5]

开始的时候，红鳟把千和另一位店主弄混了。她冒冒失失地闯到他的店里，把钱和订货单放到桌子上，然后转身赶往下一家店。跑出了两条街后，红鳟才意识到自己犯了多大的错误。她冒着雨冲回去，一面跑一面筹划着一场唇枪舌剑的持久战，等到赶到那里，却看见千拿着她的钱站在门口，笑着的脸有一点阴谋得逞的小快乐。

太婆婆说起他的时候，总是很开心的口气：“那个卖药的孩子呀……是个有意思的孩子呢……”

他们遇见那个女生的那天，下着很大的雨。轰隆隆的雷声吵得家里的人异常兴奋，红鳟逃了出来，跑到千的店里找他下棋。

他们下到一半的时候，她刚好进来。她看起来十四五岁，白衣皓腕，绸缎一样的黑发，漂亮的侧脸。红鳟看着她，想要一个和她一样的娃娃。她刚要开口把这念头说出来，便听见了千的心。它整整漏跳了一拍，取而代之的，是花瓣落地的巨大声响。

她说她叫苏画叶。千瞪着她，仿佛第一次听见人类说话。她不睬他惊讶的表情，继续说：我要买治头疼的药。

苏的楼下住着个经常发脾气的男人，她因为这个天天睡不好觉。千听了她的话，点了点头，回屋拿了个小木盒给她。那里面躺着一只小小的蚕。“这是可以吃掉人的怒火的虫子。”他说，“你把它放到那个男人家的窗台上，每个星期到我这里换一只。”

苏也是个奇怪的人类，一句话也没问便走了。千站在门口看她的背影，迟迟不愿离去。红鳟说：“你在看什么呢？人都走了。”他笑：“我在看雨。”

一个星期后，苏又回来了。这一次红鳟看见了她的笑，明白了千的心为什么会发出茶花落地的声音。她来换虫子，又问了千一些事情。她习惯皱眉，细小的“川”字横在白皙的额头上，像细绢被风堆出的褶皱。千挑选不同的句子，它们变成苏唇边的轻扬一笑。他们说话的时候，那个盒子就静静地睡在角落里，像是蛰伏在黑暗中的一枚茧。

千倚着门看苏走远，眼里墨色暴露了自己沉迷的深度。红鳟说：“今天又没下雨。”他露齿一笑：“有的人比雨天还要好看。”

之后的两个星期，千的店都没有开门。那段时间里，镇子上出了件大事。有一栋公寓的居民，一夜之间都变成了木乃伊。市里研究所的老爷爷老奶奶们都来了，拿着地质勘探的仪器和各种奇形怪状的灯。报纸上说，有可能和地下的高温气体泄露有关。家族里的人都担心起来，嚷嚷着是不是搬到更好的水域去。太婆婆说："这件事没那么严重呢。不过是小孩子的事罢了。"

然后又过了半年，在下雨的街道上，红鳟碰见了那个噬魔者。

"锦鳞家的红鳟吗？"她问，"还记得我吗？"

记得的。是她杀了锦鳞家的死对头，那条叫作刹镇冰的黑龙。太婆婆说要对噬魔者恭顺，因为她是恩人。

然而红鳟仍然感到很害怕。她怯怯地点一点头，想要逃走。

像是看出她的担忧一般，噬魔者伸出手，轻轻地抚住了她的肩。她的手真热啊，像火一样。人类的手都这么热吗?

"通过跃龙门的考试了吗？"

红鳟愣了一下，随后心口忽然变得很甜很暖。"过了呢！"她指着新长出来的龙角，噬魔者很欣慰地点点头，"我听你太婆婆说，那家药店的钥匙在你这里，能不能带我去？"

千的药店！红鳟的心扑通扑通地跳起来。好久没有看见他了呢。"我带你去！"她拽着噬魔者的手，它现在摸起来不那么烫了。她跑得很快，那个噬魔者慢吞吞的，像一条小蛇。那道门仍然斜斜地立在那里，就像千刚刚从屋子里出去一样。红鳟把千给的那把钥匙拿出来，插到锁孔里，门"咔嗒"一声开了。她推开门，灯一瞬间自己亮了起来。

"漂亮吧！"她侧开身子，骄傲地说。

那是一条纯白色的走廊，无数的蝴蝶标本钉在两边的墙壁上，隔着玻璃罩子闪着珍珠一样的光。红色的、绿色的、蓝色的、黄色的、紫色的……以锦缎为肤，以霓虹做裳。红鳟没有注意到噬魔者忽然改变的脸色，她哼着歌向前走去，然后猛然撞上了它。它的眼睛放出雪白的光束，巨大的翅膀张开，覆盖满墙。那翅膀不是白色，不是棕色，不是灰褐色，而是血红的。

它没有被钉子钉在那里。它还活着。

[6]

从记事起，我就跟着老师了。其他的孩子都有爸爸妈妈，我只有我老师。老师没有送我去幼儿园，没有送我去小学。我所有的一切都是老师教的，连同那蹩脚的普通话。老师不让我和邻居家的孩子玩。我的玩伴都是老师的同行的孩子——总是翻白眼的闽沙、蘑菇头的林蓝、趾高气昂的百夜烛以及胆小的雷迟兮。我们一起学习一起玩耍，打架的时候用牙齿咬着彼此的头发。然而，这些时间也都是有限的，每年也就那么两三天。我们彼此憎恶又深深眷恋。每个孩子对自己的老师都十分依恋，尽管并非所有人的老师都和我的老师一样，是个好人。有一次，沙和烛厮打的时候，扯开了他的衣服。我们看见烛肩膀上红色的伤疤，吓得一动不动。我到现在仍然记得，烛一声不响地拉好衣服，扬着头从我们身边静静走开的样子。

十三岁的时候，我花了大把的时间研究老师的工作的意义。我看了很多书，戴上了厚厚的眼镜。我写了一些东西，现在看来是很幼稚狂妄的，诸如《噬魇者是过时的职业》《噬魇者的师徒传承模式之我见》《噬魇者的教育模式对孩子的不良影响》……这些东西，我都是背着老师写，虽然在学徒之间传阅过，引起过一些小共鸣，最后却仍然是不了了之了。

老师后来问过我："你恨我吗？我剥夺了你本应有的童年。"

我想过这个问题。我问过其他的学徒，问过街上的路人，甚至，问过恶魔的孩子。他们都有一个答案，但没有人有相同的答案。问得多了，我的头累了，乱了，痛了。于是我问我的心。

它反问我："什么算是'应有的'？"

那个鱼龙族的小孩很喜欢说"如果"。"如果当时没下雨的话，我会跳得更高些的！龙门算什么！”“如果当年太婆婆没出手的话，整个城就都被淹了呀，啧啧。”“如果千哥哥在就好了，他肯定会把它做成标本的！”

她说的是那只巨大的吸血蝶。它在市区杀了人，凭借记忆回到了那家药店，它把那儿当成了自己的巢穴。它在幼虫时，以愤怒为食粮，用一星期的时间就可以结茧成蝶。他活着的时候，画叶每星期到他家换一只虫子，这恶蝶便没有办法成年。现在他死了，它获得了自由。

它停在那里看着我，那双绿色的眼睛，和他一模一样。我在那一瞬间想起了他死去时放出的瘴气。和过去一样，当时有无数张面孔朝我扑来，它们嘶吼着同样的不甘和愤懑，虚妄而又癫狂地撕扯着我的脸。然而和过去不同，这一次，那万千面孔却全都一模一样。同样的眼眉，同样的鼻骨，同样宛如绢绸一般的黑色长发。

一瞬间，我仿佛又回到了那个雨夜，他看着画叶的背影，笑得像个刚刚坠入爱河的少年。

我过去以为，我看到的那些脸是恶魔的灵魂。

后来我怀疑，那是它们所吞噬之人的灵魂。

我从没想过，那会是恶魔们铭刻于心的忏悔。

如果我早一些醒悟，如果我把那丝怜悯变成一秒钟的耐心——那幢公寓里的人也许不会死。

世界上有很多事是没有“如果”的。

[7]

年末的时候，老师退役了。除夕当晚，总部给我送来一张名帖，上面是可供领养的孩子的名字和个人情况。我看了又看，然后原封不动地寄了回去，附带着一封信，那上面简单地写了几句话，大概意思是我不想干了。噬魔者不是可以随便退出的职业，如果没有得到官方的批准，不但会被通缉抓捕，而且还会招来复仇的恶魔。老师在电话里把这些都跟我说了，我说："我都知道了。"他停了一会儿，然后说："也好。至少你再也不会晕倒了。"

鱼龙族的锦鳞婆婆问我："为什么要退出来呢？你觉得你过去做错了吗？"

我想了想，摇了摇头："我只是觉得过去做得不够多。不够，有时候就是错的。"

我把千渊沢的药店拆了，彻底改成了蝴蝶标本的展览馆。我每天坐在长椅上，看着进进出出的人类和恶魔。也许有一天，他们当中会有谁结果我，也许不会。红鳟陪着我料理这小小的场馆，她知识渊博得让我感到惭愧。几乎每一只蝴蝶都有一个故事，她把它们写了下来，密密麻麻地誊在白纸上，封在玻璃板下面。

在最后的那个房间里，那只吸血蝶站在一块巨大六棱水晶里，杀了它之后，我再也没有从瘴气里看见过那些骇人的面孔。它的故事很长，但是人们一见到它，就会变得温柔而又充满耐心。他们总是向我一遍遍地打听它的来历，有时满脸恐惧，有时则充溢着好奇，也有的，带着奇特的憧憬。他们最常问的话是：

"那张少女的脸——是真的吗？"

（完）

✠

<The 12th Story>

双胞胎的故事之二 ：大疫

一小片薄薄的阳光落在微微的眼睑上。她醒过来，左脚一阵尖锐的疼痛。她移动身体，它疲倦而又沉重，为此，她花了半分钟才成功地站在地板上。也就是在那一瞬间，她找到了疼痛的根源——她爸爸养的那只十姊妹钻进了她的脚。她费了很大力气才把它拔出来，并没有流很多血，倒是那只鸟，因为饱食而变成一个乒乓球。微微拽它出来的时候，它一直奋力挣扎着想要回去，头和爪子绷成一条笔直的线。它曾经是一只很漂亮可爱的小鸟，不像现在这样，只让微微联想起某种恶心的虫子。

微微提着那对鸟脚，在地板上吃力地敲了几下。小鸟从直线变成曲线，最终软成一团。敲打的过程中，微微的脸一直是苍白的，整个人都因为缺血而僵硬。然而她的手没有颤抖，也没有因为太过紧张而变得癫狂或残酷。小鸟死掉后，微微走到盥洗间，洗干净自己小小的手。她把小凳子挪到镜子前面，踩在那上面仔细检查自己的脸。小鸟的血和羽毛沾到了她的头发上，但是没有伤口。她不敢用力踩左脚，于是单脚站在那里，缓慢而仔细地洗掉那些脏东西。

从盥洗室出来，微微走到爸妈的卧室，翻出了绷带、碘酒和疫苗。她熟练地给伤口消了毒，把疫苗打了进去，又用纱布一圈圈地缠好。打理妥当后，她躺在那张大床上，对着漫天的棉花糖发了一会儿呆。

太阳完全出来了，像块薄脆的金色饼干，虚弱地飘浮在天边。微微看着它，又瞥向那排密集的云朵——今天会很冷。她又闭上眼，那只十姊妹的样子却浮在一片黑暗中，像是被潮汐打在沙滩上的鱼，喘息着绷成一根直线，执着地朝她蠕动。微微从床上坐起来，一阵寒流翻卷过她的五脏六腑。她冲到厕所，吐出了前一夜的食物。吐过之后，她又爬回到爸妈的床上，这一次，却是很快就睡着了。

再醒来的时候，肥硕的太阳已站在天空正中。灰色的云堆在不远处，像一块纹理蠢拙的抹布。微微从柜子里翻出爸爸最厚的一件外套，它带着浓重的樟脑味道，呛得她眼泪涟涟。棉花已经板结，衣服有些僵硬，并不服帖。微微又翻出自己的腰带扎紧，才算是有了点样子。那腰带是前年六一儿童节的时候，爸爸出差给她带回来的，粉红色的底，上面印着米奇和高飞。穿戴好后，微微又爬到凳子上，对着镜子照了照。她对着玻璃上贴着的那张照片做了一个“V”字的手势。照片里，她的爸爸和妈妈甜蜜地拥抱在一起，脸上带着灿如春光的笑容。

小心地锁好了门，小心地把钥匙放到胸前的钱包里，小心地下楼。微微的家在十七楼，采光和空气都还算好，越向下，楼道里的光便越暗淡，腐臭的气味却渐渐清晰。走到五楼那里的时候，微微停了下来，转而从楼梯间的窗口钻了出去。苍白的阳光隔着千百万云朵投照下来，沐浴在那光里的，不是青青小草，而是堆积成山的垃圾。它们从小区的入口一直蔓延到最后的这幢公寓，从四楼以下，都是些烂了一半的水果、家具、玩具以及不小心被埋在里面的各种生命。

微微小心地爬下那座垃圾山。她不去碰那些色泽鲜艳的水果或包装整齐的巧克力，她知道如果她碰了，它们会“啪”的一声收拢机关，带着她一起陷到底层。等到了夜里，那些白眼睛的昆虫就会爬过来，把她拖到没人知晓的地方。楼下邻居家的弟弟就是这样失踪的。还有小区委员会的主任汪婆婆。还有丽丽家的小狗笨笨。还有丽丽。还有，微微的妈妈。

阳光照在垃圾堆上。微微把装着那只鸟的鞋盒子丢到那上面，然后朝小区外面走去。她的眼角有细微的裂痕，然而没有水滴或光亮的痕迹。

出了自家小区，远离那片臭气后，微微放慢了步子，开始仔细地想今天要做的事。她没有贮藏食物的习惯，因为气味会招来那些白眼睛的动物和大人。前些天，小区的超市遭到了他们的偷袭。她还记得当时她正在看电视，忽然听见楼下传来撞击和叫嚷声。那些白眼睛的大人拿着棒子，一下接一下地撞着那家超市的门，胖胖的店主人和他的老婆儿子抵在那里，嘴里喊出的声音十分瘆人。微微趴在窗口静静地看。她看着那些人是怎样拥进去，又是怎样将一切撕成碎片。她努力记住他们各自的攻击习惯和体力的上限，眼睛不够用，她就搬出爸爸的DV机录下来。那个店主是这条街上病得最轻的大人。他只有一只眼睛是白的，喜欢收集的也只是红酒瓶子。他的儿子喜欢欺负微微，但他的两只眼睛都是正常的。微微每次去他们家买东西的时候，都会自觉地让那个男孩子打两下。她知道他只是太害怕了。微微还记得，爸爸最开始得这个病的时候，妈妈也会忍不住打她。

也许是因为这些，看着店主人一家被杀的时候，微微的胸口有点疼，然而，也仅此而已。虽然现在看见那些白眼大人的时候，微微已经不会像最开始那样，害怕得掉头就跑了，她却也没有胆量出去。她知道那些白眼大人有不同的级别，就和电脑游戏里的怪物和坏人一样。楼下的那些她是打不过的，如果出去的话，只会平添一具七岁小孩的破烂尸体。这一切其实也就是个游戏——找到吃的得一分、逃脱一次得一百分、打败一个怪物可以直接进入下一关。她知道用多大的力可以打晕一个白眼大人，她知道跑多快可以从急速落下的棍棒下逃生……然而她却没有办法从五十个白眼大人手里把那三个人抢出来。她能做的，只有站在窗口那里学习，从他们的死亡里学习如何活下去。

超市吉祥三宝 VS 白眼古惑仔，白眼古惑仔胜出。

启示：不可以吃得太胖，会削弱逃跑速度和从窗口脱身的概率。

既然那个超市已经不在了，想要找到吃的东西，只有到城另一边的喷泉广场。问题是到那里要走很久，其中还要经过好几个白眼大人的聚集地。微微有些沮丧，却又立刻学着爸爸每天上班前的动作，对自己的脸拍了拍，大吼一声："你能行的，小李！"

大街上没有人，空气中没有风。微微迈着小步在屋檐下快而安静地行走着。她看见一些佝偻着腰的叔叔和阿姨，他们在阳光照不到的暗影处一闪而过，随后，爬进这家或那家的窗口。接着，白色的窗帘便红了又黑了，再出来的时候，那些人的口袋由空变满。他们抱着搜罗来的各种东西，有价值连城的钱币，也有一钱不值的垃圾。

不同的白眼大人喜欢的东西是不一样的。有家旅店长年灯火通明——不只是灯火通明，各种颜色的蜡烛和灯泡包裹着那幢房子，从远处看去，它就像是被火点着了一样。如果走近些，你就能看见一个头顶着蜡烛的男人站在门口，他总是搓着双手，用被火烤得干裂的嘴唇发出嘶哑的询问："借个火？"

他头上的火光让他的五官看起来十分模糊。如果吹灭他身上的几根蜡烛，那你就会看见他那张奇特的脸。他的皮肤上蒙着一层薄蜡，因为炙烤而皱缩的皮肤在那下面勾勒出条条细线，其中两道深陷的沟中，一双白色的眼睛静静地反射火光。他的那家店里没有桌椅沙发或任何摆设，最里面的墙壁上，镶满大块的黄金和宝石。很多人冲着那些财宝住进那家旅店，他们递给店主蜡烛，随后扛着锹和镐头入住。只是他们不知道，那面墙的正下方有一块活板门，那里有个巨大的火炉熊熊燃烧着，燃料除了一两块楼梯用的木板，还有一些可疑的白色骨头。

蜡烛爱好者 VS 倒霉旅客，蜡烛爱好者胜出。

启示：发光的不一定都是金子，也有可能是你自己。

另一家很有名的店，店主是一对孪生兄弟。哥哥总喜欢穿着一件华贵的黑色西装，弟弟总穿着厨师服。这两个人的鼻子都很小，嘴占据了脸孔的大部分，耳朵像蒲扇一般大，无时无刻不精神抖擞地支棱着。他们的手都出奇地纤长，青色的血管密布其上，那长长的指甲让微微想起爷爷的鱼钩。他们惯常的对话是这样的:

“知道吗，大哥，上面已经派了人来了。”

“是吗，什么人？”

“军队啊。他们说我们这个城市已经被隔离了，城外驻扎了密密麻麻的正规军，要是有人出城，就必死无疑。”

“为什么被隔离，因为那个病？”

“就是那个病。他们说已经有很多人疯了，大半夜跑出去偷东西抢东西，还有许多老夫老妻发了疯，为了存折互相动刀子的。啧啧，真是不可想象啊……”

“说来说去，那到底是个什么病？”

“没有名字啊……只知道得了那个病的人会变成怪物，为了想要的东西能做任何事……啧啧，都是些缺心眼的家伙，有多少钱又怎样？害得我们这些人跟着被隔离，连新货都弄不到……”

“别上火，不是所有的人都像大哥你这样看得清。”

他们说话时候都一副彬彬有礼的样子，上半身坐得笔直，两张酷似的脸微笑着朝向彼此。然而，明亮的地砖上，黑色的血从他们彼此的脚下蜿蜒而出。两个男人的右手都挥舞着一把刀，它们飞闪着，撞击着，发出清脆的叮叮声。疯狂的手臂和静止的身体形成了鲜明的对比，像不受主人控制的机器。微微经常站在他们俩的身后，绘声绘色地学他们两个说话的样子，因为台词永远都是那一套，所以她很快便能够分饰两角。演出结束后，微微会朝着不存在的观众们行一个礼，随后绕过那两个人，走到货架那里拿手纸或香皂。手纸是那个哥哥收集的，香皂是那个弟弟收集的，除了八卦新闻外，这两兄弟最喜欢的就是这两样东西，这家店里也只有这两种货。拿完后，她会走到门口那里，从脖子上系着的口袋里拿出钢镚儿来，一个个地排到收银台上。她一共去了那家店七次，第七次的时候，货架上只剩下了手纸，那两个兄弟都不见了。微微想，大概是那个弟弟输了吧。单独的白眼大人都是危险的，她要亲自转移他们的注意力，因为这个，微微后来便没再去那里。

手纸兄 VS 香皂弟，李斯微小朋友渔翁得利。

除此之外，还有一家被蛇皮包裹得密密实实的澡堂、一家散发着烂苹果气味的口腔诊所、一家总是播放鬼片的小影院。它们的共同特点是，进去的客人永远比出来的要多。微微十分怀疑这三家店的后台老板是同一个人。微微记得一个长头发的姐姐曾经站在影院门口嗑瓜子，她吐皮的动作快而精准，不一会儿脚下便出现了两座等底等高的瓜子皮圆锥。微微第二次看见她的时候，她忧郁地坐在口腔诊所的玻璃窗后面，高挑的身材和满头长发都不见了，一同告别的，还有那举世无双的嗑瓜子技艺。准确地来说，微微看见的并不是她本人，而是她的牙齿做成的假牙模型，如果没有那三角形的瓜子豁痕，即便是微微也很难认出她来。曾经那样传奇的一位人物，如今就那样被人悬挂在那里，作为口腔美容的对比模型。微微每当想到这个，便有些唏嘘。

黑店 Boss VS 瓜子女王，黑店 Boss 胜出。

启示：伶牙俐齿斗不过现代化的经营模式。

微微家住的是郊区，市民们难免沾染了点小家子气。和他们比起来，喷泉广场的大人们要优雅得多了。他们贪图的都是些深奥难懂的东西，很少有重复的，所以通常不会出现手纸香皂兄弟的那种互相残杀的情景。比如有个喜欢穿金色西装的哥哥，他贪图的是“宽阔的世界”。为了这个，他只在傍晚或凌晨的时候出门（午夜并不好，那时候许多人都出门行窃，街上人流反而很多），冬天的时候就跑到结冰的河上去，最喜欢的地方是广场，最向往的地方是海洋。然而这也是最开始的时候，后来他便开始亲自动手拓展疆土。匕首、武士刀、手枪、自动步枪……他用的东西越来越高级，结果喷泉广场渐渐变成了这个城市卫生状况最好的街道，不但人烟稀少，连小强、苍蝇都活不过五十秒。然而西装哥哥这样温文儒雅的君子，最终却被一个迷恋军火的人口贩子干掉了。那天他正开着坦克陪女朋友轧马路，结果冷不防两枚子弹飞驰而来，轻薄无礼地掀掉了他们俩的头盖骨。然而，微微觉得西装哥哥可能是所有白眼大人里最幸福的人了，因为他在死后，终于得到了没有边境的黑色世界。

忧郁的空间霸主 VS 勤奋的军火商，一比一平。

喷泉广场的另一位白眼大人，却是这个城市里最让微微害怕的人。他常以乞丐的模样出现，暗暗地从角落里冒出来。他习惯伸出手，对着漂亮的小孩和眼神梦幻的女人说："行行好吧。"

微微曾经和小白一起寻找食物，他们就是那时遇见的那个乞丐。微微还记得那个人森白的目光，他牙齿整洁、皮肤光滑，让人想起肌理上乘的鲨。和那人眼眼相对的瞬间，微微的心里笼上了一片黑色的云，那种感觉就像是所有的颜色都从眼前消失掉，就算把超市里全部的水彩颜料涂在墙上也没有用。这种感觉她以前也曾经有过，那天妈妈掉进了白眼虫子的陷阱里，她用尽全身力气把微微推了出来，微微还记得妈妈那时说过的话。她说：

"微微你要等妈妈回来。你不可以死，也不可以变成那种东西，记住了吗？"

微微记得妈妈的话，所以她逃开了。小白也感到了害怕，只是还没来得及逃，便被那个乞丐抓住了手。微微看着小白把脖子上的钱包摘下来，把里面的钢镚儿都倒进那个乞丐的手里。倒完最后一个钢镚儿，他又把口袋里的小熊饼干放进去。然后小白就站在那里，身体僵硬得像一块烤过了头的饼干。

出人意料的是，那个乞丐把大部分钢镚儿和饼干都还给了小白。他只留下了一块钱和一块饼干，然后笑着说："谢谢。这些就够了。”

小白愣了一下。那个乞丐又说：“能把手借我一下吗？”

小白把左手伸过去。乞丐从口袋里拿出一个印章，在他的手心上盖了个戳。微微后来举着小白的手看过，那些字她都不认得。她只是记得那个乞丐微笑着对小白说：“现在，你是我的了。”

那天回来的路上，小白一直嘟囔着想要气球。第二天微微去小白家找小白的时候，惊奇地发现整幢公寓都挤满了气球。小白拽着那些气球线坐在屋子里，眼睛变成了瓷器一样的雪白色。

从那以后，小白的眼里便只有气球，最后，他把自己也变成了一个气球，小白飞上天空的那一天，微微哭了。她上一次哭，是这个怪病刚刚在这个城里流行的时候。她还记得那些到处奔跑的野狗、互相碰撞的汽车，所有人都大喊大叫着，抢夺着各种东西。微微的爸爸带了好多好多的小鸟回家，它们被关在一个大铁笼子里，每天叽叽喳喳地叫着，爸爸就抱着钥匙睡在旁边。后来鸟太多了，互相啄杀啃噬，爸爸就冲到笼子里面充当裁判。再后来，那些鸟越来越多，爸爸待在鸟笼子里的时间从一个小时变成了一整天。他的身上总积满了鸟粪和羽毛，那味道，妈妈无论怎么洗也洗不掉。

然后有一天，爸爸进去后，再也没有出来。

小白飞走后，微微彻底成了独行侠。她没了一起觅食的朋友，也没了一起对抗白眼大人的队友。因此，微微特别痛恨那个乞丐。她把“解决臭乞丐”列在了《未来任务》的第八条上。《未来任务》是微微决定长大后要做的事，前七条分别是“成为宇宙第一美少女战士”“找到妈妈”“消灭白眼虫子”“治好所有人和猫狗鸟的白眼病”“买一台新电视”“找到小白”以及“把仙仙训练成一只可以吃掉任何白眼怪兽的神鸟”。仙仙就是那只发病钻到微微脚里的小鸟，因为它的死，“解决臭乞丐”上升到第七条的位置上。微微想到这个，心里便有些激动。走在喷泉广场的时候，她一直关注着周围的大人，好像如果真碰见那个乞丐，她就会冲上去和他一决胜负一样。好在她运气不错，直到找到食物，打道回府，他老人家也没有出现。

全市人民 VS 伪装成乞丐的恶魔，恶魔完胜。

回去的路上下起了雨，道路变得泥泞，因为左脚上的伤，微微走得没有正常时快。那只受伤的脚挥发着血的味道，它们顺着雨水和风，很快便招来了一只狗。微微最开始没有在意，后来那只狗跟得近了，她看见了它的眼睛。它的眼睛是白色的，带着紫色的细小花纹。按这类东西的级别，它是个大怪物。所有得了这个病的狗都只有一种模式。它们的胃很空，头脑很空，眼神很空，身体却被另一种力量充盈。那力量叫嚣着，敦促着，筹谋着，在狗的耳边吹着柔和而又狡猾的小风。它低语着怎样俯冲才会更有力，怎样撕咬才会放出更多更温暖的血液，怎样踩踏才既省力气，又可以更快地结束晚餐。微微看着那双眼睛，两条腿不由自主地战栗。她知道她不能跑，不能叫，因为那样它会立刻攻击她的咽喉。它之所以跟在她的身后，那么有耐心地等，因为它对食物的质量非常考究。白眼睛的狗都知道怎样的恐惧才会让猎物的肉变得足够软，它们贪图的是高品质的食用过程，而不是食物本身提供的热能。

微微没有让它失望，她的心跳变快，脚步变乱，呼吸变得汹涌澎湃如海涛。它选了个朝南的巷子，把她逼了进去。它希望明天太阳升起来的时候，它可以坐在金色的火光里吃早点。

梦想很好，只是有点小差错。巷子里有一摞不通情理的垃圾桶，它们堆成了一堵墙，她翻了过去，它却没能。它扑了过去，结果锋利的铁片插到了肉里。它闻到了诱人的气味，接着感到了疼。并不是刺伤让它疼痛，而是它的牙不自觉地咬进了自己的皮肤。它很强壮，坚实的爪子踩踏地面时砖石会沉闷地哼叫，它的肉很结实，皮毛光亮，眼睛总因为充血而闪着红光。它的肚子总是下垂着，不是因为赘肉，而是那些尚未被消化掉的食物。这些使它看起来更像一枚比例不佳的鱼雷。然而它仍然很不舒服。它总是觉得骨髓很空，牙齿的缝隙很空，趾甲很冷，胸口因为恐惧而颤抖不已。它需要温热的血肉来包裹身体，它需要食物填充肠胃尚未抻平的褶皱。想着这些，它的嘴松开了自己的脚爪，不是因为它不好吃，而是它仅存的清醒告诉它，如果咬断了这只脚，它就不能捕猎了。

和人相比，患病的狗要聪明许多。

微微躲在垃圾桶的后面。这摞垃圾桶一共有六个，最下面四个，上面的两个侧躺着身体，随时有滚落的危险。它们都是铁皮做的，天长日久了，边缘磨出了锋利的白刃。微微望着最左边的那个垃圾桶，它轻轻地颤抖着，亮亮的边缘在月光下面一闪一闪的，像是龇向外的牙齿。微微稍向后挪了一小步，因为用一个姿势蹲得太久，她的手和脚已经没有了知觉，这一步挪得很慢。微微闻得到垃圾桶里飘来的恶臭，刚刚在路上为了引开狗的注意力，她把食物都扔了，结果是，她的鼻子现在自动忽略了那臭气，只提醒着她那桶里面还有哪些可以吃的东西。这又让微微记住一件事——每当她害怕的时候，她的身体都会变得不听使唤。她的头朝那藏着食物的桶倾斜着，她的四肢却紧紧地贴着身后的墙壁。她的脖子在这角力中被拉抻成一个奇特的弧度，原本就发育不良的身体因此显得更加诡异。

那只狗在这时聚集了全身的力气，像箭矢一样撞向那堆垃圾桶。这两个生命的表情在阴云压榨的夕辉中形成了鲜明的对比，树上的乌鸦因此陷入痴迷。也就在那一瞬间，微微看见了小白。他的翅膀是灰色的，因为吸了太多的雨水，显得晦暗而沉重。他蹲在巷子对面的公寓顶上，静静地注视着那只狗和微微的一举一动。微微从没有看过那样漂亮的小白。他的嘴弯弯的，眼眉也弯弯的，笑容美好而又淡漠，如同月光满城。小白出现后，那原本不到一分钟的捕杀动作被抻成无尽永恒，在那漫长的一分钟里，小白落下来，优雅而缓慢地走到微微身边，他俯身低语、微笑，然后，从怀里拿出一枚印章，在微微的额头上按下一个印，随后，振翅飞入云端。接着，像是囚禁水流的闸门忽然被人打开，时间恢复了可怕的速度。那只狗飞扑、张嘴、咬合、撕扯——动作一气呵成；微微则下蹲、推手、折肘、奋力一击——动作如同行云流水。兽VS人、大猎犬VS小孩子、疯狂VS清醒、贪婪VS求生、欲望VS绝望、生死VS死生——从上演到落幕、从开赛到终局，不过十秒钟。寂静再被打破的时候，是微微手脚并用地从那堆铁桶上爬出去所发出的碰撞声。那只狗躺在那条巷子里，躁动不安的身体终于回归庄严沉静。第二天日出的时候，太阳反复地揉了两遍眼睛。那是它第一次看见那只狗放弃了吃饭，它像殉道者一样躺在它的光辉中，身上爬满了祈祷感恩的降解菌。

微微回到家的时候，天已经全黑了。红色的灯火在一幢幢公寓里亮起来，苍白的月亮爬得很高，它站在死树枯干的指尖，病恹而高傲地看着雨后的街。一个个猥琐而小心翼翼的身影在这时于街边出现，他们在路灯照不到的暗影处一闪而过，冲进这家或那家的窗口。有男人杀猪一般的叫声响起，有女人老鸦一样的尖叫被人压在刀下。白色的窗帘红了又黑了，猥琐影子的口袋由空变到满。从邻居的窗口出来，从儿子的窗口出来，从母亲的窗口出来，从老师的窗口出来。一个个的眼睛弯弯的美美的，一个个的嘴角亮亮的润润的。哼着未醒的梦的歌谣，爬回到尚且温暖的被窝。微微掠过他们，径直回到自己的家。她看了九点档的动画节目，喝了冰箱里剩下的牛奶，洗漱后，重新包扎了脚上的伤，给新的伤口上碘酒。做完这一切，微微拿出写着《未来任务》的那个本子，她在那下面写下小白对她说的那几个字——爱、美好、梦想、真相、希望、生命。她那歪歪扭扭的字横躺在那里，却散发出金色的光。微微就这样抱着这个本子，坠入了深沉睡眠。她的手抱得很紧，那种力度，即便是蜡烛爱好者见了也要心悦诚服。月光透过窗纱照亮她的脸庞，她微睁的眼睛不再是黑的，而是流淌着纯银色的摄人光辉。

恶魔的贪婪 VS 神的贪婪，神胜出。

（完）

双胞胎的故事都是两个人一起讲完的，一个说到疲惫要喝水，另一个就接着讲，感觉他们两个在玩故事接龙游戏，所以其实他们并不在乎生死？因为如果故事有一个失败了，两个人就都会失去机会，如果两个故事都成功了，才能双双存活。夏扬想着这些，略微后退一步。他想起了冬年的那句话：“这次只有一个人能够获得再活一百年的机会。”

自己真的什么都不在乎了吗？

接着众生和祸讲故事的，是个穿着打扮都很乡土气的阿姨。棕色的对襟罩衣，外面还戴着套袖。但她长得很好看。不是那种小家碧玉的清秀，而是明艳，带着一点异族血统的喧闹气，黑色的头发长长的，编成辫子，系着鸦青色卷云纹的发带，一双眼张扬上挑，睫毛浓密，不笑也媚。只是这样长相的人却是个病人。她咳嗽着，坐在离所有人都很远的角落里，眼睛像是夜里两点炭火那样闪着幽幽的锐光。“我讲我家的事。”她皱眉，喝一杯水，而后很利落地开了口。

✚

<The 13th Story>
质数的孤独

[1]

3月的江畔柳色如烟。面包车在田间小路上颠簸，儿子玩着PSP，偶尔对池塘边冒出的水牛兴奋叫嚷。集市上人来人往，炊烟在镇子上方层结，有大红色的灯笼挂在旅店门口，同那明晃晃的金字招牌一起欢迎来往的游人。

“告诉你多少遍了，不要招惹那种不三不四的人！你看看你，现在都成什么样子了！”

“你不回来了？好！有本事你就一辈子都不要回来！能滚多远就滚多远！我不缺你这一个女儿！”

吴晓媛进门的时候，妈妈刚好怒气冲冲地挂断电话。庭院绿意盎然，玉兰刚刚结苞，桌子上摆着新做的红烧鱼。吴晓媛把背包放到一旁，把儿子的外套脱下来叠好，然后走到厨房，帮忙把菜和碗筷端到餐桌上。在里屋的角落里，蹲着个三四岁面生的孩子。他低头摆弄着吴晓媛爸爸的旧自行车，对周遭的一切不理不睬。

吴晓媛坐到自己惯坐的位置上，把儿子安排好后，静静吃饭。妈妈擦过手，抱着那个面生的孩子，也过来吃饭。四个人静默无言，只有竹筷和瓷碗偶尔相碰的清音。在老宅屋檐上的燕巢里，一群新生的小燕叽叽喳喳索要食物。

“吴双今年清明不回来了。她说给你带的那个什么化妆品，下周能邮到。”

“给你的被子呢？”

“她能想起来我？”妈妈冷笑一声，“你也知道，她不杀人放火，是不会回这个家的。”

她没有应声。妈妈冷着脸，拿着个勺子喂那个叫思言的孩子吃粥。三四岁的男孩了，拿饭勺却还是不稳，连续两次把米汤洒在了衣服上。妈妈气得直接把盘子扣在桌子上，“不吃了！跟你那个不要脸的妈一个德行！不识好歹！”

吴晓媛把那孩子抱过来，放在怀里轻轻地拍。儿子第一次见到外婆发这么大脾气，待在那里不敢作声。吴晓媛说：“思言倒是很乖呢，都不哭的。”

“哼。他妈妈小时候倒是会哭。”

吴晓媛小时候很听话，很少挨打。双胞胎妹妹吴双，打手板扇耳光一个都没落下。妈妈嘴上刻薄，心里对那个总是惹是生非的小女儿却很挂念。吴晓媛嫁人后，原来住的房间改成了客房。妹妹已经离家十几年，妈妈却仍然把她的小屋空出来，每个月打扫得干干净净。这两人的恩怨，旁人看得明白，却没有办法说和。

收了盘子洗过碗，合上桌子，扫地洒水。吴晓媛听着妈妈一面择豆角一面骂妹妹、骂街上乱扔垃圾的游客、骂隔壁邻居家的狼狗……白色的云擦过冷蓝色的天空，思言就蹲在角落里，把雪碧的罐子一个一个地垒起来。儿子玩腻了游戏机，跑过去和思言说话，没想到对方只是盯着手里的易拉罐，好像别人都是空气一样。

“妈妈，他是不是哑巴呀？”

儿子跑过来，很无奈地问。吴晓媛轻轻敲了儿子额头一记：“你以为所有人都像你，唠叨起来跟老太太一样没完没了吗？”

儿子咧嘴一笑，吴晓媛掐了掐他的脸，没有瞧见她妈妈脸色一沉。吴晓媛过去把那个孩子抱起来。他出乎意料地轻，吴晓媛拉开他的衣服看，后背和手臂上，有深浅不一的伤痕。

“这是？”

“他爸爸干的。”

吴晓媛沉默许久，道：“我把他带回城里。要是吴双问起，就让她到滨海找我。”

[2]

给妹妹打了电话，无人接听。发了微信，无人回应。吴晓媛叹气地合上手机，把头贴在玻璃上看车外的雨。儿子坐在前排，噘着嘴抱着双臂，一副非暴力不合作的神情。大巴车上人很多，吴晓媛抱着思言，也不理睬他，只是又给在小儿科做医生的丈夫发了条短信。开到山州的时候，路颠簸起来，3月的天下着淅沥沥的小雨，渐渐有了瓢泼的架势。车速慢下来，让人渐生困倦。吴晓媛拍着思言，自己却不知不觉睡了过去。

她梦见自己小的时候，梦见吴双。梦里父亲还在世，领着她们两个坐飞机、坐火车、坐轮船……他们周游世界，见了很多陌生人。吴双小小的手总是牵着她的，眼睛漆黑明亮，像是洪荒末日，银河星云。

吴晓媛是被一声尖锐的哭叫惊醒的。像是有冰冷的钩子在脊柱上一拉，所有困倦梦魇魂飞魄散。她睁开眼，看见的是一个陌生女人狰狞的嘴脸。那女人用一只手指戳着一个孩子，猩红的指甲几乎要楔进孩子的脸——那孩子正是吴晓媛的儿子。

吴晓媛从座位上跳起来，将那女人一把推开。像是忽然按下静音键，之前一直吵吵嚷嚷的客车忽然间静了下来。被吓哭的儿子跑过来抱住吴晓媛："妈妈，他把我的PSP给了别人……"

"谁？"

"还能有谁……那个……弟弟啊……"

吴晓媛瞳孔缩紧，飞快地环顾四周。

"你弟弟呢？"

儿子从来没有见过吴晓媛这样的表情。原本一肚子的委屈，全数被吓得咽了回去："他……他下车了……"

旁边的乘客看出端倪，叽叽喳喳讲起来。什么你大儿子把PSP拿给你小儿子玩啊、你小儿子把游戏机丢到了地上啊、邻座的孩子把游戏机捡起来啊、你大儿子和别人家孩子打起来啊……还掺杂了嘲笑和几不可闻的碎语："睡得跟死猪一样，自己孩子在闹都听不见……怎么当妈的……"

后来有个人提到，刚刚停车加油的那段时间，有个孩子自己下车后再也没有上来。

"就算是我儿子拿了你家孩子的东西，你家孩子怎么能打人呢？小小年纪不学好，一看就是缺少家教……"那个被吴晓媛推到一旁的女人，恶声恶气地念叨。

"少说两句吧……她孩子都丢了……"

"丢了怎么着？能生不能养……还带了两个出来……"

吴晓媛沉默地拿起背包，起身的时候，看了那女人一眼。她眼里什么都没有，灰暗冷硬，像是渐渐绞紧的钢筋，又像是随时会坍塌崩裂的山石。那女人大概觉得自己说得过火，也闭上了嘴。吴晓媛让司机把车靠路边停下，儿子哭着跟着她下了车。她却没有拿出伞来给他撑。母子两个就这样静静地在大雨里走了半个小时，而后，有辆出租车停了下来。吴晓媛犹豫了一下，把背包和手机给了儿子，"打车去你爸爸的医院，告诉他，妈妈今天晚点回家。"

"妈妈你别生气了……我陪你一起找弟弟……"

"听话。"吴晓媛声音平静，却有种不容抗拒的强硬，"你已经七岁了，别让妈妈失望。"

吴晓媛在儿子离开三个小时后找到了思言。她没有顺着公路一点一点找，而是报了警。警察在邻近公路的一片杨树林里找到了那个孩子。他坐在草丛里，用野草和花梗编了很多蟋蟀笼。很多。十一个。吴晓媛到的时候，他正在编第十二个。

警察蹲下来问："小朋友，你怎么在这里呀？你妈妈都担心死啦。"

思言抬起头，眼睛却望着很远的地方："死啦。"

[3]

你要爬169层才能到达迪拜大楼楼顶，你要走过6636级台阶才能登上泰山，你要跋涉8844.43米才能登上珠穆朗玛峰。

你只要一步就可以从天空陨落，堕入地狱。

回到滨海的第三天，吴晓媛把思言带到了丈夫的医院，全面检查的结果是，除了身上的皮肉伤外，思言还有轻度贫血和营养不良。考虑早产等先天因素，这些还好，比较让人担忧的是，他们发现这孩子有孤独症的早期症状。语言障碍、兴趣狭窄、行为刻板重复、本体感不足、对大人拥抱毫无反应、愿意独处而不是和别的小朋友玩……吴晓媛的老公不想轻率下结论，于是又带了思言去见自己的导师。等到晚上两个大人带着孩子从导师家出来的时候，吴晓媛总是轻松自然的脸上毫无笑容。她望着西边鸦羽色的天空，叹了口气。

她在第二天联系了南京的医院。对方推荐了一家叫作"YILIM"的培训机构，提供ABA教程。ABA全称是Applied Behavior

Analysis，包括多种类型的操作，通过模仿、表达语言、增强认知概念、增强社会交往、增强生活自理等多个方面来改善患儿的症状。其中比较有效的是每周 20~40 小时的一对一操作练习课，但国内机构明显没有这么多人手，很多老师自己本身就是学员，老学员带新学员，新学员带小朋友，而且往往一带就是十几二十几个孩子。

吴晓媛领着思言去报名，对方说最快也要三个月以后开始教程。如果想要提前，就要多拿五千到一万左右的赞助费。吴晓媛掏了钱，对方又说这些钱只管半年的，半年后如果不续交手续费，仍然要再等三个月才能继续上课。

吴晓媛把那一沓宣传光盘甩在桌子上。接待的小女孩说："您现在想要反悔吗？合同已经签了，钱也交了，孩子也带来了，还是先上课吧。"

小姑娘也就十八九岁年纪，笑起来唇红齿白，云淡风轻。

孤独症又叫自闭症，和儿童精神分裂症不同，并不是缺乏温暖的教养环境所造成的，而是主要由遗传基因、脑部疾病或创伤及其他生理原因造成的。

孤独症同时又和智障、阿斯伯格综合征、儿童瓦解性精神障碍等病相区别。除了之前提到的几项明显症状表现外，在国际上有统一的标准和测量表格。对于孤独症，最重要的是持续训练、不间断教学。国内几家培训机构，有时候为了挣钱，不惜压慢教学进度，或者把状态好的孩子排到差班，以此控制生源和教学进程。很多家长和吴晓媛一样哑巴吃亏却有苦说不出。而目前除了训练之外，又没有明显有效的治疗方案，药物和手术都不能从根本上解决患儿的自闭症状。吴晓媛的老公倒是帮她找到了一家更靠谱的培训所，只是因为人手不足也要排到半年后才能开始教程。

这是吴晓媛过得最漫长的一个月，每一天都好像在泥泞中挣扎爬行。她给吴双打了不下上百通电话，始终无人接听。她知道她需要有耐心，就像小时候妹妹把吴晓媛最喜欢的那只金鱼捏在手里的时候一样——她必须屏住呼吸、面无表情、以静制动。

然而再完美的引擎也有爆缸的时候，再冷静的人也有火山爆发的那一天。在第一百三十次听到“你所拨打的电话无人接听”的时候，吴晓媛把手机摔进了浴缸。

吴晓媛的老公说：“摔烂了也好。你也不是第一次找不到吴双了。也许过几天她就主动上门来找你了。慢慢来。”

结果没有闹钟提醒，她迟到了。

结果领导临时安排她和客户面谈，刚好在那个早上。

周四下午三点半的时候，吴晓媛一手抱着思言，一手拎着笔记本电脑，身后跟着背着书包噘着嘴的儿子，衣衫不整地冲进了CZ集团的环形大厅。她顶头上司一脸乌青地看着她，在看清她脚上穿着一双拖鞋后，脸色从乌青变成了紫罗兰色。

“给我十五分钟。”吴晓媛把思言塞给助理，“我能搞定。”

“十分钟。”上司平静地说，“不然你下午就被开除。”

吴晓媛的爷爷在世的时候，她是家里最受宠的女孩。“小小年纪却有大将之风。”这是爷爷的原话。叔伯家里都没有男孩，几个堂姐妹都没念到初中。吴晓媛和吴双，从小学就是班里的班长和学委，吴双初二的时候逃学打架离家出走，吴晓媛一个人考两份卷子，放了学还要到邮局给妹妹写信汇钱。吴晓媛从那个时候就学会了脸不红心不跳欺上瞒下以一顶俩的高超本领，虽然大人们心里都知道，但因为是她吴晓媛——是老实听话、懂得照顾人而又一根筋拧到底的吴晓媛——所以那些不着边际的谎言才从来没有被揭穿过。吴晓媛也知道他们都知道，她也知道自己跟吴双比好不到哪儿去。吴双敢做她自己喜欢的事，敢对自己讨厌的人说“不”，敢把从小压在她们身上的枷锁一环环拆开。吴晓媛却只能顶着好孩子的光环，守着自己看似光鲜实则虚妄的假面。

她知道其实并不是吴双需要她，而是她需要吴双。她需要她这个不成器的妹妹来证明自己的忍耐是有意义的，她需要看着吴双过着自己向往却不敢尝试的人生。

她需要吴双，因为她们原本就是一样的人。

半个小时后拿着签好的合同出来，吴晓媛长长舒了一口气。随后她发现，思言又不见了。在酒店大厅转了一圈，看见一个很年轻的白人，她儿子和思言都在那边。吴晓媛不看医学杂志，不然她就会知道，那个美国人是小儿神经内科学的权威。他和思言说了几句话，拿出玩具给他玩。吴晓媛本来可以等一等，但那天下午她刚好约了吴双见面。她抱起思言，和那年轻人说了句“Excuse me”就离开了。

吴晓媛约在思南公馆，点了一堆吴双爱吃的菜。两个长得一模一样的女人隔着餐桌像照镜子一般静静对视着彼此，吴晓媛穿着灰蓝色的风衣，亚麻色的卷发，一丝不苟的金丝边眼镜；吴双一身白色，黑色长发过腰，像是从墙上油画里钻出来的女鬼——却是个漂亮得惊心动魄的女鬼。

“最近还好？”

“嗯。”

“之前的电话号码注销了？”

“丢了。”

“……银行卡呢？也丢了？”

“没丢，不过你知道，我从来不用那些东西的。”

“你邮的东西我收到了。”

“哦，好用吗？”

“有时间也看看妈。”

吴双笑了一下，点了一支烟，“姐，别说这种话，你又不是第一天认识我们的妈。”

上茶的服务生道：“小姐，我们这里不可以吸烟。”

吴双看着他，笑笑的，拿烟的姿势没有变。吴晓媛把杯子递到儿子和思言面前，“把烟掐了。”

吴双的笑消失了，把烟丢在服务生递过来的冷水杯里。

“知道我为什么来找你吗？”

“我从小就没你那么聪明，别跟我来这套了，姐。”

“孩子爸爸是谁？”

“不知道。”

“你现在还跟那个玩摇滚乐的在一起吗？”

“他？早分手了。”

“那个教人体彩绘的大学教授？”

“喂喂，姐，你现在这个样子，真像老妈。”

“你知不知道，你儿子身上全是伤？”

“那又怎样？又不是我打的。”

吴晓媛拿起手包毫不犹豫地朝吴双脸上打去。“呱——啪”空气凛凛作响，而后沉寂，而后死寂。半个餐馆的人，转过身看。吴晓媛的手攥得死死的，她勉强控制住自己的情绪。两个孩子原本都在吃东西，吴晓媛的儿子举着叉子愣在了那里，思言……

思言面无表情。

吴双看着吴晓媛。

“你上小学的时候，就懂得买菜做饭买东西讨爸妈开心。上了初中，你就更牛了，学生会主席是你，校广播站站长是你，连体育部部长也是你。你知道吗，我觉得你特累。你还记得小时候吗？我们第一次和爸爸一起去青岛的那一次？爸爸睡着了，有人偷了我们的包。还拿刀子威胁我们不要作声。你把开水洒在那人脸上，一把抢过我们的包。后来爸爸醒了，乘警也来了，小偷也被带走了，可我却被吓得哭出来。爸爸打了我一巴掌，说吴家没有我这样的窝囊废。”

吴双挑起落下的一绺头发，把它别过耳后。她端茶的动作娴雅端庄，和脸上渐渐肿起来的红色对比鲜明。

“我讨厌大人们所谓的正义感。他们根本不在乎我们的想法。

自以为是，目空一切。他们不知道我们真正的想法，也不关心我们的感受，他们只想着他们自己。我以为你和他们是不一样的。”

吴双站起来，拉起思言。吴晓媛抓住她的胳膊：“你们去哪儿？”

“你管不着。”

“你还以为自己十四五岁吗？一有什么事就离家出走？你有点出息，别这么幼稚好不好？”

“我就是这么没有出息。我就是这么幼稚。你放手！”

“你现在连自己都养不起，拿什么照顾你儿子？”

“我自己的儿子我自然会想办法养，用不着你操心！”

“用不着？用不着你为什么把思言送到妈家？用不着为什么打电话给你你一直关机？你知不知道你儿子得的是孤独症？你知不知道三岁到六岁是孩子的最佳治疗时间？错过了这几年，你儿子的一辈子就毁了，你明不明白？”

“我不明白。”吴双冷冷地推开她的手，“我不明白为什么从小到大你说的话，你做的事就都是对的。我也不明白为什么所有好事都发生在你身上，到了我，就只剩下倒霉。”

那个服务生是给邻桌添水的。那个瞬间，吴晓媛的儿子只是想要拉住争吵的两个大人，因为他看见一直没有说话的思言在哭。吴晓媛的手抓住了吴双的提包，下一秒，那个看似很结实的包带崩开了。黑色的水壶被吴双挣脱的手臂打翻，那壶水直接浇到了吴晓媛儿子的头上。

[4]

火车行驶在光亮的轨道上，两侧无边的麦田如绿色的海涛呼啸退散。天空里有一只自南向北而飞的红隼。翅膀扑扇，于风中静止，偶尔发出如清溪鸣涧一般的啼啸。

吴晓媛想着小时候父亲教自己写的诗：“单独狩猎的鹰容易被人射杀。单独生长的桉树容易被风折断。”

儿子戴着墨镜，不时用缠着纱布的手去挠挠脸，“妈妈，什么时候到外婆家啊？”

思言抱着吴晓媛的胳膊，不太清晰地模仿，“妈妈，什么时候到外婆家啊？”

吴晓媛看着身边的两个孩子。一年半了。儿子刚动过第三次手术。脸上和手上都是绷带。思言坐在他旁边，耐心地叠着五角星。

那次事故后的某天夜里，儿子曾经趴在吴晓媛的耳边说，他看见了一个穿黑衣服的陌生人，“他抱着弟弟，不让他碰别人。”

“那你怎么对他说的？”

“我没理他。我跟弟弟聊天来着。后来他就渐渐变成一小团儿灰不溜丢的影子，缩起来啦。弟弟也开始跟我玩了。妈妈，那个人是谁呀？是你们说的那个孤独症吗？”

吴晓媛看着儿子。如果这真是小孩子的胡说八道的话，那么，她为什么会有种醍醐灌顶的感觉？

手机屏幕亮了亮。是吴双。她犹豫了一下，没有接。

在一个大于 1 的自然数中，除了 1 和此整数自身外，没法被其他自然数整除的数，被称作质数。

这个世界上有很多孤独的人。没有伙伴，被黑色的梦魇环绕包裹，离他们最近的同类，也隔着一个偶数。一步之隔，一万光年之遥。

你可以不相信我。不看我。不听我。不伸手触摸。

我只有一遍遍重复，一次次把你叫醒。

不是为了有一天能够把你变成和我一样的“正常人”。也不是为了有一天能够一脸悲悯地对别人说“至少他还有我”。

我只是希望能够一直在你身边就好。

想要杀死孤独的人不是你，是我。

需要你的人，是我。

（完）

Vermeer喜欢晓媛的故事——所有人都看得出来，她喜欢她的故事。夏扬有时候不明白她选故事的标准，就像夏扬很喜欢的Stephen Edwin King，她一点都不喜欢，而Alice Munro这种人文情怀的，她也不是很喜欢。Vermeer有时候会被讽刺的漫画逗笑，有时候却又嫌弃它们粗俗。她的爱好一直在变，只是永远都喜欢小孩。

跟着讲故事的是一个高中生模样的少年。他和叫冷邶海的男生总是一起来花园，冬年说他俩曾经在一起过，但现在只是朋友。少年的绰号叫“油炸糕”，真名苏曌。不爱说话，总是穿着花哨的衣服，塞着耳机不看别人。

讲故事的年轻人从 Vermeer 手里获得生命，他们心中的年轮密密麻麻，果核苍老，外表却光洁如新。漫长的时光让人富有，无论是白象还是才活了二三百年的小孩，他们都没有恶习——酗酒、赌博、纵欲或者傲慢。随着时间推移，他们的故事越来越单薄简单，那种单薄近乎乏味，实际掩盖了他们真正灵魂可悲黑暗而又无法逃脱的那一面。冬年总喜欢模仿最新的流行语，学着小孩子的口气和言行举止，却不知她笑容如鲨鱼一般让真正的小孩心惊胆战。每个来花园三次以上的人，都不再长篇大论，讲史诗、神话或英雄传奇。他们彼此变得越来越相像，无法克制的漫不经心，不知不觉中拼尽全力。夏扬知道他们听不见，那沙沙沙的崩塌前兆。他们像是白象故事里死命奔跑捉迷藏的孩子们，想要脱逃自己掌心的命运。

花园内外，战争一刻不停，罪行从未休止，怜悯和爱在憎恶面前退步消弭。

<The 14th Story>
迷途之兽

[1]

早上那人打电话过来的时候，清羽正在糊墙纸。连续下了三天的雨，靠窗的那面墙完全湿掉了。白头红身的蜗牛伸着小小的触角在那里晒太阳。清羽一面在它们的身上刷上糨糊，一面听着她在电话那头怒吼：“你立刻从那栋破房子里给我搬出来！你是不是要我也搬过去才肯罢休啊？！”

“那也很好啊。北屋还有张床。你要过来的话，不用拿行李，被子什么的我这边都有的。”

“你——”

他笑笑，看向窗外。蓝天白云背景下的街角里，有一群人在打架，被围攻的那个男生怀里抱着什么东西，连续被人砍了三四刀都不肯放手。清羽向来不在意这种事，然而那一刻眼睛却忽然挪不开了。他对着话筒那边的她说：“有时间再聊，先挂了。”而后不等她再打过来就关了机。他换了件外套，拿了顶旧得不像样子的棒球帽，快走到门口的时候又绕回来，到阳台那堆废物里拽出了一根钢管。

十分钟后他找到那群人的时候，他们已经绕到河滨路上去了。被围在当中的那个人依旧寡不敌众，然而只要有机会他就攻击那个领头的人，一次比一次凶狠。这是困兽的打法。清羽想。恶毒，但是很好用。

走到离他们不远的地方，清羽的步子反而慢了下来。他手插着口袋，停在坡道那儿居高临下地看了一会儿，而后道：“要帮忙吗？”

清羽穿着四十三高的校服，笑得干净而文雅。离他最近的几个人回头看他，“少管闲事，臭小子。不然连你也一起打！”

被打的那个男生也抬起头来，他花了七八秒的时间反应，而后露出一口血红的牙吐字不清地笑，“是清羽啊。”

钟仿和清羽从幼儿园的时候就相识了。是那种一个蹲在那里拔人家自行车的气嘴，另一个站在门口报告“九点钟方向有敌人靠近”的相识。当清羽扶着钟仿气喘吁吁地倒在西郊工厂的大门口时，钟仿捂着肿起来的左半边脸笑，“没得逃了。我还想请你吃必胜客呢。看来得改天了。”

清羽没笑，他比钟仿矮，看起来文弱清秀，但要是有人看见他之前打架的样子的话，就不会这么想了。他望着门两边的围墙——高，陡，有铁丝网——爬过去是不可能了。他看向铁门下的地面——浇过沥青，不能挖个浅坑钻进去了。他又看向右边的那面墙，“保质保效节约公平”八个铁皮牌子挂在那里，每个都有一米高，半米宽。然后清羽看到了她。她站在“约”字的旁边，三岁，或者四岁。她睁着一双纯黑色的眼睛看着他，一头长发直拖到地面上，是湖水色的。

钟仿也望过去：“你在看什么？”

“没什么。”清羽说。

半分钟后，一群人拎着棍子和西瓜刀冲过来，如同一群狂吠的野犬。他们冲到那扇大门前，同样看见了门锁和顶上的铁丝网，然而之前那两个人坐着的位置，空空如也。

[2]

买了红烧牛肉面，买了火腿肠，买了鲜鸡蛋。结账的人不多，清羽一面走一面看着超市里的那台电视。“……大学枪击案的三名主犯依然在逃，警方正在全力追捕中。受伤的十三名师生目前正在医院接受抢救，其中一人伤势严重……”清羽一面看一面把东西装进购物袋里。“这年头哪儿都不安全。”收银台前的女人道，“谁能想到还会有人到学校里抢劫的，开枪打了那么多人，最后就抢了一台笔记本电脑。真是疯了。”

清羽望着电视屏幕。有个男人被人抬上救护车，手臂软软地垂在一旁。他盯着看了一会儿，而后低下头拿钱付账，“是啊。都不太正常。”

进门的时候钟仿正在打电话，等清羽换完拖鞋进去，他刚好挂断。他拿着冰包在敷脸，被打后的细胞组织开始修复工作，这意味着除了一开始的水肿外，受伤地方的颜色还变得鲜艳起来。他就拿着那张可以夺得奥斯卡恐怖片大奖的脸对着清羽笑，“才回来啊。快煮面吧，我都要饿死了。”

清羽把钥匙丢到冰箱上，把袋子塞进去，而后拿了一听雪碧出来，坐到钟仿对面的沙发上。钟仿看他，“干吗呀？生什么气啊？”

清羽抬头看他。小的时候清羽是话多的那个，长大之后，两个人的性格完全相反了。话多的孩子学会了闭上嘴巴，用沉默来掩饰自己。话少的孩子学会了说话，用喋喋不休来掩饰自己。

都太做作了。

清羽把易拉罐放好，然后站起身来。他一拳打在钟仿的下巴上，三分怒气，七分不解。钟仿跌坐在那里，冰块碎了一地，怀里的那包东西也跟着摔了出来，一地的木兽，古代屋檐上常雕的那种“螭吻”。他的长头发遮住了脸，表情晦暗不明，然而却沉默着，更像他自己了。打完那一拳后，清羽的情绪忽然平复下来。他甩了甩手，坐回到沙发里，继续喝那听雪碧。

沉默了许久，钟仿说：“刚才那个电话是打给我妈的。我怕她出事，让她去我大舅家。”

清羽没有说话。

钟仿一面把那些螭吻捡起来，一面道：“重庆路上的那所学校被抢了，你知道的吧？我爸爸在那里当老师。他是教建筑设计的，在他们那个圈子里还算有名。上个月有一伙人找他，要他帮忙拆一座房子，答应事成后给他五十万。我爸爸去了后发现那是座元代的宫殿，世界级的遗产。那帮人让他过去，是要找到当年宫殿主人藏在宫殿里的财宝。我爸爸拒绝了，结果不到一个星期，他们学校就出事了。他挨了一枪，存有宫殿布局分析图的电脑也被人抢走了。”

清羽眼前浮现出担架上那个男人无力垂下的手臂，“脱离危险期了吗？”

钟仿悲惨地笑了下，“新闻报的是三天前的事了。人……已经过去了。”

清羽的嘴唇抿紧了。

“我爸爸，就连死前说的最后一句话都是那宫殿门前石碑上的话——‘放穷途之兽于有途，把螭吻拿掉，拿掉！’你说这叫什么遗言？一句我妈我奶奶都没提，更不用说我了。”他又笑，却有种凛冽的凄绝了，“就算这样，我也想要替他做完……毕竟这是……他的遗愿。”

“那些螭吻是那宫殿顶上的？”

“一共三十三个。我锯了十五个，还差一半吧。”

“那些人追你就是因为这个？”

“他们大概以为我爸临死前把藏财宝的地方告诉我了吧。一开始我也这么想过，可是不是这样的。”他把那木雕小兽往地上一丢，“这里面什么都没有，金子银子玉什么的，什么都没有。他们不相信啊，以为是我拿了，现在都追着我跑，还不敢杀我。这样也很好。看着他们那个熊样，我心里爽得不得了。”

“为什么不报警？”

“报警的话，我就不能去拿那些螭吻了吧？那是国家文物啊，老哥。”

“你做这些事，你妈妈都知道吗？”

钟仿脸上的笑容一下子暗淡下去。

“你要是敢告诉她，清羽……”

清羽看着他，眼神静而深沉。电话在这个时候响了，他接起来，眼睛却仍然看着钟仿，“喂。”

打电话的是个女人，说话又急又快又尖锐。清羽静静地听着，而后道：“我知道了。我这就过去，你在那儿等我一会儿。”

他挂了电话，披上外套。钟仿挡在门口那里：“你去哪儿？刚才那个电话是谁打的？”

他说话的样子甚至可以算得上彬彬有礼的，但是清羽知道，这是钟仿变成真正的钟仿前的警告了。跨越了这个点，这屋子里就会变成一死一伤，一点都没有开玩笑。然而清羽只是蹲下来把鞋带系好，拍拍裤子上的灰土：“晚上有人请客，你想要吃什么，我给你打包带回来？”

“谁？”

“一个女的。不是你妈妈。”

“我知道是个女的。我再问一遍……”他拎起清羽的领子，“到底是谁？”

“我姐姐。”

钟仿愣了一下。

清羽从他身边走出去，静静地关上了门。

[3]

在兰桂坊香槟色的玻璃餐桌上，一面喝奶油蘑菇汤，一面提起钟仿的时候，倪清鸢笑得前仰后合：“这么说来这小子还记得我？”

“小的时候你对他做了那么多事，应该不仅仅是记得吧。”

“哪有哪有……”她咯咯地笑，“我那个时候很疼爱他的。”

清羽差一点被牛排噎死。疼爱这个词由这个人用起来，还真是让人哭到断肠。

清鸢的职业是战地记者。她从小到大一直强悍，或者说，暴虐。

虽然她看起来很正常，甚至可以说，柔弱。

“后来呢？后来你答应帮他没有？”

清羽缓缓地切牛排，“他没求我帮忙。我也没打算帮他。而且，也帮不了他。”

“为什么？你们俩不是哥们儿吗？而且解谜什么的，你不是最擅长了吗？钟仿爸爸的那句话没那么简单吧？这里面肯定有什么玄机的……要是找到财宝的话，哇，那可是一大新闻呀！你可以用你那个眼睛不是吗——”

清羽抬起头看了她一眼。她察觉自己失言了，没有继续说下去，默默地喝了一口红酒。

“我还打算在那边住一阵子。吃完饭你就先回去吧。怎么说你也是一个女的，太晚回家，不安全。”

清鸢的怒火又蹿上来了，“什么叫作还打算在那边住一阵子？什么叫怎么说我也是一个女的？你彻底不把我放在眼里了，是不是，倪清羽？”

“房租还没到期，东西也多，现在钟仿还在我那儿。我总不能就这样跟你搬过去吧？”

“怎么不能？那个破房子一年才多少钱？东西我可以雇人给你搬，钟仿就更容易了，一起搬过来就成了。我买的是别墅，倪清羽。你全班搬过来都安放得下的。”

“又在说小孩话了。你这话让爷爷听见得多伤心。”

“别拿爷爷压我！我说你今天搬你今天就得搬！少给我来那套缓兵之策，爷爷耳根子软，诓你姐姐我，没门！”

“不提爷爷吗——”他抬头看她，笑，眸光潋滟，“那提咱爸和咱妈吗？”

她的身体瞬间僵硬了。

“吃饱了。”清羽擦了擦嘴，站起来，“今天没带钱出来。下个月发奖学金的时候再给你寄过去。”

“我不要你的钱！”

“也好。那多谢了。”

他快走出大门的时候，她在他身后声嘶力竭地喊起来：“那不是你的错！你还打算自虐多久？那不过是一场意外！你这个样子，他们在地下也睡不安稳的！”

他站住了，而后回过头来。他浅浅地笑，有种残酷的妖娆。“那就让他们不安稳吧。这样，他们至少还记得我。”

[4]

钟仿没有开灯。清羽一进屋就闻到淡淡的焦糊味道，打开厨房的垃圾桶看了一眼，面饼连着鸡蛋都黑成一团，想是有人只把东西放到锅里，却忘了加水。他叹了口气：“有意大利面和小笼包，要哪个？”

钟仿靠着窗坐着，闻言回头笑了下。“都什么乱七八糟的。”看见清羽的脸后，又不笑了，“你们吵架了？”

清羽拉开柜子拿了两双筷子，又把面和包子混在一起，分成两份，递给钟仿一份，“没有酱油。凑合吃吧。这么吃好吃，虽然看起来恶心。”

钟仿皱了皱眉，看着那一盘子狼藉，又看着狼吞虎咽的清羽，

“你在那儿没吃？”

“没吃饱。”

“所以说还是吵架了，是吗？”

“算不上。都是她一个人在说，有个词怎么形容来着——哦对了……”他舔了下嘴唇，“Monologue。”

钟仿皱了皱眉，而后又舒展开来。“还是因为那件事吗？小学六年级的时候，全校都疯传你爸妈的死和你有关。你看见了不干净的东西，你把它带回了家，结果它把你爸妈都杀了。”他托着下巴思量，“现在想来那也不是不可能。上午在工厂那里，你怎么知道“约”字铁牌后面的墙是个洞呢？是有什么人告诉你的吧？是人吗？还是——鬼？”

鞋子摩擦地面的声音。盘子摔碎的声音。身体重重地摔到地板上的声音。

清羽扼着钟仿的喉咙看着他：“你再说一遍，钟仿。”

钟仿笑了笑：“再说一遍又怎样。你是个傻子。是个脑残。是个白痴。为了那些人的废话，把自己关在这破房子里七年，连自己的亲姐姐都不肯见。要不你就在这里把我杀了得了吧。要是我变成鬼了，你没准就肯帮我了，反正比起活人来，你更喜欢它们。你知道吗，倪清羽，你就像这个东西一样。”他从地上捡起一只螨吻来，晃晃，“跑到无处可走的地方就被困在那里，最后变成一块木头被人嘲笑。你还好，你还有你姐姐来救你，来给你一条新的路走。我呢……”他的声音忽然一低，“谁给我和我爸机会了……”

钟仿这段话说了不到一分钟。这一分钟里，清羽的表情变了又变。愤怒、悲伤、疑虑。一个词、一个句子、一个念头、一个隐喻。而后——如同呼啸而至的暴风雪一般——恍然大悟。他在那个瞬间破解了钟仿的父亲所说的那句话的真意，如同清鸢所说，宝藏所在的地方，果真就藏在那句遗言里。之前的愤怒转眼间便烟消云散了，取而代之的是飞快运转的头脑和机密计划的搭建。当钟仿躺在那里大骂着“你必须抛去童年阴影站起来……你是个爷们儿……”的时候，清羽忽然站起来，望着他说：“我有个办法能把那笔财宝找出来。你去打个电话行吗？”

钟仿愣在那里，“什么？”

“给杀你爸爸的那伙人打电话。就说你找了一百多号人要和他们群挑，就在那座宫殿遗址那儿。”

“你疯了吗？”钟仿大叫起来，“我要是敢找一百个，他们会找三百人来灭了我们的！”

“多点更好。”清羽扬起嘴角，意味深长地一笑，“就怕他们来得太少。”

[5]

下午六点整，他们终于到了。十几辆吉普车浩浩荡荡开过来，采矿厂的小道上烟尘滚滚。钟仿坐在宫殿顶上看着这一切，心想真是旷世奇谈。听说过等车等美女等电梯，没听说过坐在房顶上等人来打自己的。他又看看一边，清羽的脸上挂着一种很难比拟的笑容。那种笑钟仿只在举行婚礼的新娘的脸上见过，甜蜜到骨子里的小满足。钟仿一面打着寒战一面自责：一定是自己骂得太狠，把清羽逼到精神失常了。

两个十七岁的男孩坐在古老的宫殿顶端，静静地等。琉璃飞檐风渡冷，野火逆行与天绝。夕阳西斜，一注孤掷，莫笑痴狂，只因少年。

“来了。”清羽站起来说。

从最前面的黑色宝马里下来个穿白西装的男人。简洁，内敛，冷酷无情。

“就你们两个？其他人呢？”

“在上面等着你们呢。怎么，不敢上来？”

男人眯起眼睛。从他的角度，看不见屋顶的情形，尤其是屋后面有没有人。

“要是他们不上来怎么办？要是他们有枪呢？”钟仿低声道。

“他们有枪。”清羽说，“但天已经黑下来了，他们又离得太远，不会现在就开。”

“你是说他们待会儿会开？”钟仿瞪大了眼睛。

“上面？我看是你们人太少，不敢下来吧。”男人冷笑，“后悔已经晚了，小子。你会和你爸一个下场的。”

钟仿的拳头攥紧了。清羽挡到他身前。

“那笔金子我们已经找到了，不然你以为我们拿什么雇的人？金子就在这宫殿顶上，我真奇怪你们怎么这么长时间都没有找到。看来没念过书就是不行，脑袋有点……怎么说呢……”清羽做出思考的模样，“缺弦儿……”

这句话的效果是立竿见影的。利诱，激将。钟仿从没见过那么多人那么快地集体移动。那更像是蝗虫，或者马蜂。他们跳上石阶，攀爬上来，就像电影里演的攻城镜头一样。钟仿一面跟着清羽向后面逃去，大声说：“你知道你在做什么？要是那些家伙都上来了，这屋顶会塌的！”

清羽不说话，拉着他向屋顶的正中央逃。爬上来的人越来越多，屋顶发出不安的吱嘎声。他们最终逃到无路可遁，被几十人围在正当中。那个穿白衣的男人举起枪来——他们果真是有枪的。

钟仿喘息着，蹲坐下来，“你跟我说实话，清羽。你是不是就想和我一起去见我爸爸啊？”

清羽坐在他身边，看着远处山道上如长龙一样亮起的路灯。在那灯火的上方，一只比山还要巨大的螭吻站在那里，静静地和他对视。他望着这没有人看得到的怪物，轻轻一笑，“我说了钟仿，我只是想要你见见你爸爸所找到的那笔金子，而已。”

巨大的坍塌声震慑山林。宫殿巨大的屋顶向下沉去，除了清羽他们所在的中心位置，四周的砖瓦纷纷碎落坍塌，连同它们身上站立的人。与之同时，四面墙壁全部倾倒在地。碎落和崩毁持续了十几分钟，当最后一片瓦摔碎在地上的时候，留在那里的，是一座崭新的的宫殿。它要小得多，精简得多，然而旧殿核心的东西都在，丝毫没有受到损坏。在倾倒的碎石当中，点点金色一闪一闪。钟仿惊叫道：“那是——”

“没错。你爸爸所找到的黄金。建这座宫殿的人把金子藏到了非承重墙里，然而他又设计得十分诡秘，没有人能区分承重墙和非承重墙。你爸爸误解了那碑文上的话。‘放穷途之兽于有途’说的不是把螭吻从那屋顶上拿下来，而是为它造一条新的路。”

“为螭吻造一条新的路？”

“就是沿着螭吻所在的方向，添加木料，扩大宫殿的屋顶，这样本来在路的尽头的螭吻就算是有了新路。我计算了扩建屋顶所需要的木料的重量，换成人的话，大概是一百五十人左右。如果这些人站在屋顶上的话，除了承重墙以外的部分就会散掉，藏金子的那几面墙就会露出来。”

“就像踩易拉罐一样？不结实的地方会破掉？”

“没错。”

钟仿的眼里有了敬畏了，“这都是你一个人想出来的？”

清羽看着他，又看着远处山脉上渐渐消失的那只巨大的螭吻，“不。都是你爸爸想出来的。他走错了方向，我只不过帮他找到了条新路而已。”

山脚下车灯亮起来。清羽站起来，“走吧，警察来了。弄不好新闻记者也会来。到时候就走不开了。”

钟仿看着那堆躺在地上呻吟的人。“我没报警啊。谁报的警？”而后他又恍然大悟地看着清羽，“你说……新闻记者是吗？”

清羽笑笑。

路灯白雾一样的灯光里，两个男生相互搀扶着慢慢行走着。夜很长，路也很长。乌鸦叫着掠过树冠。知道终点会使旅人乏味，甚至因为绝望而疲惫。然而有的时候，仅仅是有时——那样的路也会是温柔的——当你是要回家去，而且，又不是孤身一人的时候。

（完）

夏扬则望着苏曌，他知道，那孩子的故事和 Jason 的儿子有关。他只是不明白，是不是在年轻人眼里，黄金和冒险，远比历史和古建筑来得珍贵诱人。苏曌讲完，又插上耳机。邶海在他耳边说了一句什么，他愣了一下，抬头看他。邶海松开环绕他的手臂，随后讲他的故事。邶海平时住在医院里面，他是因为得了肠癌才来到花园的。Vermeer 的力量让他获得了时间，却没有减去他的病痛。像是众生与祸两个人在不同的轮船之间游走一样，邶海在世界不同的医院游走，他活得小心谨慎，中规中矩，总是担心自己的秘密被人揭穿。直到前年找到了一个军队下属的科研机构，他们研究多能干细胞，邶海配合他们的研究，他们也为他提供治疗和药物。

Vermeer 对这些都知道，但并不十分在意的样子。

✠

<The 15th Story>

黄线之外

小白九岁。

我看见他的时候，他趴在墙头儿，踮着脚，往基础部的院子里偷瞧。实验室用的狗闻到风就放声咆哮，哭，笑，愤愤不平。过路的人捂着鼻子快步走过，“要死了。”他们说。但他们从不过问那些狗的来历与去处。

小白趴在那里听了很久，而后看见了我。他很腼腆地笑了笑，笑尽了后，又浮出淡淡的哀愁来。我问他：“在春天的微风里尿裤子的感觉爽吗？”他摇摇头。我说：“下次再自己从病房里跑出来，我就拉着全医院的护士姐姐来围观你。药劲儿没过还敢在这儿逞能。”他一脸士可杀不可辱的悲壮。我说：“下来吧，你妈给你送饭来了。”

他脸色一软，乖乖下来了。

回到病房里把衣服换好，躺在床上，他问我：“那些狗是从别的地方来的吗？”我说：“是，怎么了？”他说：“它们都很想家，想妈妈。”

“哎哟，你还挺文艺。”我一面给他身下铺尿不湿，一面挤对他。

他妈妈是个很温柔的女人。他和我说话的时候，他妈妈就站在一边静静地看着他。他因为药效而肌肉松弛大小便失禁的时候，她就那么温柔而又羞涩地笑着，手摸上他的头，仿佛怕我这个外人笑话她的儿子。我看见她的这个动作就会很生气。说不出来为什么，就是很生气。吴云说：“你是心里不平衡，自己老婆性格不好，就看不得别人小家碧玉的样子。”我说，你喜欢小家碧玉，你看见她的时候为什么也是一张冰川世纪的脸？吴云说：“我那叫认真观察机灵应变，我要是像你一样喜怒大形于色，老板交代的任务不就完成不了了？”

我瞧着他“身怀六甲”的肚子，想不出他怎么能够说出“机灵应变”这样没羞没臊的话。

吴云和我是老板的左膀右臂，这次被派过来，是要专心劝这对母子留下来做手术。先心病里有好几个很麻烦的，拖得时间久了，手术成功的概率就小了。不过这些事你跟家属讲不大清楚，这个人人都往钱冲的时代，好心往往被当成图谋不轨，你要是长相再不那么淳朴些，这谋财害命的罪名就坐实了。

“老板”其实是胸外科的博士生导师，年近六十，模样却是在三十五六上晃荡，离淳朴这个词甚是遥远，手下追随者无数，左膀右臂一堆，然而小白家这件事却让他很无奈，手术又赶着时间做。无奈来无奈去，只好在自己那二十多个左膀右臂里挑了一对最有良民样的。什么叫良民样？吴云说：“老板一入正书房，远见有一处宝地上空紫气缭绕循环不绝，令人叹为观止，实为你我二人之祥瑞之兆也，老板击股叹曰：‘此二人可助吾成大事哉！’”我说：“啊？”他白了我一眼，翻译道：“Boss一进办公室，老远就看见有两个人在冒傻气，乐得他一拍大腿：‘就让这俩小崽子去吧！’”

我从小学起语文就没考过吴云，愣了半天才反应过来他在说啥，不由得喜上眉梢，抚摸着他眼看着地方支援中央的头顶道：“去你×的。”

尽管相貌符合要求，但其实我和吴云是最不适合这个任务的人选了。为什么呢？首先我们俩都不是什么好人，从小学到高中，年终评语上都没有乐于助人这一项。我比他好点儿，四年级的时候得到过一回“团结友爱”，但我深切怀疑那是我妈领着我和老师的女儿去吃了一回麦当劳的结果。我们都属于那种不成材必成灾的小孩，高中以前从没有人指望过我们光耀门楣，更不用说考上重点大学的医学部了。大一大二那些惨绝人寰的动物实验都是我们俩主刀做的，我们组的那三个女生基本上没干什么。大四之前根本没有女生靠近我们五步之内，大四之后吴云痛改前非，悔过自新，从此说话做事轻声细语，走路逛街弱柳扶风。他坚持一个多月后，终于有人跟他表白了，三个男的。

这样的吴云和我，看见那个孩子的家长的时候，总是有些不爽的。

不只是性格差别的问题，更主要的是，他们对待她儿子的病的态度。“重复可以加强一件事的重要性。”高中语文老师曾经这么对我们讲过。然而在小白他妈妈的身上，这一套根本行不通。我和吴云从周一到周五，从双休日到国庆节，累了就让她坐下，渴了就让她喝水，两人轮番上阵，说得两眼直冒银河系，他妈妈却仍然是那句话：“等他爸来。我们家，他是一家之主。”

我差一点就把她拉到我家介绍我妈和我媳妇给她认识，普及一下什么才叫作一家之主。

吴云却从那个时候起静默下来，眼里多了些什么我所不了解的东西。

我上一次看见吴云这个表情，是我们第一次在医院里实习的时候。急诊室来了个很年轻的病人，男孩子，十七岁，夜里飙车出了车祸。伤势很重，却不是不能治，家属是那男孩的父亲，很体面的一个叔叔。来的时候，和我们每个人都很客气地打招呼，我和吴云都是那种很容易相信人表情的人，以为他肯定会签手术同意书的，还安慰他很久，说了很多鼓舞的话。第二天换班的时候，那张床却空了。值班的护士姐姐说，那叔叔拒绝了手术，男孩子最终还是死了。当时我和吴云都傻了，以为她在开玩笑。护士姐姐看着我们，似有意似无意地说：“保险公司会赔很多钱吧。这种事以前也有过的。”

当时吴云的眼睛就是这样。又黑又明亮，像夜像白昼。

那孩子的爸爸最终还是来了。和想象当中不太一样，没有胡子拉碴一脸横肉，也没膀大腰圆一团霸气，进来的是个很纤瘦的戴眼镜的人，五官很清秀，和他太太是一个类型的。点头招呼过了，就立刻去看他儿子，眼里的慈爱能融化一整面墙。我问吴云看法。他说：“装呗。要真那么关心一早就来了，还能拖到这会儿？看吧，他朝咱俩过来了。”

话音刚落，真见那个男人走过来。我俩同时闭嘴屏息，露出个标志性的微笑。

男人说手术没钱做，问能不能出院。

我和吴云交换了一下目光。他说：看吧，果不其然吧。我叹：这世道这良心啊。他说：等我给他指条阳关道。我眉毛一顿猛抽：你别是想要用那招吧？

然而我还没来得及阻拦，吴云已经开了口：“该说的我已经都和您太太说了。小白这个病是越拖越危险，说是争分夺秒一点也不为过。她之前没签字，说是要听您的意见。说实话，这件事听谁的意见都一样，要是您不想救您儿子了，缓一辈子也成。”

男人不为所动，“给我一点时间，我们商量一下。”

“一点时间是多少？”吴云毫不含糊，“我们晚上还有事，不在医院。”

男人看看他，又看看我。我眯着眼继续笑着，假装自己和那套听诊器一样，是吴云身上的一件非杀伤性武器。

“好。”那男人说，“晚上之前我给你答复。”

吴云神色未变，“五点之前。五点我就下班了。”

男人点头：“知道了。”

我们从病房里出来，一路凌波微步。吴云始终摆着那张扑克脸，嘴闭得紧紧的。我说：“太帅了！吴大夫你不怕他跟你干架啊，我看了病房里就剩下灭火器了，他要真揣了把刀咱俩都得死。”他不吭声。我说：“回去和老板说说，晚上让他老人家亲自来好了。”他不吭声。我说：“别紧张，时间还来得及。怎么也是那孩子的亲爸亲妈，还能真见死不救不成？”他这回倒是停了下来，特认真地看了我一眼。我被他看得心虚。结果，他一开口只四个字：“有手纸吗？”

吴云拿了手纸一路弱柳扶风进了男厕，进去没多久就有四五个庄稼汉模样的男人争先恐后地从里面冲出来。我一面替他们默哀，一面感慨这么多年过去了吴臭屁的威力依旧震慑厕林令人绝倒。

我站在那里，等了他很久。吴云每次紧张的时候，都会上厕所。

我想他是真害怕了，就像我，我的手到现在还在抖。然而我并不知道自己害怕的是什么，或者说，我们俩害怕的是什么。怕被打？怕被患者报复砍死？怕小白爸妈找茬不缴费？怕他们扔下儿子不管然后出了事儿说是我们的错？

窗外云朵一动不动地躺着，好像很享受阳光似的。然而我们都很清楚，一切都有限度，该管的不该管的，该说的不该说的，就像游标卡尺上的刻度条，像是烧杯杯壁上若有若无的灰色细线，像是死亡现场隔绝此方与彼方的那一根黄带子。界限以内都还好说，人还是人，你还是你。过了界，越了限，你就会看见人长出异角，眼眸变色，行事如妖。而那个时候你已经来不及醒悟或逃窜，只剩下玉石俱焚，身死道消。

下午我们去得很早。小白的爸妈出去吃饭了，小白一个人在看电视节目。他真的不能算是个很漂亮的小孩，眼睛有点小，牙齿不算整齐，也不够白。但他身上带着那种爱干净的老人家所教出来的孩子所特有的习气。克制，内敛，爱这个世界，但爱得很羞敛。吴云一面给他听诊一面啧嘴："我家大人就没管我这么严。我跟我哥都是放养的。要是当初他们管管我，我现在没准也是一帅哥了。"我说："你天生逆骨，人家越管你你越歪门邪道，要是当初他们管你，没准你现在已经因为调戏八十岁老大娘被人关在局子里了。"他捏兰花指做弃妇状："你个负心的玩意，姐姐不跟你玩了！"小白看着我们俩，露出一排乱七八糟的牙傻笑。我本来也是笑着的，然而不知道为什么，看着他的那个笑，我的笑就硬生生地被压了下去。

他笑起来和那个男人一模一样。

小的时候听外婆讲故事。人是从哪里来的呀？女娲娘娘捏出来的。女娲娘娘照着什么捏的人啊？她自己。我也是女娲娘娘捏出来的吗？当然不是啦傻小子。那我是妈妈捏出来的啦？外婆看我，呵呵地笑笑，没说话。

我那个时候还不知道，我是家里面最像外婆的孙辈。

孩子在大人眼里是什么。这是个秘密，只有大人知道，他们从来都不对你说。你以为你是你，有眉目，有棱角，有心。然而事实上，你只是个泥玩具。不确定的，变化的，可以被做成各种形状的，没有灵魂的。从爸爸那里拿一片灵魂来，从妈妈那里拿一片灵魂来，从电视机里的大侠身上拿一片灵魂来，从故事书里的妖怪身上拿一片灵魂来。时间将它们贴成一幅画，最终那画不再变来变去，最多颜色变深，周遭磨损掉一些颜料，再由人添上几笔，然而最重要的东西，已经固定下来了。只有那个时候你才能称为人。在那之前，你只是个收集别人灵魂的盒子而已。

外婆当时一定是看见了我身上的她的灵魂。她很爱我，因为我会带着那片灵魂活很久。她在我的身上看见了她的未来。

我的呆只发到这儿，因为那个男人回来了。他同意手术，但是要先去借钱。他裹了一身的雪，早春的料峭还没散尽，这一层杀意就随着男人蹿进屋里，久久不散。男人没说两句话就又出去了。女人跟在他身后进来，像个白色的影子。他走后，她就静静地坐在小白的身边，静静地握着他的手。那画面很美好，我和吴云为了不破坏整体感觉，小步小步地退出去。不想退到一半的时候，那女人却把我们叫住了。

“这个手术，换家医院也能做的吧？”她说。

我愣了一下，随后点了点头：“市级的医院也可以的。”

“会便宜些吗？”

我刚要点头，吴云拉住了我。“你想转院？你知道再折腾一圈要花多少时间吗？你知道你儿子还有多少时间吗？”

女人的脸唰地红了，握着小白的手紧了紧。吴云看了她一会儿，最终拽着我，出去了。

我知道吴云的担心。有那样的人，手里实在拿不出钱来，孩子的年纪又小，自己还可以再生，就出院，回家准备后事了。那些孩子都有一双无辜而又清澈的眼睛，坦然信任这个世界，坦然信任他们的父母，坦然相信，相信自己会活下去。因为还不知道什么叫作死亡，什么叫作贫穷，什么叫作无可奈何，所以，也不会害怕。晶晶亮亮的喷泉倒影里，人们来来往往。没有人停下来看一看，没有人静下来听一听，没有人发现。他们都很忙。他们都有自己的事。他们都有自己的小孩。而且那又不是拿着刀子斧子机关枪进行的谋杀，那是看不见的细菌病毒小虫子的繁衍生息，总有人类阵亡，总有人成为小数点后面的阿拉伯数字。只有我们卡在所有这些人中间，看着那些孩子被抱走，瞪着坦然的明亮双眼，等着长大，等着活。

这是善与恶，黑与白的交接地带。最开始你会害怕，会听到心在滴血。但是你的对手是时间，最后它会大把大把地赢牌，你会麻木，你会不觉得冷，因为痛觉和冷觉都是警告，一旦警告没有用，身体就会放弃反击了。想要赢的话，你不但要自己支撑下来，还要拉着自己的伙伴，否则一个人，终究会被冻死的。

我跟吴云开始准备后备方案。要是他们真的有什么别的念头，我们俩就跟他们掏心掏肺——实在不行在网上发帖子筹款啊，别轻易就放弃了。我们俩在食堂琢磨这件事，怎么想怎么有种悲壮的意味。要是真那样了，就要扯老板一起下水，他老人家倒没什么问题，他上面的那位就不大好说了。有些事，一旦远离了人惯常活动的领域，操作起来，就有些麻烦了。既然我不做那件事也能活得很好，为什么我要去管闲事呢？就算我什么都不做，也不会失去别人对我的尊敬和爱，为什么我还要冒着各种风险，去做一件吃力不讨好的事呢？为了做个好人？喂喂，大家都没有那么做，那么大家都是坏人吗？

还有就是。这样的事太多，太多了。

吃完最后一块红烧肉的时候，吴云拍着桌子站起来。我以为他噎到了，抑或吃到了猪毛，没想到他特悲怆地说："实在不行我拿钱好了。我妈给我娶媳妇儿的钱还没动呢，大不了婚不结了！"他说这话的声音极大，端着勺子给人盛饭的大叔手抖了一下，我们对面桌的一个男生一口汤喷了出去，他女朋友身手敏捷地躲开了。我把吴云拽下来，这才看见，他哭了。

我们进病房前犹豫了很久。我说："实在不行就叫老板来得了。该做的该说的我们都做到了。"吴云看着那道门，眼里燃起视死如归的火，"没事，大不了我牺牲色相把那老爷们儿扑倒。"

我肝儿一颤，心里有点同情那男的了。

我们俩一前一后迈了进去，一路低着头小步快走。结果没走几步就听见有个很好听的男中音说：“你们俩怎么才来呀？”

抬头一看，正是老板。他手下最彪悍的那几个左膀右臂也在，衬托得我和吴云无比柔弱无比和善。再看小白的爸妈，同样一脸的柔弱一脸的和善。一看我们，男人点头道：“钱借来了。手术明天就可以做了。”

他笑得很歉然。我的脸立刻红了。你歉然做什么。那是你儿子，又不是我们的。

我回头看吴云。他脸红得像是刚被非礼过的非洲小狒狒一样。

老板给小白检查了一圈，临出门前嘱咐我和吴云一大堆东西，最后又拍着肩膀将我们俩猛夸了一遍，弄得那些向来轻蔑我们的左膀右臂一阵注目。小白的爸妈跟着他们出去了，屋子又一次静下来。我和吴云对视了几秒，然后不约而同地仰天大笑。笑完之后又特悲哀。我们这是图什么呢。

小白看着我们，依旧笑得很羞涩。

“你别告诉我你又尿了。”我说。

他摇头，摇得十分之猥琐。

“手术很快，完了要是有什么事，就叫护士，她会叫我们的。”吴云说。

他看着吴云，看了很长时间。“哥哥。”他说，“你能多陪我一会儿吗？”

吴云愣了一下。我估计是已经很久没有这么大孩子管他叫哥哥，他太激动了。

我出门前回头看了一眼，吴云握着小白的手坐在那里，一如之前他妈妈握着他的手坐在那里。然而和之前的那幅图比起来，这一幅要更好看。想到这儿，我又浑身哆嗦了一下：我竟然会觉得吴云好看……

吴云一晚上没回来。第二天上手术台的时候，我等了半天，来的却是另一个人。我问他吴云哪儿去了？对方一耸肩说他感冒了。我一想，以他那个林妹妹一样的心金刚狼一样的体格，在床边坐一晚上的话，冻感冒了那是万万不可能的。估计又是瞅准了机会溜出去吃了。

手术做得还算成功，老板的技术不是吹的，之后的护理便都由彪悍的左膀右臂们接了。我替了另一个人的班，到门诊忙了两天，等到小白出院的时候，我才回到科里。那是我那天后第一次看见吴云，乍一看，我心里噌地冒出俩字来：环保！瞅咱们国家的竹子稀缺的，熊猫都饿成这样了。再仔细一看，真的是吴云，只是那眼里的哀愁，可以溺死好几十头抹香鲸。

“你来了。”

“我来了。”我说，“你去急诊了？”

他一皱眉：“没啊？怎么这么问？”

“瞧你那俩眼睛。不知道的还以为是在急诊室得罪家属了，被人家给打的。”

他有气无力地呵呵了两声：“真好笑。”

我立刻明白问题严重了。

“出什么事了吗？”

“待会儿跟你说。”他看见小白和他爸妈出来了，简单明了地说。

那孩子状态很好。病到他那个程度，很少有人能恢复到他那个水平。吴云掐了我大腿一把道："Smile！"自己立刻挂出一张标准的八颗牙笑脸。我心里疑惑，却还是傻笑着，听着他跟小白的爸妈说嘱咐的话。末了，他跟小白打了个奇怪的手势，还反复问他："记住了吗？"让我惊讶的是，那孩子一改之前害羞猥琐的模样，很坦荡地看着他，重重地点头，说："记住了。"

电梯门最终合上了。

吴云拉着我一路小跑。一路上，他始终摆着那张扑克脸，嘴闭得紧紧的。我说："我有老婆有老娘，是不会跟你私奔的。"他"嗤"了一声："小浪蹄子想得美。"

我说："别以为我不知道，你给了小白你的电话号码。你要干啥？"

他不吭声。我说:"那天晚上他对你说什么了吗？"他不吭声。我说："你别跑那么快，今天我可没拿手纸。"

他停下来，看我。我想，我一辈子只看过两三次这样的目光。一次是在动物世界里，长颈鹿妈妈死了小鹿，站在那里发呆的眼神。一次是我外公去世的时候，外婆坐在那里发呆的眼神。再有就是这一次，吴云透过了我，看向远方的眼神。我想，以后我绝对不要再看见这样的眼神，太黑，太沉，太钝，太不适合去刻骨铭心，而且他 × 的对方还是个男的。

"那天晚上我没回去，因为我和小白的妈妈吵了一架。你别看她那个样子，吵架的时候可是很厉害的。”吴云的嘴撇了撇，冷笑，“吵架的内容还是关于钱。她对咱们医院不满意，嫌医疗费太贵了。吵到最后她摔门出去了，小白的爸爸那时还没回来，我怕没人照看小白，就没走。结果，那孩子跟我说了件事，弄得我一晚上都没睡着。”

我皱起眉来：“什么事？”

“你知道我们这个楼的窗户没护栏吧？其实前些天的时候，小白一直想跳楼来着。”

“想要什么？”我眼睛都快瞪出来了。

“跳楼，自杀。”吴云看着我，神色平静，“他不想给他爸妈添麻烦，想死。”

“他 × 的这孩子脑残啊这么傻？！他死了我们俩还在这瞎折腾个啥？！”

“他妈当时在那里，于是他就没死成。”吴云眼里火光闪动，“他妈抱着他又哭又劝了很久，后来他爸就来了。他妈没有跟他爸说这件事，只是让他去给小白买水果。等到他爸走到楼下的时候，他妈又让小白到窗口那里和他爸喊话，告诉他爸多买一样水果。”

他说到这里，意味深长地顿了顿，看着我。

我的手握起来了。

那个女人。那个女人根本不是不想让她的儿子死。只是不希望他死在她眼前，由她一个人承担这责任。她让他喊话？她真正想要的，是要他跳下去吧。

吴云静了许久，而后道："后来我问小白，你为什么没跳？他说，他在那个瞬间明白了一个道理。一个大人的道理。"

我屏了一口气。

小白明白了他的妈妈不爱他。

"这件事不该这么放过的。"我说，"你得和他谈，和他爸妈谈。或者找家庭心理医师介入。我们医院就有吧？二号楼那个刘老师……如果小白心里有了恨，那以后的事情……要比现在麻烦得多。"

吴云摇头，"一开始我也是这么以为的。但听了他说的，我才明白，他和我们想的根本不一样。他说，他明白了，妈妈也是个小孩子。如果他不在了，就没有人替她传话给爸爸，替她做事了。他说，他要活下去，变强，变得能够保护妈妈。"

我的心，轰轰隆隆地震动起来了。

这他 × 的叫什么世道！这他 × 的叫什么家长！这都叫什么事儿！

吴云望着走廊玻璃。那一家三口正在和出租车司机讨价还价。他们的头顶上，浮云晾晒在日光里，沉静安详而又略带羞赧。

"我给了他我的电话号码，不过我不知道他会不会用。老七你说，会没事的吧？"

我看着他，不知道该怎么回答。

二十年之后，我们都变成了庸碌而又平常的大人。我们不会再为一个陌生的家庭而掏心掏肺，也不会因为一个小孩而说出"大不了我拿钱”这样的话。因为我们早已不堪人生重负，自己在层层齿轮绞杀之下，勉强喘息，挤出一丝笑容，却再也无暇顾及他人。二十年之后的我们，对身边突然的死亡只是感到无奈，不再愤怒或悲伤。就像错过了超市大减价，虽然失望，却还是收拾东西回家去，等那也许会有，也许没有的下一个轮回。

年幼时候的正义和无敌，大概只是因为还没有意识到自己的弱小和无力，所以才奋不顾身地想要拯救每一个人。

那辆车最终绝尘而去。吴云和我最终一句话也没有说，各自分开了。

三点多的时候变了天，乌压压的一片云压过来，不由分说下起雨来。远处基础院里的狗在叫，一只母狗带着七只小狗站在那里，趾高气扬而又威风凛凛地不服管束。我对着窗子发了半天呆，忽然想起那个下午，想到那个孩子很担忧地对我说：“那些狗都很想家，想妈妈。”

我拳头攥紧，又松开了。

就像是一直纠缠于一个根本不存在的结，又像是打渔的人被自己的网给兜住了。界内界外，画地为牢，还是幡然跳出，一步之遥。

我给吴云发了一条短信。发完之后，静静在窗边坐了一会儿。

那场雨后，沉寂了一冬的街道，终于开起桃花来。一年后我和吴云见过小白一次，他们一家三口过得很好。

（完）

冬年没有放弃找人结盟，邶海讲完，她就推了壬生出去。壬生来这里的时候还是个学生，她家里穷困，留学的经费不够，她逃学出来，在欧洲旅行，到了叹息桥，夜里被人灌醉，推下河。Vermeer的厨娘出门采购食物，救了她，把她留了下来。壬生一直在花园工作，帮老太太照顾牡丹园和家里的那些小动物。Vermeer 不需要她讲故事，但只有五十年的雇用期。

冬年大概撺掇壬生，让她通过讲故事来活下去。毕竟长生不老和五十年青春永驻还是有差别，而且她在这里待了太久，想要回家了。

壬生局促不安地站出来的时候，Vermeer 有些惊讶，而后化为惋惜。

<The 16th Story>
染指

预想是很阴暗的人。留长发，长指甲，不会先开口，但一开口就会讲不停。真正出现的时候，却令人侧目的清爽。条纹衬衣，浅金色的风衣，整齐干净的指甲。本来准备好的台词和虚伪笑容因此僵在那里，直到点餐的服务生来了才恍然清醒。

“圣代？”

“香草奶昔。”

“中杯小杯？”

“中杯好了，谢谢你。”

本子合拢的声音。甩马尾的声音。高跟皮靴走下台阶的声音。

他侧着脸，玻璃花灯的白光描摹出他的五官轮廓，不是“俊朗”“帅气”“好漂亮”那么简单。我掂量着措辞，他却先开了口：“五分钟后，会有一辆车开到店里面来。蓝色的雪佛兰，收银的吧台会被撞坏，那个胖阿姨会把我们的杯子摔到地上，你的朋友会从车里出来。一个穿黑色漆皮衣服的高个子女生，直发。”

“漂不漂亮？”

“漂亮。”

“那肯定不是我的朋友了。跟我要好的没一个漂亮的。”

他微笑了一下，转过头来。我嫌叉子太麻烦，干脆用刀把牛排举起来。他盯着它，眼神里有类似树袋熊的胆怯和执着，“你会被牛肉噎到。那把刀会卡在牛骨里拽不出来。你会切到嘴巴，还有手。”

我举着牛排，停在张嘴喊“啊”的动作上。我静了大概三十秒，然后大力咬了下去。肉很好，既不老也不生。我耐心地咀嚼，耐心地吃下去，没有噎到，也没有被刀割伤。吃完最后一块，我把刀工工整整地放在盘子边上，安安静静地擦了擦嘴。他看着我，认真的眼神柔和了许多：“还好。”

“也许下次就会噎到了，别着急啊。”

他笑，一派天然的纯良无害。

“你这样多久了？”

“小学四年级的时候开始的吧。十二年了。”

“你二十一岁？QQ 上写的不是三十岁吗？”

“我姐姐写着玩的啦。她总喜欢做类似的事情。”

“这样啊。”我敲了敲盘子，“我家就我一个，好寂寞的。”

“你呢？你的……是什么？”

这省略和停顿用得很妙。我抬头看他，笑了笑：“是‘猫’哦。”

“嗯？”

我指了指远处吧台的那个服务生：“耳朵是白色的，左眼周围的毛是烟色的，前爪和尾巴尖都是棕色的。角落里玩游戏机的那个小孩应该是她儿子，毛色都是一样的。不过我猜她的老公应该是烟色的。”我手搭凉棚望了望厨房，果然有一只忙着烤蛋糕的猫是烟色的，“大概就是他了。”

他脸上浮现出不折不扣的惊奇。我切开南瓜饼，悠闲地喂饱自己。

“是妄想吗？”他问，惊奇变成了关心，“从什么时候开始的？”

“记不清了。学前班的时候就开始了？”

“看过医生吗？”

“还好啦，没那么严重的……至少和你的相比，没那么麻烦啦……”

我们一直坐到日落才各自回家。那辆传说中的雪佛兰始终没有出现，倒是来了一辆银白色的劳斯莱斯，开车的猫从容严肃，一身雍容华贵的金色长毛。我一面感叹着“有钱人就是不一样，连司机都有寻常波斯猫难以企及的庞大气场”，一面微笑着和他摆手再见。开发区的人不多，夕阳里彩色的高楼静静矗立，街上的行人带着温暖而忧郁的归家心情。我目送着两只猫离去，掏出手机，拨了那个号码。十分钟不到，那辆嫣红色的跑车从街的另一边开过来，开车的是只戴墨镜的白色母猫。我看见她，收敛了笑容，“老师。”

早上起来煎了两片面包，刚把鸡蛋扔到锅里，电话便响了。接起来听，是从小一起长大的安彦。他一点也没拐弯抹角，劈头

第一句话就是："你跟红师太了？"

我反应了一下，而后认真地纠正他："老师姓俞，名字叫丹雨，很好听的。"

"你疯了？学了八年本硕博，不做临床，去学心理学？"

"人各有志嘛。"

"她有没有为难你？"

"没有。"

"真的没有？"

"没有。"

"不是说她不喜欢女孩吗？"

"谣传啊。师太对我甚好。"

他笑，于是我也笑。我说我也是事出偶然迫不得已，所谓逼上梁山破釜沉舟从此英雄一去不复返，还望兄长大人有大量，千万从此把我打到QQ分组里的"废人"栏里。他叹了口气："累不累？他们都说那老太太是个变态，经常让学生上街骚扰路人的。上届跟她的那个博士，据说被她逼到酒吧里陪人喝酒。"

我佯装惊诧："竟有此事？"

"还好了，是个男的。不管怎样，要是她让你做奇怪的事的话，就想办法拒绝，或者打电话找我，我会帮你想办法。不要傻乎乎地卖身为狗腿啊。"

我一面回想着那个穿着水手服到酒吧里陪酒的学长，一面傻乎乎地笑着回答："好。"

他静了静，而后声音忽然低下来："你不是因为那件事，所以才去学心理的吧？"

我脸上的那个笑一点点地挥发掉，然后变成梦呓一样有毒的声音，听起来一点都不像我自己了，"不是。我只是做了自己想做的事。跟那件事无关的。”

在他开口前，我挂断了。我走到窗边，十六楼的高度，与天亲近，与地爱恋。我趴在窗台上像跷跷板那样摇晃，每晃一次，都有风尖叫着凛身飞过，每一个都说着一模一样冠冕堂皇的悼词。晃到第一百次的时候，对面楼蹲坐着的那只姜黄色的猫站起来，窝在怀里的爪子伸出来，一面伸着惬意的懒腰一面对我说：“起得好早呀，小刘。”

我微笑，用力挥手，“早上好呀，赵阿姨。”

连续降了两次温，周五早上拉开阳台的窗帘，玻璃上开了一大朵霜牡丹。我翻箱倒柜找了好久，终于找出妈妈邮寄过来的那件羽绒服。我披着它在市立图书馆外面等巴士，道边的榆树新漆了树干，樟脑和油漆的味道混杂在一起，如同一场劣质的宴席。旁边卖西点的亭子刚拆了面板便有一堆人围上去，有赶早市的老母猫，也有背着书包的学生猫。天空浮云微停，而后改变了游行的方向。逆风吹来奶油的味道，忽然间记忆的闸门打开，有张人脸浮现上来，一字一句地说：“有空的话，给我买两个蛋挞回来吧。”像是寺庙撞钟的秋千，又像是隔壁音乐系小男生折磨人神经的架子鼓，那句子一下一下敲在我的心上。巴士到了，我盯着一车花花绿绿的猫看了许久，最终叹了口气，转身朝西点店走过去。

排队排了十分钟，等到我的时候，刚好只剩下两个蛋挞了。正准备掏钱的时候，从左边插过来一对小情侣，戴着粉色蝴蝶结的小母猫嚷着“我要两个蛋挞”，戴黑墨镜的小公猫一脸煞气地看着我。我被他们挤到一边，卖蛋糕的虎皮猫看着我，一脸恨铁不成钢地把蛋挞塞到我手里，收钱，打票。我拿了东西匆忙闪人，顾不得身后小情侣猫和虎皮猫一顿夹枪带棒的争吵。窃喜之余也没坐公车，走出两条街后才发现钱包不见了。

倏然回想起那戴蝴蝶结的小母猫挤过来的一瞬间，朝我腰间摸过来的一只小小猫爪。

转身狂奔，回到西点店门前，人早就不见了。问了虎皮猫，得知往对面商业街去了，继续狂奔。十分钟后竟然真的被我找到了，两人和一群穿黑衣的猫正在巷子口厮打。黑衣猫个个膀大腰圆然而身手敏捷，为首的是个穿金色外套的年轻男猫。看见我来了，他才停手，恢复冰激凌店里初见时那副纯良无害的考拉熊模样，“你来啦？我正想打电话给你呢。你的钱包……被我捡到了。”

我盯着地上那两个被他手下打得喵喵叫的小贼，心想无论如何也不能说是“捡到了”吧，你这个傻孩子。

他让司机开车送我到渡口，而后下了车陪我一起走。街上依旧人少，江面倒映着对岸老城区的灯火，渡轮鸣笛驶过，天地寂寥。走着，走着，他忽然说：“想听我小时候的事吗？”

十二岁前他家住在东城的一栋老式公寓里。他爸爸那个时候在卷烟厂上班，妈妈是公司的出纳员，两个人都很忙，每天都是他自己挂着钥匙，拎着饭盒到锅炉房热饭吃。邻居家的阿姨腿有残疾，常年一个人在家里。她没有孩子，却很喜欢他。于是周三下午不上课的时候，他就到她家蹭饭吃，有时陪她看看电视，聊聊天。那栋楼的墙壁不厚，隔壁放电视的声音稍微响一点，邻居家就跟听广播一样。

那天晚上，爸爸妈妈不在家，他又像往常一样到阿姨家吃饭，看电视，写作业，聊天。大概九点多的时候他回了自己的家，洗漱之后就上床睡觉了。半夜的时候他却忽然醒了。不是爸爸妈妈回来了，也不是电话响了，而是隔壁传来很奇怪的声音。有什么东西被打翻了，有什么人在哭，声音被什么东西闷住了，不大亦不清楚。他先是坐在床上听，然后站起来听，然后趴在墙壁上听。他听见隔壁的叔叔和阿姨在争吵，哭的是那个阿姨。平时两个人也是会吵的，只是从来没有这么厉害。他听见摔东西的声音，听见什么人被推倒在地的声音。他很害怕，又不知道该怎么办，地上很冷，他最终还是回到床上，不知不觉间睡了过去。第二天早上照常上学，中午照常在学校吃。晚上回家的时候，他看见一大堆警车在楼下，一楼的老奶奶用手绢拭着眼泪和鼻涕，有拎着摄像机的男人和女人在采访。他这才知道，隔壁的那个阿姨在昨天夜里被她丈夫给杀了。

长尾巴的喜鹊鸣叫着，从这一岸飞到另一岸。风从江面吹过来，花叶的味道，初冬的味道，对岸灯火的温暖。昼夜交接，路灯从远处一盏盏地亮过来，他右耳光芒一闪。原来他也是有耳洞的。我不知所谓地想。

“从那以后，无论做什么事，我都会想到最坏的可能。‘被害妄想’吧？他们这么说。因为这个，我爸爸就没让我出国，而是留在他身边，好笑的是，就因为我这个性格，反倒帮他的公司挣了很多。”

“‘小心驶得万年船’吧。我爷爷总这么说。”

“你呢？”他笑得轻暖，如同一件菲薄昂贵的裘，“你为什么会看见猫呢？”

我眼前闪过一幅幅画面。高高的白色的楼。整齐的棕色花盆。铃铛。猫。绘着粉色樱花的被子。抱着小孩子在楼下和人聊天的女人。天空上的橘红色风筝。人。猫。人。

我想说真话。关于我的，过去的，现在的，将来的……一切一切。有那么一瞬间，他在我眼里不再是尖耳朵长尾巴的英国短毛猫的模样，而是个眉目清晰，笑容熟稔的少年。我想把那件事告诉他。那件我从来没有告诉过任何人的事。那个笑话。那个悲剧。那个无人出席的小葬礼。我张了张嘴，那句子却如同鱼刺鲠在喉咙里，不得造化。

“有机会讲给我听。”他走过来，把手里的盒子递给我，“我的电话你知道的。你的电话，我也从俞老师那里拿到了。上次忘了跟你说了，她是我的心理咨询师。要是知道你也在她那里做定期治疗的话，我们早就是朋友了。”

我的胳膊僵在那里，不知道是因为冷，还是他的这句话。

“那……”他笑得眼睛眯成了一条线，“再见。”

周一下午一进报告厅，一群人便把我围起来，最前面的那个便是曾经穿着裙子去酒吧调研的学长。我平生做惯亏心事，从小学时代起就经常拿人家橡皮不还、吃人家饭不掏钱，对这等群殴场面最为熟悉，所以我当下向后小跳一步，将手里的文件夹卷成打虎棒的模样，要是有人敢对我下手，我就神挡杀神，佛挡杀佛，加菲猫来了灭加菲猫。我没想到的是这一堆猫看了我七八十秒，忽然都鼓起爪来，一脸的钦佩与艳羡。戴墨镜的白色波斯猫这个时候从看台上下来，一步一步端庄娴雅到不可救药。俞丹雨望着我说：“这是我当研究生导师以来教得最好的学生了。从来没有人能够在实习期间就独自完成对病人的分析和治疗，这个丫头却做到了，而且，无懈可击。”

他们又开始鼓掌，鼓到我真的开始毛起来了。老师这个时候在我耳边对我小声说：“A 大心理系的博导来了，我手里没有材料，就把你前阵子发给我的那个分析给他了，他很喜欢你，好好表现，别砸了场子。”

我往人群中瞄了一眼，果然在一众小猫里瞥见了一只器宇轩昂的老狸猫。一双雪白的猫眉翘啊翘，眉心当中有个大大的“王”字。我一面惊艳一面同样小声嘀咕回去：“哪份分析啊？我怎么不记得了？”

“还有哪个？”她白了我一眼，“强迫妄想的那个小子呗。”

她撇下我和那博导寒暄，厅里渐渐静下来。我听着一只又一只猫在我耳边喵喵，眼前却是那个人站在江边看潮，身后蓝天半陷夕火里的画面。他给我的那个盒子就放在冰箱的第一层，满满全是蛋挞。我打电话跟他说谢谢，他说：“你知道吗？那件事我没有对别人提过，就连俞老师也没有。那天在冰点店和你见面后，我就想，我终于找到这样的一个人了。我一直跟着你，想知道你平时都去什么地方，喜欢什么东西，所以才碰巧抓到了那两个小偷。我不是跟踪狂，我只是太高兴了，高兴我终于找到一个和我一样的人了。”

我沉默了半晌，然后说：“我和你是不一样的。”

房间里忽然鸦雀无声。我抬头，这才发现不知从什么时候起，厅里的人坐成了一个圈，我拿着那份报告，站在正中间。老师看着我，瞳孔收缩成碧绿的一条线。我忽然觉得猫和蛇很像。从来没有人把它们联系起来吗？

“小刘。”白猫的尾巴甩了甩，“说吧！”

我拿着那份报告站在那儿，想了想：“我给大家讲个故事吧。”

老师说：“这也是我欣赏她的一点。很有文采。”

十分钟后，她就再也不欣赏我了。

我十岁的时候住在江对岸的西城。那里有钱人很多，早早就盖起了二十几层的高等公寓楼。我们家在十一楼，安彦家在七楼。楼里的小孩子不多，于是我们就成了朋友。那个时候我爸爸经常跑长途，家里就我和妈妈两个人，妈妈很疼我，无论我想要什么都会尽力满足我，她对动物的皮毛过敏，但是因为我喜欢猫，还是养了。这种状况一直持续到我小学毕业，那一年，我弟弟出生了。

无论是奶奶还是外婆，都疼弟弟甚于我，就连一直在外的爸爸也把工作调回来，一心一意地照顾家里。我一直以为妈妈是不同的，直到有一天，我放学回来，看见她抱着弟弟，手里拿着我最喜欢的玩具熊。弟弟的力气很大，小熊的头被拽掉了，妈妈说："坏了就不要了，妈妈给宝宝买新的。"然后走到垃圾箱旁边，让弟弟把玩具熊扔了进去。我记得很清楚，每次我弄坏洋娃娃的时候，妈妈都会打我的手心，然后再把娃娃修补好，递到我手里。她总是说："每个娃娃都是活着的，你要喜欢它，照顾它，就像妈妈照顾你一样。"

我想，要么是我记错了。要么是，这个女人根本不是我的妈妈，是另一个什么东西变的。我想了很久，最终明白了：妈妈是家里那只猫变的。它为了吃好吃的，睡大床，弄坏我不让它弄坏的玩具，把我妈妈变成了猫，把它自己变成了我妈妈的样子。所以我妈妈才会这样对我。那个男孩子也不是我的弟弟，只是一只小猫罢了。

是了，一定是了。

后来的事就很简单了。坐电梯。上楼。拿花盆。瞄准。推。噼里啪啦。喵喵的猫叫声。大猫和小猫倒在地上，红色的血像那盆胭脂牡丹一样绽放开来。无数的猫聚拢过去，喵喵地叫着……

我放下报告册，从大厅里走出去的时候，没有人动，没有人说话，没有人敢抬头看我。头顶上的日光灯管跳闪着，如同被猫追逐的老鼠不规则的心跳。我就那么一直走到楼底，走到学院门口，走到我常等车的巴士站那里，然后，手机嗡嗡地响起来。打开来，是老师的短信息：“你没事吧？”

“没事，抱歉搞砸了您的会。下次一定不会这样了……我还有下次吗？”

她没有立刻回我，过了两条街，她的头像又亮起来：“你怎么不去死？”

我合上手机盖，想了想，笑起来。

一年后的某一天，我没和他打招呼，独自出了门。穿过了好几条街，才找到那家CD店。我一边哼着歌一面寻找Blur乐队的曲子，那是他喜欢的乐队，我们在一起三个月了，我一直都知道，只是他不知道我知道，也不知道我也喜欢他们的歌。我听着《Song 2》，一面让老板帮我把光盘打包，一面想着要不要买条鱼回去给他庆生，侧脸看着墙壁上的海报。邻近高中的小店，除了黑胶、CD、磁带、DVD光盘外，也卖杂志和畅销小说。在一众花哨的漫画书里，我瞥见了那本酒红色的书。封面朴实无华，只有一双眼睛摄人心魄。猫的眼睛。人的神情。书的名字也很诡谲——《染指》。

我翻开来看。故事讲了一对不正常的小孩的不正常的恋爱，男孩总是相信事情会以悲剧结局，女孩则总是看见人长着猫的脸。故事的结局里，男孩对女孩敞开心扉，女孩却撒了谎，最终对男孩始乱终弃……我一页一页翻过去，心跳渐快，周围的一切渐渐模糊成彩色光影。第一页懵懂，第二页相识，第三页熟稔……到了末尾，便是贯穿胸口的痛。翻回来认认真真地看作者的名字：

Tamer。

驯兽师。

他用得很好，用得很妙。那个故事很多人听过，但是有些细节我只告诉了他，连安彦都不晓得。比如那个花盆不是我推下去的，是我家的猫不小心碰下去的。比如我弟弟死了，我妈妈却没有死，只是变成了白痴。我记得他说的话，相信他的话，想要他的那句话变成真的："我终于找到一个和我一样的人了。"

原来一直都是我一个人在犯傻。

我看了看书的标价：二十五块八。那么多人里面，只有他把我的这个故事变成了钞票，真让我骄傲。我一面微笑，一面把书放回原位。音响里，林肯公园仍然不知疲倦地唱着：*Wasted it all just to watch you go / I kept everything inside and / Even though I tried,It all fell apart / What it meant to me will / Eventually be a Memory of a time when*

……

老板唤我：妹妹，盒子要什么颜色？我笑，说：正红色吧。

我拎着礼品盒子走下楼梯，木地板咯吱咯吱地响。过了街是家蛋糕店，我买了十二个蛋挞，和卖货的茶色小猫说谢谢，出门把那盘CD丢进乞讨的老猫盘子里。他有一身深紫色的皮毛，眼睛如同一对珍贵的祖母绿宝石。

我坐上许久没有坐过的335路车，一路上抱着那盒蛋挞，像守着我这一生最爱的小孩一样。我渡过了那条江，穿过了那座花园，一步两阶地登上了十一楼，回到了我久违的那个家。那只猫坐在窗边看风景，一身皮毛如雪，眼眸深蓝。我走过去，把蛋挞放到她面前，轻轻抱她："刚买回来的，趁热吃吧，妈。"

（完）

壬生的故事讲完，Vermeer对她招招手。她开心地走过去，眼里闪烁着"你看奶奶果然最喜欢的是我"的不言而喻的光芒。夏扬却感到肩膀冷飕飕的，他侧身看门窗，外面阴云密布，大雨将至的模样。

Vermeer摸了摸壬生的脊背，像是想要把她身后衣服上的小毛球摘掉，但是下一秒，壬生的身体像是纸一样叠起来，左右一折，便薄如蝉翼，Vermeer再松手，她已经化成了一只巨大的蜻蜓。房间里的人，左左右右，老老少少，不约而同地从座位上站了起来，后退。

Vermeer拿过身边的杯子，朝着蜻蜓泼去。水在半空变成无数闪亮的细碎颗粒，而蜻蜓巨大的翅膀也化为齑粉，最后飞在众人面前的，只是一只寻常大小的蜻蜓。

它从厨房的窗户逃了出去。

Vermeer看了冬年一眼，"水。"冬年东张西望找水壶，Vermeer摇头："我是说，你杯子里的水，洒了。"

冬年并没有拿着水杯，她低下头，却发现自己胸口嫣红一片。她像是终于意识到了疼痛，大叫着冲向了浴室，Vermeer笑起来，她的外表也发生了变化，银色的头发变长，从发髻里垂下，身上的毛衣颜色变深，皮肤上的褶皱疤痕渐渐消失。最终，她在众目睽睽之下，变成了一个十七八岁少女的模样，身上穿着暗色丝光闪动的黑色长袍。她侧卧在长沙发上，挥手，浴室的门“砰”地锁紧，众人听见冬年在里面敲门喊叫，但没人敢动。

“下一个轮到谁了？”Vermeer喝了一口茶，看着他们。

夏扬犹豫了一下，随后，举起了手。

✠

<The 17th Story>

式神提名

[1]

祖父去世后的第二天，夕然从本家搬了出来。大伯做事很干脆，从户口簿到身份证上的名字都改了，以后再也没有方夕然这个人，只有夕然。出门的那一天，没有人来送。她的行李不多，但她想再看爸爸一眼。然而从上午等到下午，他最终没有出现。婶母说，再不走飞机就要晚点了。她往夕然手里塞了一大把钱，眼睛里的光，不知是同情还是怜悯。夕然静静地把钱收好，绽开一个灿烂的笑容。她离开的时候就一直这样笑着，像过去每天上学前一样。

从洛杉矶到北京，再转火车到襄城，四十三小时三十分钟。妈妈长大的这个小城，有黛色的远山和满城碧绿的杜鹃花树。新的家在钟鼓楼旁的公寓顶上，房子不大，但很干净。两扇窗子都是朝南的，街对面是喧闹的中心广场。入夜的时候，灯笼从远街一直亮到脚下，摊贩们安逸而自足。学校隔了两条街，每天只需要十分钟的路程。早上，广场会有卖西式早点的老人和画鸽子的学生。夕然喜欢坐在小吃摊那里看这些人，他们让她想起爷爷，想起本家，想起爸爸和大伯他们。

无论是在襄城还是洛城，方家都不算有名。卖茶具起家的小商人，清朝末年移民到了美国，一路坎坷，却不富足。然而在这个世界上，有很多人的生活彼此平行。如果你从没听说过御者众，那么你也就不会知道血方殒熵这个名字。传说中的御者众常以道士、术士、异能者的形象出现在小说、影视、冷僻学科的文献里，他们能够看见常人所看不见的东西，强一些的，则可以呼风唤雨、降妖除魔。现实中的御者众，是靠血液和其他生物的灵体结订契约的人。大多数御者众出生的时候，额头上都会浮现出白色的云朵样图纹，三岁后，身后便会出现只有同为御者众的人才能看到的“契盒”，通常是白色的雾气状的人影，一旦御者众和某个灵体结下了契约，那个灵体便会进入这个契盒里，从此和御者众同生死，共进退，除非被其他御者众杀死，否则，这个灵体会一直陪在御者众的身边。日本古代的阴阳师，把和御者众结下契约的灵体称为“式神”。通常一个御者众可拥有的式神没有上限，拥有得越多，这个人便越强。

夕然爷爷的爷爷，也就是把血方家的姓氏用“方”字代替的那位茶具商，在九十七岁高龄离世的时候，一共纳下了一万九千七百七十五位式神。在御者众界，被称为“千士上主”，自那时起，血方殒熵这个名字，便和强大尊贵画上了等号。

当然，被本家赶出来的夕然，和这些无关。

新学校有很漂亮的操场，沿着围墙种满墨绿色的松柏，商业区满是尘嚣的风吹过来，被那翠色的屏障一遮一挡，淡成了一缕安详。校长先生和班主任都很随和，对她走读的事也表示理解。

夕然看着他们微笑的脸，心中覆上一层温暖。她知道这些都是哥哥背着大伯安排的。堂哥森皓是大伯的次子，身体不好，和夕然一样，在本家是个不被看重的孩子。尽管哥哥头脑很好，相貌清俊，在大伯眼里，却永远是个失败的作品。因为身体的原因，直到十七岁的时候，哥哥仍然只有一个式神，还是攻击力很弱的鸟类。然而对于夕然来说，哥哥是这个世界上最善良的人了。小时候，只有哥哥肯给夕然看他的式神，他还驾着式神带她飞过一次，尽管那一次，他们俩都付出了沉重的代价。

想到哥哥，夕然对着教室里那些陌生的脸孔鞠了一躬，用的，依旧是那灿若春绯的笑容。

夕然的座位在靠墙的角落。最开始的时候，还有几个很活泼的女生找她攀谈，渐渐地，班上的同学都知道这个新转来的女生是个冷漠高傲的人。冷漠，也许说得有些过。夕然对谁都是笑笑的，只是那笑，从未到达眼底。第一次月考的成绩出来后，同学和老师看她的眼神里都有了轻蔑。作为一个既不漂亮又不聪明的女生，她的高傲显得粗鄙。而作为依旧坚持这粗鄙的代价，夕然没得到朋友。

风痕为了这个而叹息。他认为夕然不应该把自己孤立起来。他说，这里的人都很单纯，和本家那里不一样。

夕然说，只是习惯了。

冬天夜长，放学回家的时候，天通常已经黑了，夕然这时候就把风痕叫出来。风痕的笑很安静，安静里带着一丝邪气，这气质会让那些别有用心的人退缩。风痕的邪气不是恶意，他眼里的墨色，并非阅尽天下龌龊事端之后的暗夜无边，而是生而非人的自觉。风痕的真身是栎树，在成为夕然式神之前，已经活了三百四十三年。

夕然和风痕结订契约的时候，七岁。爷爷的宅院要重新翻修，大伯买了一棵很漂亮的糖枫，家人们说，以后的中秋节会变得很有意境。夕然不懂意境，就像她从来都不懂中秋节。本家的人笑闹欢聚，但只要她一踏入院子，空气便倏然冰冷。后来夕然学乖了，每到节日的时候——不只是中秋——本家的人都会发现这个孩子又闹肚子疼了，还是那种只要躺躺就好的皆大欢喜型。

那时，风痕就站在院子里，安静地听人们谈论他的生死，金色叶子一如往常地滤过暑热。血方家结订契约，挑的都是那些神兽妖魔，即便不能，也要选攻击力凶猛的大型动物，像树木这类灵力太弱的，向来不屑一顾。风痕不在乎自己是枯死还是被割成木板。他活了很久很久，久到厌倦了昆虫和人类，久到厌倦了沧海桑田和生死离别。然而夕然还没有，她只有他一个朋友。当本家的孩子们欺负她的时候，她都是爬到风痕的树枝上数星望月。夕然发现自己爬得越高，那些咒骂的声音便会变得越小。夕然梦想着有一天，风痕能长到天上去，那样，她就可以看见妈妈，爸爸也不会因为看见她的脸而皱眉了。

于是，大伯请人砍掉风痕的前一天，夕然和风痕结下了契约。食指、中指、无名指，用针点破，放血画线。她做得很漂亮，比哥哥姐姐们做得漂亮得多。堂姐得到自己第一个式神的时候，本家大摆酒宴，御者众里的尊者都有出席，礼物甚多，更不用说祝辞。到了夕然收纳风痕的时候，得到的只有从不说话的父亲的掌掴。

错误的小孩，无论做什么都是错的。

秋叶红了两次，夕然渐渐习惯了襄城的一切。她喜欢广场的管弦乐队，喜欢小剧场的哑剧演员，喜欢美院学生胡乱拼接的木头小狗，喜欢午夜时满城灯光的温暖样子。她喜欢楼下二十四小时营业的超市，白色的灯照亮银白色的货架和彩砖铺设的墙，那里的营业员都很和气，电视里总放着奇怪的冒险电影。有对很恩爱的新婚夫妇，总是到那里买同一个牌子的果汁饮料。夕然看着那女人的肚子一天天地鼓起来，看着她老公的脸跟着她一起变圆，莫名其妙地，自己也跟着开心起来。

和本家的御者众不一样，夕然出生的时候，额头上浮出的是红色花瓣一样的图纹。因为夕然的妈妈不是御者众，而是个普通人，所以夕然只有三个红色的契盒，终其一生，只能有三个式神。像夕然这样的小孩，在御者众里被叫作“三分”，像是普通人类中的畸形儿一样，备受鄙视。虽然古时也有传说，“三分”是福星，拥有起死回生的力量，但近代却从未听说，想来，大概是保护幼童不被父母遗弃的托词罢了。最有力的证明是，夕然的妈妈在生夕然的时候难产死了。那家医院的护士在很多年后还记得，有个男人抱着自己刚出生的女儿哈哈大笑，他一面笑一面说：“三分……三分……”那笑容和泪水混合的脸，成了很多人后来的梦魇。

夕然有时候想，或许，爸爸在自己出生的那天睡着了。这么些年来，他不理她，只是因为他在梦里活着。那梦里有妈妈，那梦里有他，那梦里一切都很完美，妈妈是御者众，爸爸是御者众，他们生了一个漂亮而优秀的小孩，她一天一天地长大，得到很多很多式神。夕然有时候也会做这样的梦，做这个梦的时候，就像看着那对新婚夫妇一样，她的心中会生出许多快乐和满足。只是梦醒的时候，看见自己的手和脚，夕然会恶心得想吐。为什么要有她。为什么死的是妈妈而不是她。

对于爸爸来讲，夕然从没出生过。对于夕然来讲，她从出生的那一刻起便已经死了。

夕然常去近海公园的海底世界，她喜欢那里的一个潜水员，是傻傻的那种喜欢。常常是那人游到哪里，她便在玻璃墙外面跟着梦游到哪里。偶尔还会傻笑，学那人的样子，很用力地挥手。风痕看过那人平时的样子，是个笑容明朗的利落少年。风痕问夕然："要我帮你制造机会吗？"夕然知道他的意思，轻轻地摇头。她说："我还想做梦，而如果你真的做了什么，我就必须要醒了。"风痕说："不去试的话，梦永远都不会变成真的。"夕然望着他，很淡然地说："真的又怎样？像爸爸和妈妈那样吗？"

风痕身上一凛，再看她的时候，她却又傻笑着看那人喂鱼了。他望着她柔弱的背影，在那一瞬间明白，夕然失去的不仅是一个完整的童年。

在襄城度过的第三个圣诞节，哥哥发来了结婚喜帖。风痕从没见夕然那样高兴过，她叽叽喳喳地唠叨着要穿什么衣服去，眼睛闪亮亮的，又变回那个抱着他枝干做梦的女孩。这一切一直持续到她接第二个电话之前，那电话是夕然的爸爸打来的。半分钟后，夕然把手机摔到了地上，踩着那些碎片冲出了超市。那是风痕第一次看见她哭。

做树的三百多年里，风痕从没用心地记过什么东西。忘记夏夜的风和满山花朵，这样冬雪来的时候就不会寂寞；忘记穿长裙的少女和她身边的少年，这样就不会为那白首黑纱感到心疼。树眼里的人，总是太过愚蠢不够安定。他们不知道自己应该站在哪里，彼此不断地换来换去，等到寿衣棺椁一抔土，最终还是回到原地。风痕的父母兄弟们都很羡慕人。羡慕人的精明，羡慕人的强大，羡慕人可以选择奔跑或睡眠。被夕然收为式神后，风痕开始用人的眼光看这个世界。结果，他发现一件很可笑的事——原来人也一直羡慕着树。人都向往着长生不老，就像树向往着人所拥有的自由。这两种生物同样贪婪而愚蠢，只不过人可以挥着斧头将树杀掉，树却只能通过自焚来毁灭人呼吸用的风。

活着的树从不记仇，因为太多太累太不值得。

然而夕然的事风痕却很难忘记。她的那些傻话和傻事，随着岁月积累沉淀到他的年轮里。无论是做树还是做式神，夕然都让风痕感到厌烦。她小的时候很沉，总压在他新长的枝干上絮絮叨叨地许愿。她自以为是地将他变成式神，结果从那以后，他不得不像人一样四处漂泊。她没有伙伴，他成了她所有唠叨的接收者。再后来，她长大了，不再说傻话，却总沉着一张脸，明明不擅长伪装，却总愚蠢地对人假笑。她做事优柔寡断，从不听从劝告，她哭的样子不好看，比她笑的样子还要让人心烦……

为了活得简单些，风痕爱上了夕然。

眼泪流干的时候，夕然发现自己又站在那家二十四小时的超市门口。她望着玻璃窗里自己的脸，望着身后飘着的那三个红色气球一样的影子，它们在风里轻轻碰撞着彼此，发出玻璃风铃一般的叮叮声。夕然想着爸爸刚才说的话，他让她劝哥哥不要和那个女人结婚，那个女人不是御者众，如果和哥哥结婚的话，大伯会把哥哥所有的式神都杀掉，并且赶哥哥出家门。爸爸还说，如果夕然成功地劝服了哥哥，他就接她回本家。

夕然看着镜子，看着脸上那丑陋的泪痕，看着身后飘摇的鬼影一样的契盒。她反复咀嚼爸爸说的每一个字。如果哥哥结婚的话，他的妻子也会死吗？他们的小孩是否也会有这样的尾巴？大伯是害怕这个才让爸爸打电话求她的吗？求她去断送一段不合适的婚姻，因为它会造出另一个方夕然，而这是不被允许的。

很理智，很正确，很好。只是有一个问题——她呢？已经制造出来的她呢？应该放在哪里才合适？放在哪里，才不会伤人？

夕然很感激大伯让爸爸和她说话，尽管他又一次告诉她，她的尊严是如此廉价而又坚固耐用，可以被不止一种方法毁灭，可以被毁灭不止一次，可以不限人数的践踏碾轧——因为她是三分，杀掉自己母亲的三分。

那个女人冲出来的时候，夕然仍然没有回过神。于是她没有看见那女人手里的刀子，也没有看到倒在台阶上的营业员。那个女人先认出的夕然，她还记得这女孩总一脸傻笑地盯着自己的肚子。最初的几次，她以为夕然发现了自己的秘密，毕竟伪装成孕妇的贼并不少见。后来她才发现，这个孩子是个白痴。她眼里的笑不是讽刺，而是炫目得让人厌恶的祝福。想到那个笑，女人转了手腕，毫不犹豫地向夕然挥了一刀。在那一瞬间，两道影子冲到了夕然身前。风痕很快，但他不及另一个人离得近。刀子刺入了那个人的要害，风痕听见怀里的夕然发出一声惊叫。他顺着她的目光看过去，心跟着一震。超市灯光照在那人的脸上，躺在那里的不是别人，正是水族馆的那个少年。

“你怎么，在这里？”

那少年笑。风痕从没有见过谁笑成那样，既美轮美奂，又龌龊不堪。

“如果我说，这一切都是我安排的，你信吗？”他微笑着说。

[2]

很少有人相信三分可以使人复活的传说。在大多数人心中，那只是一个怪诞故事，可以用来安慰失败的父母和小孩，却不能带来真正的实惠。

秦峥相信。因为他就是那样复活的。

秦峥的姥姥是御者众，姥爷是普通人。秦峥的几位舅舅都是普通人，他的妈妈却是“三分”。秦峥在十七岁那年因为白血病死掉了，从那时起，他的妈妈就开始四处查找利用“三分”复活人类的资料。不出所有人所料，那些资料很难找，有很多方法既危险又愚蠢，明眼人一看就知道是假的，秦峥的妈妈却一一尝试了。在试最后一种方法之前，她已经失去了一只眼睛和原本健康心脏。然而她很幸运，最后一种方法是真的。

因为被当作寻常小孩养大，秦峥的妈妈直到三十二岁都没有收纳式神，这在御者众家庭里是被视作耻辱的事，却帮了秦峥母子大忙，因为想要复活一个人，最重要的不是三分本身，而是她的式神。三位式神不能随便选择，每一位都要有自己的职责，一位掌管感知觉，要敏锐透彻；一位掌管思考分析，要聪颖灵慧；一位掌管行动决策，要强大有力。前两者，在妖魔和神兽里寻找便可以，按着历史典籍，很容易找到合适的。最后一个，却一定要选人的灵魂。收纳人做式神在御者众里是禁忌，秦峥的妈妈为了这最后一位式神，最终丢了自己的性命。然而她成功了，离开这个世界十三年后，秦峥又回来了。

可是，当秦峥睁开眼时，所看到的第一样东西，就是自己的母亲和三个奇怪的红色气球捆在一起，它们飘在他身后，发出骨骼摩擦的咯咯声。

遭遇重大变故的人，性格往往会发生难以预料的改变。有些人会选择抗争，有些人会容忍，有些人会逃避。开始的时候，秦峥尽力不去看那些东西，他从各种渠道知道了母亲为自己所做的一切，他努力把身后的那个怪物当作自己的妈妈，这样晚上睡觉的时候，他就不会对着墙壁上的影子瑟瑟发抖。后来，他开始寻找可以把它从他身上分离开的方法。物理的、化学的、生化的。

每次用斧子砍的时候，他都对身后的影子说：“妈，我是为了你好。”

再后来，秦峥遮住了自己的眼睛。这是他逃避的开始，和所有的懦夫一样，他发现它非常好用。

再再后来，他选择了逃避中最彻底的方式，他疯了。

用了整整六年的时间，秦峥才找到了另一个三分。她叫方夕然，母亲是普通人，父亲是御者众。秦峥绞尽脑汁，最终通过一个酒吧老板认识了夕然的堂哥森皓。他很幸运，森皓是血方家唯一一个把夕然当家人看的人。

很快，秦峥便了解到夕然的诸多细节。她喜欢什么样的颜色，她看什么样的书，她小时候最怕的东西是什么，她听谁的歌。第一次出现在夕然眼前的时候，他漂在深蓝色的海浪里轻轻地拍一条鲨鱼的头。因为他有最敏锐的知觉、最快速的分析能力、最自然的动作，所以当她抬头看向他的时候，看见的，是这个世界上最适合她迷恋的人。他这么做的目的只有一个：利用她造出另一个复活者来，给他一个同伴。

他疯了，但他不想一个人疯。

然而和夕然见面的次数越多，对她的童年了解得越多，秦峥的心便越分崩离析。懊悔、鄙夷、羡慕、同情、讥诮、怜悯……就像是一面破碎的镜子，每一块碎片都是他，却又都不是他。秦峥的童年很幸福，他去过很多很美丽的地方，他有过心爱的女孩，这些，夕然都没有；秦峥死过，复活过，疯过，这些，夕然也都没有。如果说秦峥的过往，是一张彩色与黑色交织的网，那么夕然的过往，就是一地雪白空茫的霜。他和她在任何一点上都是截然相反的，像所有的反义词和对称图形。如果秦峥没有疯，他会努力地去帮夕然从那些阴影中走出来，那个从没患过绝症、从未死而复生的他，是个单纯善良的好人。

然而，如今的秦峥，已经不再是那个被世界溺爱的十六岁少年了。他的心裂成了无数份，每一份都叫嚣着不一样的看法。他脑海里回放最多的，是夕然最初看他的眼神。即便一切都是他的布局，他仍不明白——为什么她还可以那样对人笑？那笑，就像是被人敲断了翅膀后，还笃信天空的鸟。

秦峥害怕那笑容。他想要这样的夕然尽快消失掉。秦峥没有式神，但他的智力和行动力远远超越了普通人。他可以操纵很多事，许多大人落入了他的棋盘却浑然不知。越是欲望强烈的动物，当作棋子的时候，便格外得心应手，那个伪装成孕妇的贼便是个好棋。秦峥的计划很完美：夕然被袭击、风痕为了救她而死去、秦峥在最关键的时刻出现、从此获得夕然的信任——然后，他将安排她得到那三种式神；再然后，他会让妈妈复活；再再然后——他就不会再害怕了。

一切都很完美，除了一件事：在那女人挥刀的时候，风痕的位置有些略微靠后，结果，意识到疼痛的时候，秦峥发现自己的身体已经挡在夕然前面了。

原来，真的不适合做坏人。

“如果我说，一切都是我安排的，你信吗？”

体温渐渐流失，眼前的一切开始模糊。风痕的脸变成了三个叠加的影，但秦峥还是想说话，想被人记住。上一次死的时候，也是这样的感觉，迷恋呼吸，迷恋眼前所有的颜色，迷恋耳边一切声音，迷恋手指紧握不放的触感……想来，大概是那样的不甘，才让妈妈拼尽全力帮他重生，不过这一次，再也没有人来救了吧。

想到这儿，秦峥笑着放开了手，不再等对方回答，任凭重力牵引着自己下落。恍惚间，他瞥见一张极其苍白的脸……是夕然吗?

希望，你还能那样子笑……

[3]

安可和森皓的婚礼是在大学城里面办的。两人昔日的校友都到了，女方家里能来的也都飞来了，然而男方家虽然就在洛城，却以老太爷刚刚过世为由，只派来了个十几岁的堂妹。不过，整个仪式还是顺利的，后半场的时候，新娘换上了暗银镶纹的红色小礼服，一时间全场惊艳，结果新郎挽着新娘的胳膊一路小跑，生怕她被那些酒醉动情的同窗好友拉去跳个没完。其实，动情的主要还是那些老人。安可那一身红衣带来的惊艳里面，夹杂着许多思乡的唏嘘。许多人在唏嘘之后，一杯欢酒咽下所有心绪，心里有怕，怕的是物是人非事事休。

还有些人，从开始的时候就无处可归。

与几位熟识的女客饮过几杯，安可的妈妈有些微醺。转过了大厅，看见森皓家的那个女孩子一个人坐在角落里，于是便想过去搭讪。不料这日的酒的确有些饮多了，脚下一滑，整个人便朝前倾去。因为两边都没有可把持的东西，这一摔，是实实在在的公斤体重了。然而还没等她碰到那女孩的衣服，一双手却已牢牢抓住她的胳膊，顺着惯性一旋一侧，再落地的时候，杯子里的酒一点都没有洒。抬头看去，却是个眸色幽深的少年。

"谢谢。"多少有些尴尬，虽然那男孩子的笑像和风一般，让人不觉难堪。再一想，又觉得奇怪，刚刚这里，明明只有那女孩一人。狐疑之际，抬起头仔细看，结果发现那少年身后还站着一个人，相貌很是清俊，只是脖子上有一道很深的疤。森皓的堂妹，名叫夕然的那个女孩，就坐在这两人对面，笑盈盈的一双眼，像是之前一直和他们聊着天一样。

看来，真的是喝多了。

本想说的话，被这一吓吓掉了许多。想想，也大概是森皓平时如何如何，方家最近怎样怎样之类的，并无大碍。其实她最想问的，是方家没来人的真正原因。做母亲的，总有种直觉，就像是连在孩子身上的一根线，一碰到假话便绷紧起来，即便被酒和笑声覆盖了，也依旧不肯松弛。然而看看眼前的人稚气未脱的笑容，想来想去，还是算了吧。

转身准备离开，却听见身后有个清明的声音说道：

“我哥哥是个好人。他一定会让嫂子幸福的。”

一瞬间，她看着自己的影子钉在地上。杯中琥珀色的波纹微微荡漾，心一下子收紧。

明明还是个孩子，明明什么都不知道，明明是第一次和她说话——那词句和声线，竟让她一时间悲伤难抑。

“谢谢。”她第二次说，转过身对那孩子微笑了一下。笑过之后，忽然觉得全身都轻了几克，一个多月来积聚在胸口的闷气瞬间获得了解脱。她自己都没有意识到，这是她半年来最真实的一个笑容。

是的。已经嫁了，就相信他们一定会幸福吧。

再次迈步准备离开，余光瞥见那两个少年，终究有些好奇。“朋友？”她对着他们，却是问她。

片刻沉默，随后，眼前扬起了一张粲若桃李的笑颜：

“守护神。”

（完）

夏扬的第三任太太总是说他活了这么多年却一点长进没有。她说他讲故事虽然字字真心，却因为明喻暗讽心机太重，无法坦白，让他希望懂的人懂。夏扬学讲寓言，是学的沙特那边老人的讲法，圈圈绕绕，遮掩污秽与不洁，只剖白美与无邪。夏扬自觉学得不好，离双胞胎和白象的本领差了十万八千里。

夏扬的那位太太也曾经是花园里讲故事的人中的一个，喜欢笑，相貌停留在四十五六岁的年纪，但保养得很好。夏扬之前也试着和人类一起生活。但是总会因为各种原因毁坏姻缘。不只是因为他不老不死，有时候可能只是因为家里淋浴头或者冰箱坏了这样的事情，人的心中就会萌生出对身边人的恨。它也许只是爱成年后的一种形态，但在它幼年，你预测不出它的未来。就像是蝉的蛹，蝴蝶的蛹，还未孵化的蛋。你只能等待，而后顺应它的纹理，看它破开。

Vermeer 直接了当地说："Shit，你的故事是屎，夏扬。你最好的故事还是《钱塘君》《碧鲲》，还有你第一年来的时候，讲的你父亲家族的故事。但是你做不到了，是吗？你已经融入了社会，变成了一个普通人。"你看，有时候你用尽真情实意，得到的也不过是如此残酷的定义。

他们都以为她要把夏扬也变成虫子了，因为她语速很快，语气不善，眼角高高挑起，看起来恶毒刻薄不耐烦。但她只是挥挥手，看了看夏扬身后一直没有作声的七子。那是白象收养的小孩，六百年前被带来花园。她也不用讲故事。Vermeer 对白象有些偏爱，允许她每轮讲两个故事，如果都过关了，那么这孩子也可以多活一百年。

七子长到二十五岁后，外貌没有改变。她不高，一米五三，总是剪着整齐的刘海，长发在身后蛇一样拖曳，被套上汉代黑色红色的长袍，在巨大的花园里奔跑玩耍。人们嫉妒她，但没有人试图伤害她。作为一个先天颅脑畸形的人类，七子的智力永远都停留在七岁。

白象知道Vermeer想说什么，“我来讲我的第二个故事。”

✠

<The 18th Story>

甜食

两个人走过来。一个步子轻，一个步子沉。步子轻的那个人停在不远处，步子沉的那个人走到柜子前，弯下腰来。他拉开柜门拿了一瓶药水，那是白铁制的储物柜，从外面锁上后，就无法从里面打开。那个人玩弄着锁孔上的钥匙，把门锁上又打开。步子轻的那个人不耐烦起来，“拿到了吗？拿到了就快点出来吧！那些人快等不及了。”

那个蹲在柜子门前的人一面端详着瓶上的说明，一面漫不经心地玩着柜子的锁。他最终把锁转到打开的位置，拿着药瓶出来。两个人又从来时的门出去。

她听到门关上的声音，又等了大概七八分钟，才从那柜子里出来。她藏在里面的时候，身体被迫弯成畸形的“Z”形。如果刚才那个人把柜门锁上，她会活活闷死在里面。

她的脖子和后背都出奇地痛。尽管如此，她仍小心地不发出一点声音。这是高三的一间教室。有饮水机，也有空调。她从离她最近的书桌开始搜起。饼干、火腿肠、干脆面……什么都可以。她已经三天没有吃东西，她需要补充体力。

她找到了一袋发霉的面包，还有一个皱巴巴的苹果。她小心地把面包没有霉斑的那一部分吃掉，把苹果连核带皮地吃掉，她喝了很多水。她还找到一对网球拍和三个网球。她从电视上看过，网球拍可以当武器，可她不知道该怎么用。要是对方人数太多，她必须找个地方藏起来，它反而是个祸害了。她犹豫了片刻，最终拿了一个网球。她不知道她能用它做什么，也许只是心里安慰罢了。

她蹲在那里，从窗口向外小心张望。南边是操场，有四辆卡车，几十个拿着枪的人。北面是一道高墙，上面是铁丝网，外面是一条小巷。出了小巷，是一座正在修建的大楼。她不知道从那里出去的话，是直接通向马路，还是一个死胡同。那边几乎没有巡逻的人，然而那边也没有愿意帮助她的人。

她是那天夜里趁乱逃进这间教室的。它在整座教学楼的最顶层，有很多人不知道它是教室，它看起来更像会议室或音乐教室。它的位置和其他的教室不大一样，门前有一块很大的活动黑板，不知道的人会以为那后面是一面墙。她在那里躲了两天一夜。最开始的时候，外面很吵，到处都是哭喊叫骂的声音。然后，一切渐渐地沉淀下来。死一般的沉寂。

她坐在那里，想着该怎么逃。如果是最初那天的晚上，她也许还能趁着混乱逃出去。现在整座学校都井然有序，比堡垒还要戒备森严。她打算跳过围墙，但她不能从这里跳——这里是六层。

一楼的窗都安了防盗的铁栅，她只能先到二楼，而后再想办法了。

这座楼共有三个楼梯。她藏身的房间的门旁边就有一个。走廊的对面还有一个。第三个在这两者中间。

这是一个“L”形的走廊。巡逻的人每三分钟就会转到另一边，她在他们拐到死角后，从最近的楼梯下去，一直下到三楼，然后有个低着头打手机的人发现了她。“是呀，没有你可爱呀。”他一面笑一面说，电话那边传来女孩子咯咯的笑声。然后他抬起头，脸上的笑一瞬间凝固了。她吓得把网球掉在了地上，而下一秒，她做出了本能反应。她扑过去，在他掏出枪之前把他撞倒在地。那个人开始大叫起来。她的两只手压住了他的身体，在他第三次大喊的时候，她忽然张嘴咬住了他的喉咙。那声音一下子便哑了，就像马戏团里被戳破的气球。

她忘了自己是怎么冲到二楼的那间教室，怎么从那扇打开的窗子里跳了出去，怎么逃到了围墙的另一面……她发现自己在一条空无一人的荒郊小路上奔跑，周围的树木忽闪而过。它们都在沙沙地嘲笑着她：“你杀人了。你杀人了。”她嘴上还沾着那个人的血迹，她感到恶心。

她在那家路边超市的门口看见了那个人。她还是小孩子的时候，曾经见过他。他那个时候，也是个小孩。他曾把自己的爆米花分给她，他叫她“闪闪”，因为她那时候戴着个镶亮片的紫色小帽子。她隔着超市的玻璃墙壁看着他，不知道他还记不记得她。她又看了看身上的血迹。即便他记得她，会帮一个杀人犯吗？

她悄悄地从超市后面绕过去。那儿有一条小路，通往山区。她不知道她该怎么办，只是知道不能在一个地方停留太久。夜幕低垂，草野安宁，空气中弥漫着熟酒和花叶的芬芳。肚子开始咕咕叫，她却不敢靠近陌生人。

很小的时候，她跟着妈妈到世界各地旅行。各种各样的城市，各种各样的村庄小镇，各种各样的人群。妈妈说永远不要相信任何人。即便他们出生在富有的国家，即便他们西装革履，即便他们对她微笑，拍她的头说她“cute”。不要被一块糖果所迷惑，不要以为自己和他们是一样的。“我们和他们永远都生活在不同的世界里。”妈妈严厉而又悲伤地冷笑。

曾经有很长一段时间，她以为妈妈错了。她看了很多电视节目，有很多人呼吁平等和尊严。她天真地想，自己和别人一样，自己是自由的。她躺在玉米田里，看着自己的星座从天际升上来。她梦见自己在没有边际的荒漠奔跑，远远的校园里，身穿白衣的孩子们唱着温暖的歌。她梦见自己还很小的时候，那个小孩分给她爆米花和奶油泡芙。他对她说:“嘘，等天黑了，星星照亮草原，我带你去看花花世界。”

她从梦中醒来，闻到浓重的血腥味道。她舔了舔自己的牙，是她嘴里的味道。

她走了一整夜。她在一座工厂的后面找到了一间小屋。应该是拆迁了一半，丢在那里不用的。她翻找食物，一无所获。其实之前在玉米田里，她吃了很多玉米。虽然肚子很不舒服，但总比继续饿着要好得多。她想要的是水，干净的水，不是工厂边上那天蓝色的污水，也不是水渠里满是虫子尸体的泥巴。她蜷缩在那座废屋的角落里，眼泪止不住地流下来。

大概天亮的时候，那辆车追上了她。她那个时候正在向北走，她隐约记得之前乘坐的汽车开过那边的时候，山脚下有很多苹果树。她一开始没有听见引擎的声音，等她发现自己被人跟踪的时候，已经来不及了。你是永远跑不过一辆汽车的，最明智的办法，是在被追上之前就跑到田地或水池里。她累昏了头，忘记了。

把她逼到死角后，那个人从车上下来。他穿着很随意，应该是出来旅行或野炊的。他走到距离她不到五十米的地方停下来，歪着头看她，“闪闪？”

他还记得她。他还是认出她来了。

“你饿坏了吧？”他拿出一块巧克力来，递给她，“走吧，我送你到安全的地方。”

她感到爱，她感到温暖。她想说话，却说不出来。她狼吞虎咽地把那块巧克力吃掉了。然后她的头开始眩晕，有几个从没见过的人从车上下来，他们手里拿着枪。

“把她抬上去。”给她巧克力的那个人道，“小心，她之前咬死了一个人。”

“送到电视上说的那个疾控中心吗？”

“开玩笑吗？送到那儿我们能拿到多少钱？送到北边的制药厂，那里的头儿我认识。”

“那边？那边的厂子很黑啊。听说他们把狗熊锁在笼子里，拿管子插到胆囊里，一点点抽胆汁，好多熊都活活被折腾死了。”

拿巧克力的男人白了他一眼，“你紧张什么？你是熊吗？”

她被关到一只笼子里。她嘴里还残留着巧克力和血的甜腥。她听见汽车发动和那些人哈哈大笑的声音。在这一片喧嚣里，收音机的广播不动声色地播报昨天的新闻：

“……自环球马戏团逃脱的十三只黑熊中的最后一只昨日在凌河高中攻击一名警察后逃出封锁区，至今下落不明……这只黑熊具有很强的攻击性，有关部门提醒行人注意安全……”

金色的汽车在荒野奔驰，她闭上眼，依稀听见远远的校园里，身穿白衣的孩子们唱着温暖的歌。有个小孩子偷偷走过来，拿着糖果走到她的笼子面前，一脸认真，“嘘，等天黑了，星星照亮草原，我带你去看花花世界。”

（完）

炉火点上的时候，只剩下 A 和 Frank 没有讲故事了。A 喝了最后一口蜂蜜茶，站起来。“我没有故事好讲。今年也不打算出去了。只是有件事我要说明白。”她拿起手边小茶几上的蜂蜜酒酒瓶子，摔碎在地上。房间地板忽然蹿起一簇火焰来，幽幽地闪着蓝光：“今年，我们当中只有一个人能活着离开这里，不是吗？因为‘马车’来接 Vermeer 了，她要带一些粮食走。除了那个留下来，成为第二个‘Vermeer’的人，其余的人，都会成为她的食物。”

允哲看着 A，“你在说什么？”

Frank 和白象对视一眼，又皱眉看向 Vermeer。

他们两个穿越了漫长的时间，从罗马帝国的时代起，一直到现如今。他们见证了恺撒，见证了黑暗的中世纪，见证了盛唐的光辉荣耀，见证了美国的独立战争，见证了世界大战。他们知道 Vermeer 的底细，知道她真正的身份。

冬年在开着野花的山坡上对夏扬说了这些，她说了两种生物，一种是空调里的吸血鬼，会渐渐让人失去力气变得软绵绵心情沮丧，像是感冒一样的吸血鬼。一种是叫作“时间”的兽。时间可以模拟成很多动物的形态，但通常是鲸鱼和人类的样子。世界上本来没有死亡，然而“时间”以生命为食，人们的故事里包含了很多生命，所以让“时间”感到饱足。Vermeer 也是一只“时间”，她在不同的星际之间旅行，吞食生命和经验，但她其实十分脆弱，于是总会在一个地方扎根不动，让他们这些人去收集故事。她给了他们漫长的生命，其实也只是为了她自己掠夺更多的食物而做准备罢了。

这也是为何地球上有人类，有生老病死——并不是所有地方都有“时间”的。

巡航在星际之间的大船，被称作“嘉年华”，他们的“马车”要来接走 Vermeer。A 说的不过是这个意思而已。然而允哲问的那句话，明显不单单是这些。

“只留下一个人，是谁说的？”

A 看着他，并不回答。Frank 推了推眼镜。他在一所大学教汉语，是不死者中常驻国内的人之一。

“要不然，我先讲我的故事了？”

✚

<The 19th Story>
狗影子

城外北上的公路上，有一座漆成了绿色的房子。它不高，只四层，但茕茕孑立。每次公车小心地拐弯，从它身边掠过的时候，我总忍不住侧过头去，满怀期待地向楼顶张望。那里曾经有一个人，认真地抱着油彩画画。4月初的时候，扩道的工程蔓延到了那里。楼就此消失。我的心里有什么被抽空的感觉，却又不是很疼。不管怎样，应该写些什么，纪念那件事吧。纪念吴阿姨家门前心事重重的客人，纪念许希的蓝色裙子，纪念吴姬没有完成的油画，纪念连锦冰受伤的右手。还有，纪念那条我只在夜里想起，并因之四肢冰冷的，没有名字的狗。

我叫她吴阿姨，其他的人，叫她吴老师或是吴姐，没人叫她的名字：吴乎。大一的时候，为了挣点买CD的钱，我每周日到她家替她收拾屋子。她的腿不方便，坐轮椅已经好多年了。一开始我们不怎么说话。她总把自己埋在她的那堆书里，而我喜欢一个人静静地做事。后来时间长了，老是在她家看见形形色色、拿着大包小包的东西拜访的客人，便有些好奇地问她。“我是个算命的。”她一本正经地说。我有些惊愕，很难把她和公园里那些摆地摊的脸色诡异的大叔大妈联系起来。她垂下眼睛笑笑，再也没说什么。不过从那以后，对于那些客人和她对他们说的话，我便留意起来。许希出现的时候，正是那之后的一天。我刚送走了一对哭哭啼啼的夫妇。站在楼梯走廊里的许希胆怯地给他们让路，脸上的表情非常像个孩子。她穿了一条蓝灰色缀白花的长裙，脸色苍白。她的脚边蹲着一只黑色的短毛大猎犬。狗的眼睛是浅棕色的，没有表情。很稀有地，吴乎亲自来到门前看她的客人。她看了许希一眼，又看了那只狗一眼。“你回去吧。我说过我帮不了你的。”她说。我还是第一次听见她这么对人说话。

许希的表情，是快要哭出来了。无论她说什么，吴乎只是一味地摇头，摇头。在她们对话的时候，我扶着门框看着那只狗。它蹲在那里摇尾巴，嘴张开，闭上，再次张开。我看了它好一会儿，有些过于专注了。接着，忽然猝不及防地，它把目光丢了过来。就那一瞬间，我的内脏无声无息地凝结。带着细锐爪子的寒冷，从脚尖一直爬行到发尾，喉咙处莫名奇妙的不安全感，无法移动的身体。我把目光挪开，看向楼梯间的窗子。两个六七岁的孩子在玩篮球。“给我。”“不给。”笑闹的声音曲折地传到我的耳朵里，我全神贯注地倾听。然而，余光里，心微微地旋转姿势，侧视那红色瞳孔恶意的注视。那样的恶意，过了许久才黯淡下去。炭火被盖上灰烬，牙齿被含在嘴里。狗继续若无其事地摇着尾巴。一，二，一。当许希的身影消失在楼梯拐角，门被关紧而又插紧，我才感觉到血沿着脉管流到冰冷麻木的手脚。吴乎递过来一杯水，我想也没想就接过来喝了。

“很可怕吧。”她说，眼睛盯着厨房窗外，许希和那只狗慢慢地走着，女孩偶尔回头张望。吴乎的声音里有一种很冷漠的淡然，缥缈而遥远。我重重地坐到椅子里，好一会儿没有办法思考。“箫，过来看。”她忽然说。我顺着她手指的方向看过去。天上的云积得很厚，太阳费力地从其中挣扎出来。地上站立的很多东西，忽然有了深黑锋锐的影子。然而在那里，许希和她的那条狗的身体下面，什么都没有。

我的手在窗帘上勾紧。吴孚把杯子从我的身边拿走。“那个孩子，已经没有救了。”她依旧冷漠淡然地说。她又给我续了杯水。“她们是鬼吗？”我听见自己陌生的声音，那么低沉阴郁，身上又是一冷。吴孚冷笑，看我的眼睛是深邃漆黑的，“你信？”

我摇头。至少，在这之前是不信的。

吴孚将轮椅移到窗前，浅栗色的长发遮住侧脸，“那叫作兽影子。巫咒的一种。那个孩子不是鬼，而是影子被变成了狗。不过，她的麻烦比这要大得多。”

“……巫咒？影子可以被变成动物吗？那不是光被遮住后才形成的吗……”

“你已经看到了。”她轻声地打断我。

我沉默。

“不知道招惹了什么人……没有办法像正常人那样生活。学校也不能去。再旷课一周，就要被退学了吧……”吴孚望着窗外，一个人说着。

“没有办法吗？把那只狗拴起来什么的。拴在家里，然后她该干嘛干嘛。再或者……”

“把它杀掉？”吴孚说。我在虚空中胡乱比画的手猛然一抖。某双眼睛的火光在黑暗中闪耀一秒。所谓寒冷。

“不可能呢。就像她不能把影子丢掉，它也会一直跟着她，直到某一天，所有人都发现这件事。也许会上新闻头条呢。再不就被送进研究所，正常生活什么的，是根本不可能了。而且，据我所知，中了这个咒的人，最后都会被自己的影子吃掉。”

她的手轻轻地从窗棂上拂过，光束里飞起灰尘。我的手捂住了嘴。许希和她孩子般的脸庞在脑海中一闪而过。不要。

“您也帮不了她吗？”

我说了不该说的话。吴乎的超脱淡然有些褪色。她从窗口那儿离开。那天，我们再也没说过关于那个女孩和狗的事。

这样子过了三个星期后，我关于这件事情的记忆有些模糊了。那一天我和柯琳吃过了午饭，在学校里走着的时候，忽然看见了一个拎着饭盒的男人，在他的身后跟着一只长尾巴的黑猫。不知道为什么，我着魔似的盯着他看。他走路的姿势，它走路的姿势。他挥手招呼，它尾巴摇摆。当他走过食堂拐角的瞬间，那只猫忽然消失了。墙壁上出现了那人黑色的影子。原本猫的尾巴上扬的位置，变成那人拎着饭盒的手臂的影子。我一定是发出了吓人的尖叫。柯琳看着我，拍我的肩膀。“见到鬼了？”她翘着嘴唇，询问。远远地，我又看见那人的影子从墙壁上优雅地跳下来，高举黑色的尾巴。“见鬼了。”我说。

我站在吴乎的面前描述这一段的时候，样子像个傻子。吴乎侧着头看我，怜惜的神色。我说完了，她从便笺簿里撕下一张纸，写了个号码递给我。我问：“这是什么？”她说：“你不是想帮她吗？

她的号码。”她眼里的怜惜掺杂着冷漠，我的热情被熄灭了。

“上古的时候，兽影子是巫师用来标记罪人的。”吴孚看着我说，“我见到过的，中了这个咒的人不多。不过，最后证明，没几个是好人。据我所知，如果下咒的人不在场，影子是不能在原形和兽形间自由转换的。也就是说，那天，下那个咒的人就在你身旁。”

她刻意地停顿了一下。我装作不在意的样子，心却在刹那间颤抖。

“我不想去招惹这个下咒的人。他也许有他的理由，个人恩怨之类。你也应该好自为之。”

她又从便笺上撕了一张纸，写了些什么，递给我，“这是我的一个朋友。他也许可以帮那个女孩。不过他的脾气不好，你最好就不要去了。你打电话把地址告诉许希吧，对你来说，这就足够了。”

我拿着那张单子，看她，“如果有一天，您也有了兽影子，您会怎么办呢？”她看我，沉默不语。我把门关上的时候，罅隙间，看见她脸上悲伤的神色。

楼梯右侧的墙壁被染成茶色，隐约可见藤蔓花纹。扶手缓缓地旋转上扬，让建筑师骄傲的弧线。我企望她在忙些什么。看书，写字，午睡。我企望它有了乖巧的表情，像其他的狗常有的那样。

每上一级，楼下的喧嚣便削弱一分。移动身体向上，身体里的血液却开始吵闹沸腾。登上最后一级，空气变得如同熟睡的玩偶般宁静安详，我的心却怦然不止。我慢慢地转过身去，看见她坐在那里，听着白色的CD机。它在那里，伸着舌头喘气。已经很好了。我对自己说。

我们是同一年入学的。她的学校在城郊，新开发区那里，有梧桐树林和黑色建筑群。这一些，是我事前已经知道的。她学的是德语，喜欢钱德勒的小说，喜欢草莓圣代，吃东西时左手垫着纸巾，说话的时候，鼻尖会不自觉地皱起来，这样的事，我是那一天才知道的。她是那种文静柔雅的女孩子，说话的时候会干净温和地措辞。我把吴孚给我的那个地址给她，对她说了些鼓励的话。说真的，来之前我不知道这么做究竟对不对。如果吴孚所说的是真的，那么她至少不像我看到的这么恬美单纯。“……在上古的时候，是巫师用来标记罪人的……”这句话，我还记得。但当我从那双眼睛向里面望去的时候，有什么东西舒缓地涣释流芳，镇定而又磊落，让人安心。我说完了，安慰完了，从座位上站起来，她叫住了我。“给我留个号码吧。”她说。我很惊讶。“如果能够顺利地解决的话，再一起来吃冷饮吧！”她站在那里说，微微握紧双手。她脸上的笑容，苦涩而又虚幻，却让四周的空气温暖升腾起来。我知道那句话后面的决心，便点头答应。再见，再见。我们像普通的朋友那样在街边分手。许希转身之后，那只狗回头望我，嘴无声无息地张开又闭拢。我只注视着它身边的那个人单薄的身影，对她许以祝福，对它的赌咒弃而不顾。

一周之后，我在学校的操场上跑步时，再次见到了那个有猫影子的男人。当他身后的猫再一次玩起忽隐忽现的游戏的时候，我停下脚步，从左向右缓缓扫视。有一对情侣大声地说着笑话，拍打着手掌走过。送纯净水的少年骑着车子，如风飞逝。有个穿白衬衫的人对着电话生气地骂着什么，离他不远的亭子里，有个女生使出浑身解数背书。然后我看见了，那个穿紫色衣服的孩子。她大概七岁的样子，大大的眼睛清澈漂亮，指甲涂成明丽的藕荷色。她侧身的姿态十分优雅，让我想起古代画像中的人。我凝视着她的脸，她无声无息翕动嘴唇。猫变为影子，影子化身为猫。一切契合得那么精准完美，像飞落的雨与地面的涟漪那样。我听见身体深处的愤怒沿着心脏震动到发梢。你在做游戏吗，用这样的事。我向前挪动了一步，然后听见有人说："最好别那么做。"他的手轻轻扭转我的肩膀，让我看见他的脸。那是一张陌生的、没有表情的脸，让人印象深刻的眸色。"如果不想变成许希那样的话，就按我说的做。"他说着，眼睛看着我身后的方向，"跟着我慢跑，一面跑一面说话，说什么都行，不要再看那个小孩。"他跑起来，很慢很慢。我跟在他的身后，说一些没有边际的话。在视野最狭小的那个角落里，那个孩子静立着，朝着这个方向。我们绕到第五圈的时候，她离开了。

吴姬在自动贩货机那里，给我和他自己各买了一杯咖啡。他把脸埋在大衣的帽子里，手指不自觉地抖动。他不习惯那么多的人、声音、直射的阳光，还有烟草的蓝色雾气。但是当他说想找个地方谈一谈的时候，我只找到了这么个快餐店。有空位子，已经是福气了。

他就是吴孚让许希去找的那个人。因为白化症，得到银灰色眸子的人。他用两只手握着杯子喝水，不吃果酱、巧克力，或是香草冰激凌。他的眼神我读不懂。不说任何话的时候，他的眼神是游离不定的，像旷野上四散的萤火虫。然而一旦开始谈论争辩，银色的光凝聚，那是只有狩猎者才有的冷酷镇定。“许希怎么样了？”我问他。他小心地把杯子放好。“请假回家了，和她爸爸妈妈在一起。”“那只狗呢？已经消失了吗？”他摇摇头。“我帮她做了一个假的影子，但那只狗可能要跟着她一辈子了。”我沉默了片刻，然后问他：“你打算拿那个孩子怎么办呢？她就是下咒的人，不是吗？”他看我一眼，“你真的不是一般的爱管闲事。”我的脸热起来，一时语塞。他的眼睛望向玻璃窗外，天极其明净蓝澈。“每个人都想洗净自己的罪恶，然而即便是天空，也无法保持自始至终的清醒。”他把杯里的水喝尽了，留给我一百元钱，“咖啡钱，还有你在我姑姑家打工的钱。以后你也不用去了。”我皱眉，“你姑姑？”他做了个摇轮椅的动作，浅笑一下。我想起吴孚的话：“他是我的一个朋友。”漂亮的幌子。

他从玻璃门那里出去，帽子压得快要触到鼻尖。“如果有什么事，可以打这个号码找我。”他和他姑姑一样，喜欢蓝色的便笺。我哂笑问他：“我能出什么事呢？我又不爱管闲事。”他歪着头，若有所思地笑。他的家在城郊的那幢绿色房子顶上。他通常会在天台画画，如果不在，那就是去楼下买东西了。他啰唆地说着，声音里不夹杂任何感情。夕阳在我们身后滑落下去，将影子加深拉长。“如果有时间的话，我会去看你的。”我微笑，招手。礼貌的好处，是可以让人步履庄严地分别，即便是政见不合的宿敌。

我找到连锦冰的时候，她正在学校的操场看球赛。紫色的指甲，白色的裙子，笑的时候，眼角向上扬起，斜入发际。我在她右边坐下来，把手里的另一根冰棒递给她。她睥睨了我一眼，没有接。“你妈妈教过我德文的。”我说。这是真的。她是我们学校老师的孩子。“我又不认识你。”她说话了，声音很忧伤。我看着操场，那个带球的人的膝盖重重地磕在了地上。“坐了这么久，不渴吗？中暑了的话就不好了。”她转过脸来，眼里的不屑几乎上升为惊奇，那神情分明在说：“我会让自己中暑吗？”然而她笑笑，把我手里的冰棒拿过去了。我们坐在那里安静地看球，风从脖子后面吹过来，在操场上扬起薄薄的烟尘。她先说话了。“你是那天的那个人。看见猫咪的那个。”我嘴里含着冰，无法说话。她黑色的眼珠目不转睛地看着我，让人害怕。“你想要替安承军求情吗？我是不会答应的！”她把手里的冰棒松开，它从看台上滚下去，噼里啪啦的死法。我费力地把嘴里的冰咽下去。“不要乱扔垃圾啊……安承军又是谁啊？我根本不认识他……我只是非常佩服你啊，有那样的本事。你就会变猫吗？别的动物行不行？”

她歪着脑袋看我，脖子后面的碎发在风里摇了又摇。我跳下去捡她丢掉的冰棒，用塑料袋子包好，扔到旁边的垃圾桶里。她一直站在那里看着我，目光犀利。我走到她身边的时候，她仍然盯着我的脸。“我真的不认识安承军。”我诚实地说。

她相信了。然后她盯着我身后的地面，举起右手，嘴里悄无声息地念着什么。我听见翅膀拍动的声音，回头过去，发现原本是我影子的地方蹲着一只乌鸦。“你的，是乌鸦呢。”她说，又是那个忧伤的口气，“每个人的影子都是不一样的，乌鸦、猫，还有狗……”

我费力地不让自己的声音激动起来，“还有狗吗？谁的？”

“一个女人，一个很恶心的女人的。”

她的脸皱起来，像是想要逃开什么东西似的。我愣然地站在那里，无法把许希和恶心这个词联系起来。连锦冰在这个时候把我的影子变得正常了，她坐回刚刚的位置，继续支着下巴看球赛。我依旧迷惑不解，并因为这迷惑不解而付出了代价。“为什么说许希恶心呢？”我几乎是自言自语地说，“她欺负过你吗？”

听到许希的名字后，她缓缓地把头转过来，那是非常怨恨的眼神，我从没在一个孩子脸上见过。她用那样的眼神看了我不到半分钟，便把目光投向了我身后的某处，缓慢地举起右臂来。我后背的汗毛一根根地站了起来。下意识地后退，用手挡住脸，可笑地求饶。吴姬出现的时候，我几乎听见翅膀拍打的声音了。他站在那里对那孩子做了一个手势，眼神是锋利而又冰冷的。孩子后退着，却仍是恶狠狠地看着我，然而她最终转身向后奔跑了。我跪坐在地上，回头看看，影子还在。吴姬说：“衣服会脏的。”声音轻轻的。我瞪了他一眼，他依旧用那种我看不清楚的眼色看我。“你想知道许希的事情吗？”他说。我说：“不想，一点都不。”他这次连笑都省略了，扯着我的胳膊从看台上下去。我们就那么一路别扭地拉扯着，在路人的注目礼下走到图书馆。他从怀里拿出了一卷带子，黑白的，许希的那个学校实验楼的监控录像。带子时间很短，十九分二十三秒。看完之后吴姬拉着我到汽车站，像拉一只没有灵魂的木偶。直到坐在座位上，车窗召唤的风亲近过来，我才开始用手擦脸上的泪水。吴姬始终看着车窗外面。红色的运动商品店一掠而过。吃雪糕的女孩一掠而过。相互搀扶的老人一掠而过，城市纷纷繁繁的霓虹灯火，一掠而过又一掠而过。为什么人在哭的时候只能想起伤心事呢。旷野里弯折的风筝线。

小桥下面向南漂去的布娃娃。站在树上独自过新年的麻雀。穿灰蓝色裙子的女孩，裙子上面白百合的花瓣。我哭得太大声，前座的女人回过头来，鄙夷地哼气。她不知道，在葬礼上大声哭泣的人不是因为哀伤，而是想要遗忘啊。

她在录像里，穿了一件白色的睡衣。她走路的样子很奇怪，像是在跳一种舞蹈。一路上，她始终闭着眼睛。闭着眼睛走上楼梯。闭着眼睛转弯。闭着眼睛打开柜子的门。闭着眼睛拿出钥匙。闭着眼睛开锁。闭着眼睛拉开那道门。罐子是透明的，浸泡着小小的孩子，没有头发和指甲。她把手伸下去，拿出来，端到嘴边。下一秒，我呕吐起来，吴姬把播放器关掉。他把他那件有帽子的大衣盖在我头上，棕色吸干我的泪水。请不要。说话。他躲到外面，没有保护地站在风里。

我看到过吴姬画的那幅画。6月的田野，绿得不真实的草色，阳光停留在树木平举的叶子上面。他画了很多年，却一直不知道如何调蓝色和红色。"春天的时候，我们要搬回老家去，这画也许再也画不完了。"他忧伤地在板子上面涂了又涂，白色的短发被橘红路灯染伤。

12月的时候，在这个城市的各个大学，人们口耳相传一桩自杀的案子。一个被自己背叛的女孩，知道其他人早已知道却一直努力对她隐瞒的真相后，最终和那个陌生的自己同归于尽的故事。没有提到她身边的那只黑色的狗。没有人知道她曾经问过我电话号码，而它曾经对我无声无息地嘲笑。在自习室里，他们用恶毒而又兴奋的口气议论这件事的时候，我抱着书躲出去，像影子躲避阳光那样。我在走廊里看见了连锦冰，右手打着石膏，与她的母亲和继父一起走着。她的继父，就是那位曾经有着猫影子的安承军。她的那种能力已经消失了，教她那个本领的人亲自动的手，这是吴孚告诉我的。孩子走过我身边的时候，和我深深地对望。她无声无息地询问了很多事情，我一一回应。我们擦肩而过的瞬间，窗外忽然喧嚣起来，谁的进球精彩漂亮，高年级的学长欢呼了而又欢呼。被声音惊扰的经济学院楼下的鸽子，咕咕地叫着，举着翅膀向天上飞去。在那个瞬间，我们看着阳光里飞翔的白鸟，不约而同地眯起眼睛。没有人可以摆脱影子的。猫，狗，乌鸦，都不可以。但当我们飞到极高之处的时候，影子会变得小而又小吧，带着琉璃光痕，投射在白云之上。

只要那样，就一切安好了。

（完）

Frank 讲完故事的时候，有谁的杯子从手中脱落坠地，发出冰脆的“咔”的一响。房间里弥漫着蜜糖的香气。夏扬意识到不对，身体却动不了。其他人似乎也是这样，除了 A。她眼神又像是十二年前夏扬在街上偶遇她一样，冷淡而又多情，大概被她杀的那些人也是这样在疑惑中望向她，不理解这样好看的小姑娘为什么要持刀杀人。A 的工作是为钱杀人，很少用枪，总是一柄小小的匕首，在中国却偏偏要拿 GLOCK 17。她看所有人都倒下了，拿着一把刀，站起来，环视一周。扫到夏扬的时候微微一笑，“活到最后的人一定是我，因为我这条命不是我自己的。”

✠

<The 20th Story>
Lunar Hunter

[1]

实验室比想象中狭窄，但干净温暖。大部分人都在自己的小桌子前忙碌着。试管培养皿，熟悉的酒精和药品混合的气味。安捷大大咧咧地伸着腿，坐在那里看小说。我走过去的时候她眉毛都没有抬一下，我伸手的时候她稳稳地翻了一页，我把饭盒给她的时候她叹了口气把书签夹好，懒洋洋接过叉烧虾饺，“多谢。”

这时候的安捷还没有像十年之后，学会对自己的桀骜不驯遮遮掩掩。虽说是遮遮掩掩，充其量也不过是上班碰见了打声招呼“你来了”，偶尔街上路过“哟”。大部分时间她都是暴躁焦虑脆弱敏感的。她不再啃手指或撕倒刺，但仍然会花一下午的时间擦干净玻璃鱼缸上指甲盖儿大小的污渍。十年后，她有两所房子，结过婚又离婚，生过一个儿子，曾经说“最讨厌小孩”的她呵护他如珍宝。只是我并没有活到那个时候。我死在这一年，她，我，小B都二十一岁的时候。

我拐了个弯，到里间实验室把衣服换掉，把吊高的马尾盘好，换上防护镜。小B还在和其他组的男生女生聊天，阵阵笑声传来。他抬起头，眼镜里像是落入日光的深潭一样熠熠发光。

“你的实验结果没有出来。”他一面笑着，一面手插在口袋里，晃荡过来。他看起来永远是开心快乐的，就算你把左手边的圆形烧瓶磕碎在桌子边上，拿着有棱有角的玻璃插到他眼前，他眼睫毛都不会抖一抖，“昨天停电，死了一批细菌。”

我愣了一下然后才反应过来，“那你的呢？你不是和我一起放进去的吗？”

他脸上浮现出很复杂的神色，“该说我运气好吗……我的幸免于难。”

他把他的培养皿分给我一半，“我的还够用，这些你拿去吧。”

我并不知道我的实验用的培养皿是小B扔掉的。他一向是大家最喜欢的小学长，虽然和我一样大，却已经拿到了双学位，而且被保送到协和的本硕博八年连读，明年我们还在实验室苦苦挣扎的时候，他就可以潇洒转身离开。

小B把培养皿分给我，细心地在上面粘好标签。他长长的睫毛垂下来，眉和眼像是用蘸过水的小狼毫轻轻描画过。小时候常听人说，美人的眼如云如雾又如烟。长大后明白那不是诗人老眼昏花满口胡话，有些人好看你却看不见他，视线只落在浅表皮毛，里面的钢筋铁骨你触不到一丝一毫。

“所以周末你有空吗？”把实验数值记录好，该测的酸碱度和离子变化都测试好，小B摘了手套，倚靠在安捷右手边的洗手台旁，心不在焉似笑非笑地搭讪。我在一旁刷着试管架，不时地抬眼看他们俩，等着他们重归于好或者爆出更大的八卦。

“没有。”

“可我听说赵老师给你假了。”

“我请假了。”

“回家？”

“去图书馆。”

“哪个图书馆？首图？”

“关你一毛钱闲事吗？”

小B笑了笑，推了推眼镜。安捷甩干手里的空培养皿，把东西叮叮咣咣扔进柜子里。同样是扎马尾，她总有种俏皮的刺客的感觉，刚刚分完赃，刚刚领完银子，开心，冷血。小B大概是爱她这一点。当然也可能只是爱她花不完的钱。

我那时还习惯把人想得简单。死之后我永远停在大学三年级二十一岁的所见所闻中，看人宁愿相信他们热烈混浊而又狗血。我也许有机会看清真相，内心变得平衡，眼锋磨得锐利。但他们并没有给我这样的机会。

[2]

小时候妈妈讲这世界上有一群人，像是后羿曾经狩猎太阳一样，他们以猎月为生。作为代价，他们看起来比平常人要年轻，皮肤带着幽幽暗光，像是夜色里的月一样冷白。他们也惧怕人群，如果站在人数众多的地方，就会皱缩干瘪渐渐变成老人，衰竭而死。

我妈妈是个写童话写小说的人，写到第十个年头开始有了偏头痛，于是不再动笔，也不能长久阅读，只能每天弄弄花种种菜，和我爸探讨每天给我和我弟的菜谱伙食。我弟弟是个知识渊博弱不禁风的小宅男，总梦想着有一天可以成为了不起的侦探。他小学三年级的时候我上大一。我们俩中间隔着的不是代沟而是马六甲海峡。

大学老师问我为什么学医。我说我怕我妈老了得帕金森，我想攻克难关。老师拍了拍我的肩，道："后生可畏。"后来他发现我只是个嘴皮子厉害背书一塌糊涂的笨蛋，塞我进学生会没有帮上他什么忙，反而惹了一堆是非，所以他和其他老师喝酒聚会的时候提起我都是"那个缺心眼的曹小川"。

学生会出两本杂志，一本《五月风》，一本《象牙塔》，两本期刊良性竞争，只是设计师资源稀缺，每次抢人手都厮杀得厉害。所以大一招新，我们两家在社团门口蹲点的状态，跟小混混打劫美女差不多。"同学，杂志看不看？""少年，你喜不喜欢文学创作？""老师，你想在诗歌的海洋中找回自己失落的青春吗？"就是在这样军阀混战四方割据的情况下，我们险些抢了足球队的人，当时也不知道是哪根筋不对了非揪着那个膀大腰圆漆黑如塔的小学弟说"我觉得你内心住着一个细腻而悲伤的男孩。"

小 B 是那个时候被我们拉来的。他其实是和我们同一届的日文系同学，总是笑眯眯的，人也单薄，一副一推就倒的样子。他来之后杂志有了起色，只是不知道为什么其他人却开始渐渐不和，东北的学长不喜欢小 B，总拿他的口音开玩笑，其他人却很开心，社长喜欢小 B。二班的埃塔喜欢小 B，然后某个周末他们三个一起加班做杂志，不知道为什么吵了一架，埃塔退了社团，社长不当社长……最后杂志社就剩下了小 B、安捷和我三个人。

聚沙成塔。千里之堤毁于蚁穴。我总是以为小小摩擦不会改变人与人的关系，一点点辜负很容易就被原谅。等到许久之后将心比心才明白恨比喜欢或原谅什么的正性的感情更容易上瘾。

小 B 第一段恋爱是和比他大很多的某大学老师。第二段恋爱对方是比他性格还要恶劣强势的学长。这些故事我都是听埃塔说的，埃塔在网上搜集关于小 B 的一切，翻出了他的 Facebook，找到了他的 Instagram。也不止埃塔一个人，年级里很多人都喜欢小 B。大概是因为他们都看过大一新生晚会的那场表演，又或者因为每个月小 B 都会在大教室后面的黑板上画他最擅长的星空水彩。我惦记着如何避免挂科降级，没有一点余力喜欢别人，但偶尔还是会对人的感情感到好奇。是什么让人聚在一起，相同的兴趣？同样的出身背景？相似的思考模式？又或者彼此之间的心理暗示？学校里充斥着学霸、天才、怪胎和普通人，我只是被父亲花钱塞进来的底层学渣，他们都活在和我平行的世界里。而安捷则生活在小小金字塔的顶层。她从来都是穿着拖鞋踢踢踏踏不修边幅的迟到，戴着兜帽坐在最后一排，老师不理她她就全程呼呼大睡，老师叫她的名字她就花三十秒的时间反应一下他在说什么，精准地回答问题之后再睡。有时候教授会故意刁难她，提一些课上根本没讲过或者课本里没有的东西，或者玩语言游戏，只是为了惩戒她。第一次的时候安捷冷笑着摔门出去，老师挂了她这门课。第二年这个老师从学校消失了，于是安捷继续笑傲江湖，任凭你东西南北风。她平时用着柏林少女香水，换季用爱马仕的围巾丝巾，新年晚会就穿着华伦天奴面无表情地领奖状。有女生恨她，偷她的东西砸烂，她把对方拎到天台上，也不知道说了什么，那女生第二天就去办退学手续了。我问她："你们寝室六个人，你怎么知道是她？"她不看我噼里啪啦打着游戏，"她最假模假式。"

我在安捷面前总觉得很难过，她像是这个世界在我面前约定俗成的一个大写的无奈，告诉你十八九岁时老师在你心中播撒的那些热血的种子，并不值钱。军训的时候，教官罚我们全班在雨里跑圈，只是因为一个人动作做错了，安捷歪着头站在那里不动："我凭什么为别人的错挨罚？"教官盯着她的眼睛吼："就凭你们是一个集体！"安捷翻着白眼脱了迷彩服走回教室，我们都以为她死定了，结果第二天她毫发无伤地在寝室里看书，导员给出的解释是安捷身体不好，不能剧烈运动。你看，我们并不是一个集体，蚂蚁群里有蚁后有工蚁，你向往着人人平等互相帮助，但大自然讲的是等级森严，命中注定。

我妈听我和她说这些，一面掐芸豆一面说："你和她比又不差啥。"她说的是我爸手眼通天，让我进了重点班。可是首先我高考成绩够，其次，我从来没有惹过麻烦，也没有炫耀我爸是×××。如果那样的话，不就和安捷一样了吗，不就和我爸一样了吗？但其实也没有什么差别，没有谁更崇高，只是每个人的选择不同，我只能做我，继续虚伪而又懦弱下去，要怪，就怪从小到大给我洗脑的那些热血的同学和老师。

窗台外渐渐霾起来的天空，被橙色的灯映成诡异的红。我身边也有那些固执但又安静聪明的人，他们会讲笑话，会喝酒，有时候有点小坏，趁着导员午睡，偷拿他女朋友送给他的板栗吃什么的。但他们考试从不作弊，和强队的球赛上受了伤也要坚持下去，拿不到学分的长跑活动也尽力参加，看见有小偷在街上拿了陌生大妈的钱包，会一路追过去。他们都很安静，柔和，而又带着一点点自嘲，坚守着和这世界不同的那么一点点东西。我不是他们，我只是想成为他们中的一个，无论他们是否贫穷或有钱，英俊好看或相貌平平，说话有没有口音，是男还是女。但是他们并不多。大概是上帝的订单不多，这世界上只有那么几个人又勇敢又光明又有趣。

[3]

“但你想在学校念下去，成为你想成为的那群人，你就要好好学习。”安捷把复习卷摔在我脸上，“连基本的单词都背错，还指望不挂科？别闹了好吗！你有没有复习做过题啊，为什么要点一个都不会？”

“……我不喜欢突击……有很多有趣的东西我不想只背提纲……”

“你上手术的时候也是只切有趣的东西吗？”她把《外科学》摔我到脸上，“拿出你那些长篇大论的劲头好好背题好吗？”

尽管安捷我行我素，和我三观不和，但好歹她是个学霸，而且还是愿意搭救我这个落水儿童的好学霸。就冲这一点我也没什么资格瞧不起人家。何况她还不收我补课费呢。

“我是心疼你妈。”安捷冷笑，“你今年再挂一科就别想毕业了吧？你妈还不得把你们家的那些桌椅板凳鸡毛掸子都打折了啊。手多疼啊。”

“说实话你为啥帮我啊？你不是很忙吗？”

她冷哼了一声不说话。

我想是不是因为孤独呢。一直独来独往的安捷，其实是需要我这么个若有若无的存在的。给她打饭，帮她答到，老师发飙之前叫醒她，提醒她还有一周进入期末复习……她大概觉得我是她养的小仆人或宠物一类的吧？我呢。我只是借着做这些营造出我很强大、有秩序、理智、正常……的优越感。我以此来稳定我的存在，好像，我并不是和这个学校格格不入的学渣，而是一个普通人一样。

小 B 笑着看着我们。他像是传说里面的世外高人，安捷像是江湖上独来独往的游侠。高人和游侠吊打我这么个不学无术的平民百姓，我只能忍辱负重，伺机而动。

“所以圣诞节你有时间吗？”小 B 看着我说。

我像被人暴打了一样抬头看着他，安捷却淡定地拿起茶杯，呷了口茶。

上大三后我妈不再监控我的手机来电，也不会盯着找我玩的同学问是男是女。有时候埃塔来找我她还会有点失望，“没有男生约你哦。我像你这么大的时候后面一卡车的男生追哦。”“说得好像你是有机白菜似的？”“什么意思？”“用卡车运的只有小猪啊妈妈！”“小兔崽子你……”看报纸的父亲大人也抬头看我一眼，于是我便抓起背包逃了。

但的确有的吧。像我这样无聊的人，除了做实验就不会对其他事情感到兴奋，看见埃塔和她男朋友每天在寝室里腻歪也不会觉得烦或者嫉妒或者若有所失，只是偶尔会感到奇怪。人为什么一定要和另一个人在一起呢？圣诞节什么的，为什么会变成两个人的节日呢？而且我也看得出小 B 和安捷在闹别扭，我没有必要蹚这浑水。然而那个瞬间我却鬼使神差地笑了笑，接过了小 B 手里的票，说：“好。”

我的眼角余光看得到安捷喝茶的动作僵硬了一秒。

[4]

安捷从小到大的一切都和“正常”无关。她和小 B 最初见面的时候，小 B 和安捷十一岁。他们在大桥上相遇，左右是来来往往的小汽车大货车。小 B 上身穿着毛茸茸的米色大衣，下面却一丝不挂。他光着脚站在大桥上，被撞死的女人躺在他身边，他看着安捷，看着安捷身边的汽车。

安捷的妈妈五分钟之前在大桥上和另一个男人打电话。她声嘶力竭，手臂挥舞，好看的长发和粉色口红在风里像一幅图画。然后这个三十二岁的女人丢掉手机，自己从桥上一跃而下。两个小孩看着这一切，身边的人很多，但并没有人停下来。有汽车开到他们的车旁边狂按喇叭，但很快呼啸而过。安捷问小 B：“你会不会开车？”他点点头，又摇摇头。安捷叹了口气，又问他：“你晕不晕车？”他摇摇头又点点头。

安捷带小 B 钻进她妈妈的那辆捷豹，扭转钥匙，松开手刹。他们开下长桥的时候，警车擦肩而过。他们花了一个多小时把安捷的妈妈从海里捞上来，但他们没能救活她。

许多年后安捷会想为什么自己当时没有等妈妈。为什么自己没有害怕，到了警察局，也只是平静地和小姨一起认领尸体。他们给她安排了心理医生，医生怀疑她被吓傻了，选择性失忆，创伤后遗症，潜在抑郁。不，她都记得，也都明白，只是并不觉得悲伤。

她爸爸很久之前去了澳洲，他老婆是另一个女人。他给安捷的妈妈留了一笔钱，不多，跟打发要饭的似的。安捷的妈妈死后他来见过女儿，葬礼上哭得跟演员一样，第二天坐飞机又走了。她父亲虽然活得跌宕起伏，却和安捷一样是个乏味的人。葬礼后，两个人在小山坡后面的湖边静静地坐了一会儿，安捷玩着游戏机，玩了一会儿，她爸爸接过去，输了，又还给她。

父女两个人说话的口气，好像安捷才是家里的那个大人，“你要好好照顾自己，不要太累了。”他留下一点点钱，大概够安捷在加拿大把高中念完。

小 B 经常来看她。两个人都在家的时候，就玩游戏，贪吃蛇、魂斗罗、怪物猎人。要么挤在一起看无聊的八卦综艺节目。小 B 围着安捷妈妈死前戴着的那条羊绒围巾，把它边缘的穗穗编成辫子又拆开。家里只有安捷一个人的时候，她就开唱片机放 MS MR 或者坂本龙一的歌。

从家里能够看见海。能看见安捷的妈妈跳下去的那座桥。海总是蓝的，回国后，就没有再见过那种颜色的海。但是待过的地方总是有海，像是安捷从来都没有办法从妈妈自杀的阴影里走开一样。

[5]

遇见老赵，安捷十四岁。在学校被人欺负，逃出两条街，那些男生还在后面追赶。有人踩滑板，有人拿着网球拍。她跳到路边的垃圾车里。他们走远了，没再回来。人欺负人总有很多理由。你争强好胜，对方争强好胜，你看对方不顺眼，对方看你不顺眼，或者也可能只是因为你是班级上唯一一个没有父母的亚裔女孩，监护人是你的书呆子阿姨，你没有钱每天穿着二手店淘来的脏兮兮的牛仔服，但你却能拿到各科的 A+，还比很多男生擅长踢足球。

安捷从垃圾里爬出来，哭，但是不敢碰脸上的伤口。快要到圣诞节了，街上家家户户张灯结彩，对面的咖啡厅正在做买拿铁送圣诞礼物券的活动，可以在圣诞当天换取一份小礼品。她一直在这家店上自习，做作业。但她再也不能去了。她只能穿着背心和短裤，站在街边，假装什么都没有发生。

老赵在那个时候走过来。他打扮成小丑的样子，却是万圣节的小丑，黑色的大衣，上面是白色的骷髅骨骼图案，如果是晚上，看起来应该就是真的骨架了吧。他说他是在扮演南瓜头杰克。他一面表演扔苹果，一面问安捷要不要到他们马戏团来玩。

如果是真正想要帮忙的人，会选择报警或者先带她去医院。但那个瞬间安捷觉得就算是死掉也没有关系，遇到恋童癖或者变态也没有关系。反正她的生活已经糟得不能再糟了。于是她跟着他上了他的摩托车，开了一个钟头才到马戏团。冷风把安捷的手指冻僵了，他把他的圣诞帽借给她，他有着暗红色的头发，和小B被水打湿的发尾颜色一模一样。

所谓马戏团，不过是一座废弃的工厂，里面还有十几个和老赵差不多大的年轻人。工厂被漆得很华丽，有很多衣服架子，上面挂着五彩缤纷的戏服，老赵把安捷推到淋浴池，像洗一条狗一样洗掉了她身上的泥巴和血迹，然后丢给她一套兔耳朵连体衫。它很厚，浅粉色的羊羔绒表皮。他们有自己的夹娃娃机和爆米花机，就像是一家小型的戏剧院。老赵把安捷塞到黑色的破烂沙发里，给她一桶爆米花，然后跳上台和其他人一起表演。

那是安捷见过的最好看的马戏团表演。

高中毕业进入预科，安捷在诺丁顿上学，修临床医学。实习的时候老师问她为什么想做医生。安捷说不想看见有人在面前死掉。酒过三巡，他拍着肩膀说安捷“Good”，但是“做这行难免一开始 heartbreak，要 tough”。安捷趴在他耳边说“其实我只是为了钱”。

安捷那许久不联系的，她以为已经死了的爸找到她，问她想不想回国。电话那边他听起来虚弱而又悲伤，安捷以为他生病快死了。等见了面看见他意气风发红光满面尤胜当年，聊了两句才明白他那虚弱和悲伤是因为他要和自己离婚的妻子复婚了。

安捷说我只是回来玩玩。父亲一副“你想我了我知道”的样子。然后又问她要不要参加他们的婚礼。安捷看着他眼睛旁的褶皱想，也许人活得越久，就越会相信善意温柔，相信一切都可以和好被原谅，远离年轻时的修罗场。但她还没有从支离破碎的状态修复到完好如初，父亲的话倒是复活了她心中的某个燃点，它隐匿在她和气的笑容下面，锋芒毕露，可惜他并没有看见。

安捷说好啊，那就过年嘛。父亲笑得像个少年。他走之后安捷给小 B 打电话。他和老赵在一起，问她什么时候回来，要不要看周五的那场演出。

安捷说：“Honey，你是愿意为我做任何事的吧？”

小 B 愣了一下说：“What do you mean？”

安捷说：“如果有一天我让你去死你会帮我吗？”

小 B 哈哈笑："Coco，你他 × 的是不是嗑药啦？"

安捷挂了电话。过了半个小时小 B 打过来，听起来很累："你要我做什么你说。"

我和小 B 坐在圣诞节游行表演临时提供的南瓜马车上，两个人吃着爆米花，没话说。小 B 慢条斯理地给我讲了他和安捷的童年故事，讲他们为什么会回国，讲安捷是如何在三年里搅黄了她爸的四五次婚礼。如果不是因为他一向给人感觉沉稳踏实，我会以为他成心拿我开涮，毕竟这个剧本的 drama 度快赶上《蝙蝠侠》了。

"所以安捷又要你去帮忙搞砸她爸的婚礼？"

"放火……她打算放火。"

我喝了口可乐，大概理解小 B 约我出来的真实原因了。交个电影明星一样漂亮的女朋友，每天活在电影情节里，不是每个人都受得了的。他需要吐槽，一声不响从不八卦的我最适合不过了，而且他也看穿了我的沉默不是因为心机深沉，而是懒。

"待会儿我去酒吧接她，你一起吗？"

"差不多了？"

"嗯？"

“再不去她该生气了吧。你都计算好了的。”

他笑起来，就是那种“我就知道你不笨”的欣赏的笑。我心里很同情他烂摊子一样的生活，于是并不觉得这笑容嘲讽，也不为自己备胎的身份感到难过。从来没有去过酒吧，所以跟小B挤进酒吧的时候我也挺开心的，看见很多穿得精致，长得又漂亮的年轻人在里面蹦蹦跳跳，喝酒唱歌。安捷在一群人当中甩着她亚麻色的长头发。她真好看，小B在我耳边说：“墙角那个大叔就是老赵。”

他其实并不老，也就三十出头，漂亮，是那种阴柔而又凌厉的美，带着点出身不好的小孩长大成人后会有的邪气，却因为美，而又显得干净。一众人里面看上安捷的很多，我们把安捷往外拉，有几个男的就瞅过来。其中一个拉着安捷的手，对小B摇摇食指。我说：“我朋友酒喝多了，我陪她去厕所。”那人笑：“我也去呀？”然后拉着安捷转身进了旁边的卫生间。我愣了一下，下一秒小B已经冲进去，听见一群女生在里面尖叫，还有骂人和打人的声音，前前后后，一共也不到三十秒。

我看着老赵，他好像是喝多了，视而不见。但我摸出手机报警的时候，他又忽然站在我身边，把我手机拿走，“都是朋友，不要怕，开玩笑罢了。”

他带着一群男生进去，过几分钟又出来，安捷小B，都很狼狈。他把他们丢给我，“打个车走。”厕所里面还有那个男的吵闹的声音，但很快就不响了，变成低声说话。我再看老赵，他在暗光里侧脸笑，倒叫人身上出了一层冷汗。

我看着小B铁青着脸上车，安捷躺在他腿上，他把她推开。开到男生宿舍他甩了门就走，也不知道生气给谁看。后来想想，自尊心受挫，又在两个女生面前，放在谁身上都很难堪。安捷换了我的腿睡，睡了一会儿又像是小动物一样呜呜地哭。我想着今天的作业和要翻译的英文报告，觉得圣诞节也就这样了。

[6]

一个人可以变得多偏执呢？学校里有个学姐，前男友在东北，有暴力倾向，分手后死缠烂打，追到学校，学姐的现任是个文雅不爱说话的男生，拿了刀，追了那个东北男的一条街，当街扎死，而后自己卧轨自杀，给学姐留了全部积蓄和一封信，大意是之后照顾不了你了，你要幸福活下去，照顾好自己。学校里说学姐是祸水，我只是觉得人大概在年纪小的时候，比较纯粹，像是无杂念的金刚水钻或是琳琅玉石，因为纯粹而强大，而弱小，而激烈，而短寿。年轻不一定纯粹，但纯粹大多属于这个年龄的人。活到八十岁天然无邪执着顽固的人也有，少，世界不容他，或许有人保护他，或许他智力或才能足够强大，让他不必折断或掺杂其他，或许他一生幸运，不被瞩目或在世俗不沾染的某个小角落。但大部分人都是七情六欲私心杂念斑斓缠身。二十一岁，刚好是孩子形骸脱干净，有了成人资格，可以在世界上行走纵横的时候，男孩女孩都像是开过刃的金属，纯粹而又耀目。所以善意和恶意都看起来是简单、坚固、漂亮而又让人忌惮的。即便你知道他是错的，你也明白短时间内你赢不了他。他们恰逢命运垂怜，是上天的宠儿。

安捷和他们都不一样。她的偏执和她妈一脉相承。只是这份偏执因为她的美貌而变成她身上一个让人过目不忘的记号，成了她的装点，即便一切恶和恨意都带着扭曲的微弱光芒，不被人理解赞同，小 B 却还是爱着她。这大概是诅咒之类的东西，因为大人们给的黑暗太多，即便成年破茧，身上有漂亮翅膀，他们也没有办法离开那些阴暗的，拉他们下坠的东西。有些人能做到，凤毛麟角。当然这些都是文艺的说法。我其实想说你们俩怎么就这么爱作死呢，偏偏天天这么作死胡闹，学习成绩还比我好，烦不烦。

第二天晚些时候接到了个电话。那人开口“是我”，声音低沉，含着笑。你看，这帮人都这一套，凑一起干脆拍古惑仔电影得了。

“老赵啊？”我一面把试管刷插回架子一面配合他，他很欣喜，“不错嘛。晚上有没有空？一起吃个饭。”我看了一眼安捷的座位，“安捷请病假了没来。”他一本正经，“不带她，单请你。”我看了看我那又死了一半细菌的培养皿，觉得生无可恋，“好啊，哪儿呢？”

他们都说和我聊天很累，因为我不爱说话。但每个人都有只想说，不想听的时候，所以我从来不缺饭友。学校老师同学学长学姐，补课班的小学妹，上网认识的二次元同好，还有在漫展碰到的外国友人。最后他们都会搂着我的肩膀说：“能和你一起出来吃饭真是太好了。”

有时候我也不懂，因为明明有了互联网之后，人们有了更多选择，博客微博知乎微信陌陌，你想做一个无牵无挂的陌生 ID，随时都可以，随时都有人陪你聊。但大概有些事对陌生人也没办法说，大概只有看见活人才会产生某种踏实的安全感。但老赵又和他们不一样。

他带我去了很贵的餐厅，叫了他们家最贵的菜。餐厅不让吸烟，他夹着一根蓝的万宝路，不吃菜只喝酒，看着我。那种刺客看猎物的看法，让人很不舒服。我说你有事直说啊。他不说，说："吃菜。"连着三遍，我吃完了，叫了瓶酒，很烈，倒在杯子里，和他碰杯。他眼睛一亮，我一饮而尽，然后开始讲我的故事。

我的家人口简单，家庭和睦，邻里亲戚都世俗，守法，不唠叨。我爸是个小官，我妈是个小作家，我数学不好像我妈，文科不好像我爸，长相也集中了两个人的缺点，但是唯一优点随我外公——能喝酒。

过年家里大人们总是要推杯碰盏，我爸肝不好，总硬撑着配合，我高中那会儿就看不下去一帮老头子作死，替我爸敬酒，敬到后来过年过节，他们都不怎么敢提喝酒这件事，安安分分吃肉，喝大麦茶。我妈从来不认为这是什么光彩的事，一个女孩子从小是个酒鬼，说出去更嫁不掉了。但我外公却说这是谪仙风范，提王勃，提李白，提岳飞，提杨子荣，越说越歪，好像会喝酒的都是英雄才子俊臣忠烈，家里有个能喝酒的孩子比出两个博士更荣耀一样。我一面讲，老赵一面笑，不自觉也喝很多。我察言观色，又给他讲我妈写的那个月亮狩猎者的故事。讲到后来他眼神幽深黑暗，我觉得时机已到，就问他到底为什么找我来。

他说他其实和安捷是亲戚。"兄妹。"他一饮而尽，"她爸和她妈也是二婚。再往前是和我妈。现在他要复婚的那一位，是我妈。”

我心里咔嗒咔嗒跑过一群洁白的草泥马，但很快又风吹草低变小羊了。毕竟看过“我全家上了你全家”这样的帖子之后，对这个满是奇葩的世界我们都多了几分包容。老赵却很忧郁：“她想做的那些事，都是我小时候想对她和她妈做的。她妈死了，你知道，小时候我一直觉得是因为我。”

他说，安捷妈妈临死前那么暴躁，是因为他调换了她平时用的抗抑郁药。他说他们马戏团只是幌子，其实一群人偷抢贩毒都做过，翻墙撬门登堂入室调换个药丸不过是小菜一碟。那时候年纪小，又在国外，控制不住自己。

我心惊肉跳地琢磨老赵如果真的做了那些事，算不算是犯罪？少年犯？如果安捷知道了呢？老赵小时候就敢做这个，现在保不齐也干过更吓人的。我在和罪犯聊天吃饭？

老赵却没有留意我脸上的表情变化。他很苦恼，觉得安捷在走他的老路。而且他多少还有点喜欢安捷，那种说不明白的喜欢，带着愧疚和负罪感，还有亲情，一团乱。他一面说一面抓头发，长头发把人衬托得很柔弱，但也显得可悲，那种不知道自己糟糕而更让人觉得可悲。但我没有意识到这貌似柔弱的可悲下面的危险。

“小B说安捷会跑到婚礼上放火。阻止倒是容易，之后呢？”他在服务员第三次过来的时候，掐灭了烟头，看我，“你说，我要不要把她关起来呢？”

他是真心咨询，一点不是在吓唬我。

[7]

看《银河英雄传说》的时候总是心疼杨威利，也觉得他应该是活到很老很老一把年纪，几代同堂的那种笑嘻嘻会讲冷笑话的老人家。虽然自己没有想过未来，却也觉得自己大概能活到八十吧，多看看科技进步，机器人啊太空旅行啊外星人什么的，想想还是有点小期待的，结果我在二十一岁就死了，大概这是连我那个写幻想小说的妈也没有想到过的吧。

马戏团有钻火圈、空中飞人、大变活人、小丑彩球、驯兽……一大堆表演。还有著名的生死逃脱，就是那种把一个人的手铐上，扔在水缸里那种。我被老赵捆成粽子，丢进三米深的水缸里的时候，我也没觉得我会死。我觉得这是场很夸张的电影故事，我是一个炮灰，演完这一场我就该走了。我也觉得大概是我酒还没有醒，不然为什么老赵一面笑一面哭一面说对不起呢。但事实真相是我没有醉，老赵大概也没有，只是人都会有自己所无法掌控的那一面，他们通常称之为潜意识，我们都是被自己的潜意识害死的，轻信和偏执，根深蒂固地在我和老赵的身体里，这是我们每个人的角色设定，不是某一个作者给的，而是名为童年的时光机塑造的结果。

我在做实验特别烦躁或者作业报告写不出来的时候，就跑去翻落落的微博。她是我从上初中就特别喜欢的一个作者，写了很多本书，长头发高个子，和小 B 一样干干净净的白皮肤，拍过一部电影，我还在等她把《如果声音不记得》拍成电影，可惜我没有等到。我说落落，是因为每次我烦躁要死的时候就会跑到她微博下面翻照片，看巴顿，看她的冰岛，更早的，看她的樱花和日本。我想我枯燥乏味每天和实验室浸淫对抗的身体之外，还有另一个身体和灵魂，它们在空中飘荡，“啦啦啦啦”地无所依傍，却也向往着所有那些冰天雪地花瓣纷飞的纯粹和美好。这种向往和老赵对安捷的执拗大概很像，所以我理解他，但理解和原谅不能等同。

老赵给安捷的爸爸打了个电话，让他拿钱来赎她。又给小 B 打了个电话，同样内容。他全程开着变音软件，冷静周全，挂了电话却又开始哭。他把安捷绑在马戏团的那个大变活人的炮的上面，设了个小机关。大概是我能在水里憋多长时间，那炸弹就能晚多长时间爆炸。他一面拿着线路板给我讲解 Linux 系统 Python 程序，一面把水龙头和黑色的小机器连接起来，看起来优雅聪明，认真博学。他很纠结，他不想杀安捷，也不想杀我，但他其实已经不知道自己想要什么。大概人得不到什么就想把它全部都毁了，本来出于守护的目的，最后也会变成狂热的破坏，绷太紧的某根弦“嘣”地就断了，何况之前它上面还有一个隐隐约约的豁口呢。只是自始至终我不明白为什么泡在水箱里的人是我。

“别傻了。”他说，“在酒吧那会儿我就看出来了。你和我是一样的，不是吗？”

他看看安捷，又看看我，笑了。

我看着他盖上玻璃门，挥手。蓝色的水流涌入水箱，其实它们并没有颜色，只是脚下的灯光。就像人和人之间的情感并没有什么差别，只是心脏投照的颜色不同。老赵太用力了，他感情那么深重那么多，斑斓得像是游戏里锻造魔导师手杖的彩色熔炉。其实只要稍微熄火就好了，就像我。有件事他说得没错，我和他都一样，一样什么呢？喜欢安捷？说白了，只不过是对比自己更加生动鲜活耀眼的生命的敬畏羡慕和保护欲罢了，太用力就变成了占有，占有不好，你喜欢太阳，但你不可能将太阳抱在怀里，你喜欢的是蜡烛也不行。太强大太美好或者太柔弱太渺小的东西都不适合爱，因为爱会将我们自身或我们所爱的东西毁坏。老赵不明白这一点，但我已经没办法告诉他这些了。

我被扔在水箱里的时候，安捷的爸爸在高速公路上拼命超车，按喇叭，超车。这个已经快六十岁的男人看起来神采飞扬，像个少年。很多人遇到绝境会变得沧桑狼狈，失魂落魄，他们不是弱者，只是有弱点的普通人。安捷的爸爸不是普通人，他是那种适合战争年代或者舞台生活的人，挑战机遇死死活活，这种东西不过会让他们更加兴奋，觉得自己生命真实鲜活。他们是那种擅长绝境逢生的人。

但小 B 就不行了。他还在报警还是不报警之间纠结。他站在人潮涌动的地铁口，像个随时可能哇哇大哭的找不到家人的小孩。按照精准的时间计算，他现在打电话，警察出警应该还来得及救安捷和我，但如果他错过这班地铁，他也许就没有机会亲手救安捷和我。报警的话老赵会下杀手吗？他会知道吗？他不会吗？这一切会不会只是个玩笑呢？

他会这样，不完全是他的错。十年之后他会变成一个杀伐果断的男人，做事精准而又无情，他再也不会有救不了的人，不单单是因为他不再会随随便便把自己的感情寄托在别人身上，也因为他吃一堑长一智，学会了逼迫自己，变得异常地强大和聪明。如果不想失去最重要的人，就变强吧。虽然后来他还是逃离了安捷，没有和她在一起，因为他始终认为自己辜负了她，但实际上，他已经变得比我们当中大部分人都要伟大了不起了。他犯错是因为他还是个没有完全蜕变的孩子，他的伤口还没有愈合，他还没有从束手束脚的庸人茧壳里脱颖而出。他还没有意识到自己不能待在常人的规则之中，他只会被它们杀死。但他很快就会觉悟了。

这些都是好久之后我才知道的。水漫过我鼻子的前一秒，我深吸了一口气。远远地，安捷还没醒。我那时候脑子里只有一个念头：要努力坚持得久一些才行。

[8]

我妈妈给我讲月亮狩猎者的故事。她喜欢把自己代入到故事里面讲，说她小的时候，上初中的时候，遇到过一个男孩子，他们两个一起参加外滩的跨年活动，结果那年发生了踩踏事件，我妈妈被人群推挤到深处，不能呼吸，那男孩一直拉着她的手。他微笑着，把她圈在安全的支架下面，自己却被人流渐渐冲走。他们是在聋哑学校的义工活动上认识，他其实并不会说话，也听不见身边的人绝望的叫喊声。

妈妈说：“月亮狩猎者不能在人群中生活。他们碰到人，就会像是老人那样枯萎，然后凋亡。”她坚持说那个男孩在人群中渐渐变成了老人模样，然后消失了。我知道这是惊恐之中的幻觉，可是因为她是我妈妈，所以我宁愿相信她的话。

讲完这个故事之后妈妈说:“你知道吗,妈妈希望将来有一天,你也会遇到一个这样的 Lunar Hunter。倒不是希望你们两个也碰到这种事,只是希望有一天,能有一个人像那个男孩保护我一样保护你。”

我明白了我妈妈的话。她是希望未来能给我一位骑士。Lunar Hunter,对于她来说,就是白马王子,就是万中无一的守护神,就是她能想到的,这个世界最安全、最伟大、最美好的爱。

“虽然我不希望你们遇到这样的事。”她一面低头改着稿子,一面说。

我没有遇到我的骑士我的王子我的月亮狩猎者,但是我一直坚持到了安捷被人解救下来。他们说我憋气的时间创造了世界纪录,但因为大脑缺氧,我被救出来之后还是因为脑死亡而死掉了。

老赵没有被人找到。安捷的爸爸和小 B 陪着安捷,埃塔和安捷在哭。我站在房间上空看着所有人,觉得像是一不小心抢了电影主角风头的女二号,压力山大。

那个男孩子站在门口看着我,他和妈妈描述的样子差不多,不会说话,微笑,招手的动作像是甜品店门口的招财猫。他看起来比我弟弟还要小,完全是个孩子的样子。

“所以为什么你觉得一定会有这样的人存在呢?”那一年妈妈讲完月亮狩猎者的故事之后,我问过她。

她愣了一下,然后大概只有五岁的我,一面玩着她的睡衣衣角，一面自问自答道：“因为他们的存在对我们很重要吧。”

我没有遇到我的骑士我的王子我的月亮狩猎者，我没有来得及谈一场认真完整的恋爱，我漫长的二十一年里只有课本、实验、报告和大家跟我吐槽的烦心事。大概没有人比我短暂的人生更加苍白无聊，但是保护别人这样的事，我也做到了。有很多很多值得我保护的人，并非因为他们比我更优秀更美好，所以我就要舍弃自己的一切去换他们的微笑。只是因为希望，只是因为希望罢了。就像那天晚上在外滩，你看见的一切并不全部是幻觉，能够在那个瞬间看见那个男孩变老的样子，是因为你希望他活到很老很老吧，妈妈。

（完）

“她救了你想要你好好活下去，你却变成了杀手。”Vermeer看着A，她似乎并不受那水杯里的药物控制，依旧平淡地打着毛衣，“即便你的故事是真的，即便你的故事是最好的，即便你杀了其他人……被留下来的那个，也不一定是你。”

“为什么？”A转头看着她，“你评判故事的标准究竟是什么？

“我只是个普通的听众，你也不过是个最普通不过的讲故事的人。而打动听众的是什么？是言辞技巧吗？是机关伏笔吗？是真情实感吗？”Vermeer看着夏扬，又看向角落里，被窗帘阴影所遮挡的白象，“人们只愿意聆听自己的心声，对巨大鲜明的真实，视而不见。真正的感情可以打动人，但掠获人心，超越时间，赢得不朽的，是更有趣的东西。我对人心不感兴趣，我不是人群中的一人。”

她拿起茶杯，倒了一杯水，然后把窗台扶桑花的花瓣揉烂，丢在杯子里面。她把杯中水喂给了每一个人，包括 A。转身往回走的时候，她敲了敲鱼缸，被变成金鱼的 Lucas 蹦跳出来，Vermeer 摇头，看着它在地上翻滚：“No，不是你。”她把它捡起来，丢到鱼缸里。从那里又拿出一片贝壳来。夏扬从没有见过这贝壳，也不知道它是谁讲故事失败后变成的。Vermeer 松开手，贝壳落地，变成了一个八九岁的黑头发女孩。

“讲吧，我想念你的故事了，Will。”

✚

<The 21st Story>
极光

玖城与我们居住的镇子隔着一片森林。城里的房子多是德式的，深红色的漆被时间磨损了，露出里面黄色原木弯曲的掌纹。冬天的时候，山上的风会把雪吹到城里，顶着厚厚奶油的屋顶看起来是那么温暖美好，迷路的人们总是忘记山脚下木牌上的警告，越过围栏进入禁区。立冬后的每个晚上，我和曦都爬到山顶，一面啃着面包，一面守着路灯。每当黑色的人影消失在玖城的入口，我们便拉动灯线，通告山下的人们去救援。我和曦交替工作，直到太阳从东方升起。曦喜欢围着围巾站在路灯顶上，对躺在草丛里熟睡的我大喊："太阳出来了！猪！"曦迷恋朝阳的红色。而且即使一夜不睡，她也能精神饱满。

白日里的玖城是由铃铛老人们看管的。他们不坐在山顶守灯，而是用铃声把迷路的人从玖城附近引走。他们都穿着银灰色的沉重袍子，用帽子和面具把自己遮盖得严严实实。虽然被称作铃铛老人，但他们的实际年龄却无人知晓。除了空间管理司属下的魔法师，没人真的见过他们的脸。我和曦因为老师的缘故，和他们中的几个相识。Kelin 负责整个冬季白天的守卫，他袖口的流苏是紫色的。Sue 是夏季白天的看守者，她的流苏是红白两色的。他们两个教了我们很多东西，比如如何区分普通的知更鸟与危险的夜莺，后者会用歌声把小孩子骗到山里蓝色的食人族那里，用他们的心脏做一笔肮脏的交易。Kelin 说话的声音非常好听，他讲的恐怖故事都很有趣。Sue 擅长用草编结各种东西，她知识渊博，懂得许多我们从未听说过的法术。春秋两季，玖城的情况会变得非常复杂，负责守卫的铃铛老人和魔法师都是国家级的，我们从不敢打扰他们的工作，更谈不上与之认识了。

一年三百六十四天，玖城都是空的，黑的，安静而又居心叵测的。只有 12 月 31 日这天，它会重新注满声音，将我们的世界与另一个空间相连。卖水果蔬菜的小贩们重新出现，逛街的老人和孩子重新出现，剧院场场爆满，镇子上空飘荡着节日的香气，一切都那么和善温暖。这时的玖城，不再是我们镇子边上那座会吃人的海市蜃楼，而是一个真实存在的，美好馨香的异界小城。也只有那一天，老师们亲自接管守灯的工作，我和曦则什么也不用干。我们常常像两只熊那样靠在一起，抱着膝盖冲着城里的灯火傻笑。有时我们也会下到玖城里面去，前提是向老师发誓担保，担保不做任何出格的事，担保在天亮之前回来，担保不被其他的魔法师发现。我们伪装成异邦来的游客，我们模仿小孩子的口音。我们到钟表店触摸猫头鹰时钟，我们到邮局翻看这一年的明信片，我们到蛋糕店观看糕点师傅的表演，我们单纯地混到人群中去，和陌生的人们挤在一起取暖。我们把假币丢到街角艺人的提琴盒子里，我们站在百货商场顶楼看一个上午的电视，我们出现在动物园的老虎笼子外面，我们出现在烧烤店举办的喝啤酒比赛现场。我们四处游荡，扮演两个普通的女孩子，可是我们从来都没有忘记过时间。即便前一刻我们还在商场里挑拣芒果，即便前一分钟我们还站在天桥上对着车流发呆，即便前一秒我们还坐在十七层公寓的楼顶，看着东方慢慢变红——我们总能准时抽身出来，回到自己应该在的地方。

曦每年都从玖城买很多东西回来——发卡、钥匙扣、布偶、纸巾盒、彩色铅笔……如果我们直接把它们从玖城带出来，它们会在我们踏出围栏的那个瞬间化成白色的灰尘。可是曦从Sue那里讨来了几件了不起的东西，我们花在玖城的钱从来没有变成空气。曦总是小心地拿出那块用银线绣满咒文的黑布，认认真真地对折四角把偷渡出来的“货物”包好，然后，像小狗藏骨头一样把它们藏到院子里杨树下面的石板底下。房东太太总是喊：“又埋钱了吗？丫头们！”我们只能蹲在那里尴尬地笑：“抓蛐蛐……抓蛐蛐……”等到了夏天，曦会兴致勃勃地把“财宝”们挖出来，看看它们都变成了什么。四方的东西通常会变成圆形，透明的东西会被镀上奇怪的釉，风干的玫瑰会变成金白色的粉末，塑料玩具车会变成黄铜做的吓人玩偶……最诡异的是，玻璃弹子总是变成彩虹色的纽扣。“不知道扣子会变成什么……”曦拿着一枚双孔的扣子对着阳光瞧，“明年我买些扣子回来好了……”我们做这些事情，当然都是瞒着老师的。如果让他知道我们把玖城的东西带到这个世界里来的话，守灯的工作就会丢掉吧，我还不想搬到贫民区没有风扇的老房子里去。我们现在住的这个公寓是红砖砌的。楼梯间的窗子没有玻璃，而是镂空的老样式。我习惯抱着书坐在一楼那里，看累了就对着墙壁上的粉笔画发呆。树影下面下棋的老伯总很有气势的将军。他们收局的时候通常意味着白天的结束。拎着菜的叔叔们回来了，抱着小孩的阿姨们回来了，公车从灯火密集的市中心开过来，背双肩包的初中生跳下来。于是我收拾了东西，趿着拖鞋回到楼上，通知曦开工的时间到了。

夏天的夜里，我们不负责守灯，但是那不意味着我们不用工作。白天的时候，曦把收音机开到最大，一面摇着扇子一面背着魔法书上的要义，等到了晚上，她要去市里的一家饭店做服务生，而我则要去图书馆打杂。夏天的炎热和忙碌常常使我们忘记玖城的事，忘记每年的冬季都会有那么一天，那个城市把我们同另一个世界相连。我们穿着缀满红色花朵的可怕裙子四处闲逛；我们跟在遛弯的老夫妻身后讲鬼故事；我们伪装成胆小的女孩子，领着喝醉的色鬼穿过三条街道……可是当白昼变短，黑夜变长，当曦又穿上了那件苹果绿的毛衣，当小卖店的京巴狗又一面叫着一面吐出白色的哈气……我们又回到在山顶拉灯绳的日子。曦说：“等我成了空间管理部的部长，第一件事就是把玖城的空间裂隙填上。”她说这话的表情，和她抱怨作业太多，嚷嚷着要退学的表情一模一样。考虑到每年她都捧着优等生的牌子从礼堂出来，我从来都没有把这句话当真。

毕业之前的那个冬天，我们最后一次去玖城过新年。那一年城里的雪积得特别的厚，空气却也特别的暖。穿红衣服的小孩排着队穿过街道，他们勾着彼此的手指，大声地唱一首快乐陌生的曲子。他们的老师跟在队伍的最后面，微笑着打着拍子。在天桥下面卖艺的老伯，本来抱着手风琴演奏着《梁祝》，他被孩子们的嘹亮的歌声干扰了，磕磕绊绊的忘了调子，后来干脆合着他们拉起来。买了绿豆糕的女人停下来听，脸上带着会心的笑。蛋糕店的学徒探出头来，起哄地吹起口哨。寒冷的街道忽然间温情满溢，所有的人似乎都认识彼此，微笑在一张张脸上无声地传递。公车站旁的小职员下意识地用鞋尖敲打着地面，只卖出两盒快餐的大妈呵呵地笑着搓手。我和曦站在那里，一面吃着糖葫芦一面学着哼异世界的无名儿歌。穿着加菲猫衣服的人在那个时候走过来，把剧院的宣传单塞到我们手里。票是免费的，天色还早，于是我和曦决定去看。我们走到那里的时候刚好赶上第三幕开始。主演是个瘦削的中年男人，我们坐下的时候，他穿着那件棕色的袍子登场，看起来其貌不扬而又疲惫落魄。然而当他站定，张口唱起来，大厅里的人们都直起了身子，全神贯注地倾听。

那声音让人想起浸在深潭里的白色瓷器，冰冷圆润里面是让人无法移目的媚惑。这出剧讲的是迷路的士兵与老巫师制作的人偶相恋，最后双双心碎死掉的故事，冷僻的西方舶来货。剧场里观众寥寥，免费的东西总是被人看轻。我和曦坐在最后一排，像规矩的小学生那样认真地听着。阳光穿透剧院天顶上的彩色小窗，灰尘在光束里自由自在地上下翻飞，有那么一会儿，时间似乎静止了。金色的光斑像蝴蝶一样停在前排观众的帽子上，窗缝漏进来的风掺和着爆米花的奶油味道，我眯着眼睛着迷了很久。然后，没有先兆地，掌声响起来，椅子翻叠的咚咚哐哐，木板舞台上的演员们站成一排，羞涩而又激动地行礼。有几个女孩子走到前面去，拿着皮面的日记本子索要签名。人们的眼里还倒映着剧中的悲喜，他们的身体则像操作精准的机械木偶，缓缓地脱离剧场的牵线。我和曦靠在椅子上，怀里抱着学校发的深蓝色大衣。阳光一动不动地停在木椅的红色靠背上，另一个世界的午后时光。我说："就那么喜欢吗？"曦说："什么？"我说："别撒谎，我看见你哭了。"曦笑起来，擦掉眼角多余的泪。她看着舞台上收拾东西的那些演员，目光像玩具熊一样虔诚。她说："离，真的没有魔法可以让我们在这个世界居住吗？"我说："这个世界有什么好的？这里的人都活不过两百岁，魔法在这里也不好用。"曦说："你不觉得他们很幸福吗？他们做什么都那么认真，即便是老人也有着小孩子的心。"我用卷起的宣传海报猛地敲了她一下，她疼得叫起来，生气地转过脸看我。我说："你这些话也就对我说说，要是老师听见了，小心以后再也没有机会来这里过年了。"她低下头去，叹了口气，然后披上大衣出去了。我对着空气发了会儿呆，直到目光不小心碰到了舞台上整理道具的那个主角。他冲我一笑，天真的，少年一样的神情。

从剧院出来后，我们俩便没有再说话。曦在前面没有目的地领路，我在后面心不在焉地跟。我们穿过卖电玩和CD的狭窄小巷，我们与叼着烟卷拨弹吉他的少年擦肩而过，我们从眨眼的霓虹灯管下面小跑过去，我们顶着饭店窗口飘出的白色云朵走出这个城市。和煦冬阳照耀着玖城的郊外，青草和电线杆驻守着黄色的泥土小路。曦哼着路上听来的那首歌，我则在想她刚才说的那些话。我们居住的世界里没有死亡。每个人活满了三百三十年后，身体和记忆都会逆成长。我们没有父母和子女，家庭依照官方的法令组成。我和曦已经这样转过了十五个三百三十年了，我从来没有觉得这有什么不好。虽然老师也说过，玖城连接的那个世界，有着比我们这个世界更强大的内核，可是我并不喜欢它，那里的生活对于我来讲过于悲壮了。我不会为陨落的星星流泪，我不会踩着滑板大声尖叫，我不会用力地去追逐什么，我只要安静地存在就好。我愿意无知无觉地过无尽永生，我愿意麻木不仁地熄灯点灯，我只要安静地存在就好。我想把这些话说给曦听，我想告诉她，玖城的生活并不是她真心想要的，她不过是暂时被异界的美好所蛊惑罢了。我小步地跟在她的身后，像谋划偷袭的狗熊一样谋划着合适的句子。这么想着想着，我却“咚”地撞到曦的后背上。我揉着额头，刚准备埋怨她随便停步，结果却和她一样呆在那里，看见了她所看到的东西。白色的面包车翻倒在我们面前的旷野里，黑色的浓烟翻滚着直冲蓝天。撞扁了脸的卡车停在离它不远的地方，一只红色的胳膊从破碎的窗口那里伸出来。曦喃喃着：“天哪……天哪……”我顺着她的目光看过去，发现了那件熟悉的棕色道具袍子。曦丢掉了手里的黑布口袋，用我从没见过的速度飞奔过去。我紧跟在她的身后，渐渐地看清了悲剧现场的全貌。卡车司机已经死了。面包车里的几个人都昏迷不醒，有两个人还在不断地流着血。曦扑到那里，跪在车门边上，她把两只手伸到碎掉的窗子里面，努力地想把里面的人拉出来。“来帮忙啊！离！”她大叫着，眼神狂乱惊惶。我后退一步，对着那瞳孔里吓人的彩色光，尽可能地让自己的声音镇定：“你在干什么，冯曦？”

她望着我，白色的脖子看起来怪异的纤长。“你看不见我在做什么吗？高中课本没讲过吗？他们的身体构成和我们不一样……如果失血过多的话他们会死掉！”

阳光斜照着曦身后的绿色野草，我恍然发现自己从未认识过她。

我张嘴说话，声音粗哑难听，可是那些话都是我必须说的：“……就算你把他们拽出来，你拿什么送他们去医院？这里可是郊区！就算我们赶到了医院，我们也没有足够的时间从玖城出来……这不关我们的事，你忘了空间管理法了吗？你越权了，曦……”

我的声音越来越小，因为曦侧转了身子，眼睛里喷出愤怒的火：“如果我们不救他们，他们会死掉！死啊！何离！你懂不懂……那个男的再也不能那么唱歌了！你刚才和我一起坐在那里看他们演出的啊！你到底还是不是人？！”

我看着她，同样的愤怒一个字一个字地迸出来：“我是人！可是我不是这个世界的人！就算你救了他们，他们还是会死的！你别忘了，如果我们不在天亮之前离开，我们也会死掉！我还不想变成灰尘！”

我退到离她和车都很远的地方，我不知道她的疯狂会不会传染。曦脸上的愤怒慢慢凋亡成荒芜的空白。她的手放开了车门，松松地垂下来。

我说：“我们回家吧，曦。老师还在等我们。”

我努力微笑着伸出左手，手指不自觉地微微颤抖。曦呆滞地盯着我的手很久，然后站了起来。

她也笑起来，可是她笑得那么奇怪，我忽然感到一阵恐慌。

她说："魔法开始运行后，他们会被抛到山脚下的平地上。你让老师尽快把他们送到医院去，算我求你了。"

在我意识到她想要做什么之前，她已经动手了。蓝色的光围绕着她旋转起来，然后转移到面包车身上。曦专注地念着咒语，丝毫没有在意自己开始扭曲变形的身体。

我对着旋风中的她大吼："……你疯了吗？你为了救这些人使用交换咒？！"

她笑着看我，脸孔又变成我所熟悉的那个人。"抱歉。"她说。然后，蓝色的光靠近了我，那张脸从我的眼前永久地消失了。

故事讲到这儿的时候，披着红色围巾的魔法师望着窗外的夕阳，走了一会儿神。有着明亮眼睛的男孩举起手臂，用白瓷一样清亮的声音问："后来怎么样了呢？老师，那个傻瓜魔法学徒留在异世界里了吗？"他身边的小女孩敲了他额头一记，轻声地说："嘘。"魔法师转过脸来，诡秘地笑了一下。她看着那些好奇的眼睛，悠闲地问了个问题："有谁来说说交换咒是怎么回事？"孩子们皱起眉，快速地翻动书本。

后排有个短头发的小女孩举起手，急切地左右摇动。魔法师点点头，小姑娘站起来得意地开口：“交换咒是刻在青墟石柱上的古代空间魔法之一。它能够打破禁忌，使一个空间的东西以本来的样子在另一个空间存在，但是必须有魔法师充当祭品……”“啊……好可怕……也就是说会有人死掉吗？”前排的孩子们吓得啃起指甲来，哆哆嗦嗦地抱在一起。“才不是呢！”回答问题的小女孩不高兴地瞥了他们一眼，“充当祭品的人会被异世界接纳，他不会被杀死，只不过不知道会变成什么东西……”“不是人类了吗？”大眼睛的男孩子忧伤地问。“不一定吧。”短头发的孩子有些犹豫，“我也不大清楚……不过听我妈妈说，什么东西会变成什么也都是有规律的……贫民区不是有个传说嘛，那些从玖城走私来的水晶球都会变成扣子……”屋子里响起“哦”的惊叹声，魔法师笑眯眯地看着他们，左手的手指却不自觉地在讲台边上勾紧了。

“答得很好啊！”她对那个短头发的孩子说，伸手从黑色的布袋子里掏出一枚金栗子丢给她，孩子接住了，露出个没有门牙的笑。

“可是老师……”那个声音像白瓷一样的小男孩仍然不依不饶地追问，“那个魔法学徒最后怎么样了呢？”

老师看着他，目光忽然变得很冷漠。“她失去了魔法，被玖城连接的那个世界丢到了沙漠里，后来的事情我就不知道了。”

“是这样吗？”

男孩的脸上闪过一丝忧伤，屋子里其他的小孩也都一脸严肃。很明显地，这个故事起到了预期的恐吓作用。“所以，今天的课大家都记住了吗？三大魔法禁忌是——”“不可以干扰时间、不可以干扰空间、不可以干扰他人！”孩子们异口同声地回答。“很好！”魔法师合上书本，微笑着挥手，“下课。”

我现在住的公寓是白砖砌的。楼梯间的窗没有玻璃，而是镂空的老样式。我习惯坐在一楼那里批改那些小孩子的作业，累了，就对着墙壁上的喷漆画发呆。树影下面下棋的老伯总是很有气势地将军。他们收局的时候通常意味着白天的结束。拎着菜的男人们回来了，抱着小孩的女人们回来了，公车从灯火密集的市中心开过来，背双肩包的初中生跳下来。于是我收拾了东西，踩着拖鞋回到楼上，收音机大声地开着，可是你已经不在那里了。我居住的这个世界里没有死亡。每个人活满了三百三十年后，身体和记忆都会逆成长。我们没有父母和子女，家庭依照官方的法令组成。我已经这样转过了十六个三百三十年了，我愿意这样一直旋转下去，我愿意麻木不仁地看日落日升，只要我还存在就好。我知道你已经不在了，那个世界除了树木，没有人能像我们一样接近永生。然而你知道吗，有的时候，比如新年或是圣诞之类的节日，我会想起你，想起你曾经和我一样，带着没有忧伤没有欢乐的心灵坐在山顶上熄灯点灯。我早该发现你和我们是不同的，你迷恋朝阳的红色，而且即使一夜不睡，也总能精神饱满。我总是做同一个梦，梦见你在寒冷的冰雪沙漠里奋力奔跑，身上是厚厚的白色皮毛。不要说抱歉啊，曦。你是个白痴。我不能原谅你即使已经变成了一只北极熊，仍然欢笑雀跃地追逐，追逐那并不属于你的绚烂极光。

（完）

人们总是会记得那些替他们挡刀子的人。但那些在远处放置诱饵，把敌人引走，防患于未然的人，总是会被遗忘。所以有句古语叫作“曲突徙薪无恩泽，焦头烂额为上客”。

夏扬想起 Will 来。他想起她之所以被变成贝壳，是因为那一年她故意讲了个很糟糕的故事。于是冬年活了下来，本来，她才是那一轮该被变成动物的人。

Will 深吸了一口气，她的头发像是羽毛那样片片变白，睫毛也是，眉毛也是。她似乎不知道这一切，她盯着洗手间的磨砂玻璃，冬年已经悄无声息。

Will 眼角有什么闪闪发光，而后，她开始讲第二个故事。

✚

<The 22nd Story>

红荷

5 月后，往景山去的道路碧色青葱起来。从学校骑车到那儿要三个小时，雨天还会更久。然而和上学不同，道路两旁是一望无际的田野，草木的叶子绿透筋脉，风将天际的云剥抽描虚。眼睛望着远方，车子不知不觉便驶到了终点。每个周末，V 都背着画板骑车前往。他一面哼着跑调的曲子，一面对所有超过去的好车吹哨致意。他那时候上初三，头发比我还要长些，一心想要考到省城的美术学院。

小末和戚夏是 V 在那个时候认识的。景山里面有个红柱灰瓦的水榭小阁，位置偏僻，知道的人不多，但所处之处，风景极好。V 是学国画的，小末和戚夏是学西画的。初夏的清晨，夜鸦睡去，云雀刚刚清醒，穿蓝袍子的小僧侣常常看见三个裹着厚衣服的孩子在木板桥上对着白纸奋力涂抹。小末常穿一件棕色的短上衣，帽子上画着金色小猫。戚夏的袖子总是盖过半个手掌，白得没有血色的长手指从那里伸出来，握着炭笔在白纸上缓缓地描。V 站在比他们高一层的地方，提握着青墨朱砂晕开颜色。阁子下面是个池塘，到了盛夏，常见成群的小鱼畅游而过。每到 5 月，池塘开出粉色的荷花来。V 说，即便是戚夏那不哭不笑的死人脸，看见那一池的妖娆也禁不住画了又画。V 的荷花画得很好，小末常偷偷把 V 画好的画扯过去撕掉。每次 V 要发作，她就理直气壮地说：“你是怕画不出更好的了？”V 看过小末画画，每回都是刚上完色就撕掉，但她也的确很有才华。在他们吵架的当儿，戚夏依旧不动声色地画树影里小鸟的侧脸。V 说这些的时候，眼角带着隐隐约约的笑。我想，他是喜欢他们的。

考试前的一周，V 没有去景山。他沿着青年大街一路游荡，逛遍了那里所有的书店和文具店。他花了很多钱，买了他之前一直舍不得买的画集。他付钱的时候，想着考试后和小末他们出去玩的事情，结果找回来的五十元钱少了一个角。踩在步行街的彩砖上，V 一面走一面仰着头看天上，楼板堆叠间，清晰可见重笔绘就的深蓝。就在那个时候，一辆明黄色的宾利干净利索地撞到赶路女人的电动摩托上，鸡蛋从篮子里飞出来，噼噼啪啪地碎了一地。V傻站在那里，脑袋里是还没捋清的记忆和撞击的尖锐噪音。紧接着，从车里走下那个穿白裙子的女人，她一面打电话一面对着被撞的妇女大吼：“你怎么骑车的？不要命了？”

看热闹的人像鱼群那样密集过来，有个笑容猥琐的男人扒拉着V的胳膊："怎么了？怎么回事啊？"V茫然地摇着头，发现自己也记不得究竟是谁先撞上谁了。他盯着那个打电话的女人，总觉得有什么不对。她把头发别到耳后的姿势，她蓝色睫毛眨动的样子，她说话时对紧扣合的猩红色手指。可究竟不对的是什么，他又说不清楚。警车在这个时候赶了过来，一胖一瘦的两个警察，都年轻有为的样子。他们一脸严肃地检查车胎印记，检查驾照。人们的兴致更浓了，花瓣一样一层层地粘贴上去。V慢慢地退出来，临走之前看了那个卖鸡蛋的女人一眼。淡粉色的血沿着她的额头渗出滴落，和地上的蛋清蛋黄搅杂成一团恶心的橙色。

之后便是考试接连着考试，玄青和鹅黄染透了V的手指。那半个月他没有看见小末或是戚夏，虽说他知道他们住哪儿。线街的那几套房子盖得很怪，统统立在一个斜坡上，有高有低，朝向各异。东南角的窗口凝望着西北角的门口，向日葵对着鱼缸，杨树压制着柳树。石阶七转八扭地通向东南西北，凡是以为朝着上面走的，最后却都停在下面墙角的那个门口。宋风的青砖和洋人改装的尖角互相对望着，谁也说不出谁更显年老。小末小的时候常常迷路，挂着眼泪撞到别人家里。戚夏曾经给线街的房子画过素描，灰黑白三色的钩心斗角。再出现在线街的时候，V已经收到了学校的录取通知。他把戚夏和小末都叫了出来，兴奋不已而又喋喋不休地说了很多话。V太高兴了，满眼里闪耀的都是自己美好未来的风景画。他没有注意到小末脸上悲伤的颜色，他没有听到戚夏低声对小末说的那三句话，所以当那两个男人出现，像恶狗一样扑向小末的时候，他惊呆在原地一动未动。戚夏用V从未听过的吓人声音大吼："跳，小末！剩下的交给我！"然后小末便从石桥上面翻身而下，前来抓她的人只来得及碰到她飞扬起的一束头发。戚夏从袖口里抽出了一把鱼青色的刀子，对着那两个人大喊：“谁敢碰她，老子跟他拼了！”他们却看也不看他，只是盯着桥下皱眉握拳。他们中较高的那个恶狠狠地朝着下面喊：“躲得了今天躲不了明天，有本事你一直泡在水里别出来！”喊完了，他朝同伙扬扬下巴，一脸轻蔑地从戚夏身边走过。V说，他记得那个矮个子的男人只是拍了拍戚夏的肩膀，戚夏的刀子脱手坠地了。

那天晚上余下的时间，V是在戚夏的家里度过的。他们在那间二十平米的小屋里聊了很多，大部分的事情，V从没有听说过。比如小末的妈妈在半个月前出了车祸，而肇事的家伙不但没被抓起来，还讹诈了小末的妈妈一大笔钱。比如小末去法院申诉未果，反而被一个当律师的色老头纠缠上了。比如戚夏一直都同情小末，尽管他知道，这不是他该管的。

大概接近天亮的时候吧，V和戚夏吵了起来。V说：“为什么发生了这么多事情你们都不告诉我？不拿我当朋友吗？小末的事你不愿意管，还有我呢！”戚夏开始的时候只是笑，后来那笑便缓缓地消了，变成一张冷白无情的脸。戚夏说：“你懂什么。你以为这世界都是你画的画吗？想怎样就怎样？”V的脸涨红了，左手挥出去，戚夏不躲不闪，结实地挨了一耳光。他幽幽地看着V说：“你将来会是个好男人。但现在，你还是个孩子。”戚夏说这话的时候，瞳孔变成盈盈的深蓝色，面色表情完全不是个十六岁的少年应该有的样子。讲到这里，V摸着下巴诡谲地笑。“你该看看他的脸。”他的眼睛望着空气，好像戚夏就站在那里一样，

“保证你一个月都睡不好觉……”

戚夏把能说的话都对V说了，然而在石桥那儿发生的事他只能撒谎。他欺骗V说那两个男人是小末家的债主派去的。结果，整件事最关键的东西就被这么掩盖起来，石板压盖水洼，落叶遮掩地面。两天后，V再次看见小末。她穿了一双黑色的长靴，坐在景山的木板凳上画深秋的山林风景，恬静淡然一如往常。戚夏坐在她边上，既不动笔，也不说话。V看着他们，有种无法融入其中的失落。他不知道的是，他们两个所做的一切都是为了给他看，为了让他以为他们没事。三天后，小末的妈妈去世了，颅内出血，猝死。在葬礼上，V认出了小末妈妈，她就是那天被宾利撞倒的那个卖鸡蛋的女人。对着那张白得发蓝的脸，V的手一点一点地僵冷起来。他忽然记清了车祸瞬间的每一秒每一格。他走到小末的身后，干哑的声带振动了两次却没有发出声音来。在他第三次试着说话的时候，小末转过脸来。她的目光澄澈明净，里面没有泪水。那双眼睛简单地说了五个字：“我都知道了。”

葬礼进行到一半的时候，那个当律师的色老头出现了。他摸着小末的头说了很多的话，询问她将来的打算和毕业后的志向。这个四十二岁的男人看起来慈眉善目而又善解人意，举止言谈间隐约可见青春年少时的风流倜傥。V一直盯着他，牙齿咬得神经一根一根地疼起来。戚夏却一脸平静，黑色的瞳仁瞥望窗外碧空。小末看了律师一眼，把他搭在她肩膀上的手捋下来。她抱着她妈妈的骨灰盒子一脸静穆地走到门外去，她走路的时候一直低垂着头，半长的头发沿着耳朵盖住侧脸。律师看她离去，两手插到口袋里。在他抽身走开的那个瞬间，和他站在同一水平线上的V听到一句轻而清晰的脏话。

他们是在午夜回到线街的。彩色的灯火沿着江岸一路铺设，水上水下，梦魇混杂。V滔滔不绝地说话，声音响亮而又虚假。说到了最后，他都不知道自己想要表达的是什么了。戚夏仍然沉默着，只是不再像过去那样微微笑着。他们走到石桥那儿的时候，小末抱着妈妈坐到石栏上，双腿一前一后地踢荡。她曾经不会走路，她曾经连上楼梯都要人搀扶，如今，即便狂风甩渡江面，如同重鼎般直袭其身，她也不会失去平衡坠落桥下。她坐在那里对V说了很多话，大多是命令和警告，每个句子都标注了明确的时间和地点。11月15日，八点之后不要出门，不要吃榴莲和石榴，不要用冷水洗手。11月23日，十四点以后不要照镜子，不要吃肉，任何人造访都不要应声或开门。12月7日到12月18日，中午一点后不要去城西北的菜市，不要煮白菜或是吃石斑鱼。12月31日，你到这里来，到桥上来，等。

小末说这些的时候，戚夏掏出了纸笔认真地记着，V不明白小末的意思，一面听着，一面担忧她是因为母亲的事情疯了。然而当她说完，转过脸看他的时候，V看见的是被堤坝围固的悲伤之海。她说："我们是朋友，我希望你和你的家人没事，所以请你按我说的做，不要对别人提起今晚，为了保险，再见面之前你会忘记戚夏和我。"V看着她，没有看透她眼里的无奈。戚夏把刚才记下来的禁令从便笺簿上撕下来，一面朝着V走过来，一面说："你会原谅我们的吧。"他把那张黄色的纸拍到V的头上，便笺"嗞"地燃烧起来，红色的火瞬间渗入了V的额头。V感到剧烈的灼痛，之后的事，他都不记得了。

再睁开眼睛的时候，V躺在自家的床上。他的头像宿醉的人一样疼，他心中有什么缺失的感觉，伸开手指摸索却什么都触摸不到。11月15日是个晴天，起床后V便一直在打游戏，爸妈约了三姑六婆在院子里打麻将，阳光很好，奶奶和爷爷一面和面，一面听着电视里的新闻。二叔家的妞妞在院子里跑着跑着，一不小心摔倒在地，二婶领着她去洗手，水龙头一拧开，滚沸的热水差点没把孩子烫伤。二婶气得叫起来，V的心在那个瞬间抖了抖，有个女孩的声音划过耳朵，然而他什么都没有想起来。11月23日，V家里祖传的那面穿衣镜碎了，妈搬东西的时候不小心刮到了它，它摇了一摇，步子不稳地砸到地上，玻璃碎片裂了一地，所有的碎片围成了一个圆形，然而没有伤到人。晌午后，爸妈去了庙会，奶奶和爷爷去老同志之家看节目了。V从网上下了个好片子，插着耳机看了很久。他没有听到三点的时候，当当当的三声敲门。十分钟后，邻院王阿姨听到了同样的敲门声。她走过去开了门，可是门口什么都没有。

12月7日到12月18日，城里出了大事情。很多人都得了一种病，浑身的皮肤变红剥脱，疼痛难忍而又奇痒无比。防疫局和市自来水公司发了个通知，大概意思是市里的水不知道被什么污染了，请广大市民注意。这是那十天里最轻描淡写的一个通知了。这场瘟疫来得很急很快，到了17日的时候，有人说市医院里已经死了三个人了，市郊的车道都有当兵的守着，中央派的专家却还没到。每天晚上，V和家里的人都心惊胆战地围在电视机旁，妈妈和奶奶讨论着消毒的法子，爷爷戴着老花镜在报纸上查找最近的消息，爸爸则带回来很多外面的消息，关于死去的人的，和将要死的人的。

然而到了12月30日，疫情却被控制住了。中心医院ICU病房里的病人一个个从死神手里爬回来，出院的出院，回家的回家。到那天为止，对外公布的死亡人数是四人，实际上却是二十七人。鹏程律师事务所的周律师死了，交警大队吴队长二十三岁的儿子死了，地产商于涛兴的姘头死了，她生前最喜欢开着她那辆黄色的宾利招摇过市。这三个人的死，让城里的人们咀嚼了好久。逛街买菜的女人们用手指掩着嘴，眼睛像狼一样游移，恶毒的句子嘁嘁嚓嚓地蹦出来，溅到谁的耳朵里都凝结成一个不干不净的笑。报应。活该。诸如此类。他们忘了在这场劫难里丧生的另外二十四个人——其中包括两名儿童，一名孕妇，一个八十二岁的老人。

31日的时候，V发现自己站在线街头上的石桥那儿发呆。头又一次痛起来，陌生的面孔和陌生的声音在脑子里蹿跳徘徊，谁用无形的斧子把他的脑袋劈开，谁又耐心地握着针线一针一针地缝。他蹲在地上呻吟了好久，好心的孩子停下来问："大哥哥你怎么啦？"随后，又被担忧的母亲拉走。远岸的灯亮起来的时候，V抬起了头。小末坐在桥栏上，用他所熟悉的姿势，只是身上穿的是一件丑陋的白色衣服。V在看见小末的瞬间，记起了关于她和戚夏的种种。他的心在那一刹注满了冰蓝色的悲痛，虽然，他不知道那意味着什么。V朝着小末走过去，他有很多话想问她，它们抵在他的胸口那里，结果没有生出一个芽。小末在V离她还有一米远的时候，伸出了手挡住了他。"不要过来。"她说，"有什么话就站在那儿说。"她说话的时候，脸一直对着江面，漆黑的头发遮着她的脸，白色的街灯把光打在她的手指上，她的皮肤不知从何时变得惨白如雪。

穿黑军装的外国人是忽然间出现的，手里拎着银白色的棍子，或金或蓝的眸子折射虚假的礼仪。他们分别从南北两面包抄上来，一共十七个人。队伍最后，是把小末逼到跳桥的那两个家伙，他们的衣服比其他人暗些，是队伍里唯一的亚裔。V站在小末和虎视眈眈的男人们之间，既惶惑不安又热血沸腾。他说了和戚夏曾经说过的那句话："跳，小末。剩下的交给我。"然而和那次不同，小末一动没动。穿军装的男人们轻轻地笑起来，V带着愤怒去看他们的脸，却没有找到上扬的嘴角或是露在外面的牙齿。V的身体对V的心说："逃啊。逃。我们要被干掉了。"V的脚却被钉牢在地面上，动弹不得。小末在那时候转过头来，露出满脸红色黑色的斑点。她看着V，那是个苦涩的笑容。

"如果没有你和戚夏，我不知道我会变成什么样子。谢谢你们，你们让我活得像一个人。"

她说完这些，眼睛忽然瞪大。紫红色的荷花瞬间生长出来，它们的茎干撑裂了石栏，开放在小末的前后左右，打开的花心不是黄色的莲蓬，而是白色的灯。那两个亚裔的男人叫起来："她这是自杀！她死了就不值钱了！快把那些花从她的身上砍下来！"V被有力的手臂推到一边，无论他怎么挣扎着靠前，仍然一次次地被拉走拽开，投掷于地面。他眼睁睁地看着那些男人用刀子砍断那些荷花的青色茎干，每朵花死的时候，都发出禽鸟鸣叫的叹息声，花托里的火摇曳陨灭。然而，更多的花从伤口那里生长出来，迅速地开放又迅速地死亡。一片混乱中，小末对着V大喊："告诉戚夏，要好好活着！无论在哪里，都要好好活着！"几乎同一时刻，石栏发出临终前的怒吼，紫色的花牵扯着众人坠落桥下，V眼看着那一团乱糟糟闹哄哄的黑色掉下去，听到的却是火焰熄灭在水中的嗞啦一声。他跑过去看，桥下堆满碎石瓦片和黑色油污，灯光投影里，隐约可见花瓣顺水东流。然而，那里一个人都没有。

V在疗养院住到第三周的时候，戚夏抱了一大束百合来看他。V坐在阳光下面的白色靠椅里，手里拿着一本皮面的小说。他看起来整洁而又健康，和疗养院里其他的疯子一样。戚夏拉过一把椅子，在V的正面安静地坐下。他开始给V讲鱼寮城的故事，从晋代讲起，一直到小末的事情。多年之后，V坐在我的对面给我讲同样的故事，只不过，他对我说："这是一个童话。"

鱼寮城是妖怪们住的地方。这世界上的一切东西，如果活了足够长的时间，都会得到智慧，而除了人，没有东西是应该有智慧的，于是，它们就不再是可爱的小猫小狗、小花小草，而变成了"妖怪"。妖怪们自己建立了城市，用各种方法保护它们不被人们发现。大部分的妖怪在鱼寮城过尽一生，还有一些，迷恋人世，伪装成人的样子，到鱼寮城外结婚生子。另一方面，人居住的世界里，也不断地有小动物变成妖怪。鱼寮城里有个职业，叫作"八护生"的，专门负责到人居住的地方寻找刚刚得道的小妖怪，保护它们不被当作普通的鸡鸭鱼肉吃掉，把它们带到鱼寮城里。戚夏就是一个八护生，他守护的那个小妖怪，住在小末家的隔壁。他和小末就是这么认识的。

在鱼寮城里，弱肉强食的现象十分普遍。蛇妖吃了兔妖，人参娃娃被贩卖掉……这都是常有的事。小末的正身，是叫作"红荷"的药草。在鱼寮城，她每天都过着心惊胆战的生活，过了今天没明天。一百二十岁的时候，小末的老师给了她出城的门匙，她发誓一辈子隐藏身份，不再施法术，不再说鱼寮城的话。作为一个女孩，她寄居到现在的人家。如果不是后来发生的事情，她也许会像一个普通人一样过完一生，她会画很多画，在多年之后悬挂在V家里的门廊那儿，她会有很多小孩子，他们在年节的时候围绕在她膝旁，听她讲十二生肖的故事。为了报仇，小末做了自己不该做的事，她在江水里放毒，她算好了攻击的时间和地点，她得到了她想要的东西，却也连累了许多不该连累的人。她的事情很快被报到鱼寮城里，抓捕的帖子当天就下来了。那些穿黑衣服的家伙，跟踪她很久了。就算小末安分守己，不对那些害死她妈妈的人下手，他们也会找借口把她抓回去，因为鱼寮城黑市上红荷的价格又涨了。

戚夏说这些的时候，手时而握紧，时而放松。V终于明白他那张无动于衷的苍白面孔下，是满心汹涌的绝望。

V在隔年深秋出的院。戚夏有没有从中帮什么忙，这些都不重要了。后来的事情，我都知道了。V搬到离家乡很远的一个靠海的城市居住，后来在一所小学里当美术老师。他在那里遇见了我妈妈，半年后两个人结了婚，一年后生下了我。戚夏再也没有和V联系过，除了2004年的元旦，他寄给V一张明信片，上面是一条金鱼和穿白色风衣的他。那条金鱼，就是他一直守护的小妖。

每年灯节的时候，我都会拿着妈妈叠的荷花灯到平安桥那里放。荷花不会游泳。它用一生的时间学习浮在这混浊的江面之上。它不会被溺死在江水里，却仍然难免沾染鳞虫厮打迸出的猩红血色。黑色的夜晚，天上的灯亮起来，水下的灯亮起来，荷花那豆大的光火独自摇曳。即便鱼蛇们会嫉恨它的自由，即便流萤们嘲笑它终年不能前行，上升，或是下降，它仍然守着水平面，无人能够覆灭红荷的小船。

（完）

Will 讲完两个故事后，黑色的头发变灰变白，身体越来越小，最后缩成拇指姑娘的模样。Vermeer 把她放到书架上，关上玻璃门，女孩闭上眼，变成了一个再普通不过的瓷娃娃雕塑。

一群人在 Vermeer 的药水作用下，咳嗽着活过来，最早中招的 Jason 吐了一口血，邶海醒来之后就帮他检查伤势，又去楼上房间拿急救箱。安捷投的药药性不是很剧烈，但对肝脏和肾脏有长期的毒性。

夏扬低着头，不说话。如果刚刚就这样死了又怎样呢？他又不是没有死过。污秽的旗帜、被击杀的女人的尖叫、宫殿下角染血的白色牡丹花……然后一切都和他没有关系了。他更名改姓，靠卖古董发了财。原本平凡无奇的桌椅渐渐就变得很值钱，还有那些别人赠送的字画。当然，他后来也见过各种各样的战争和杀戮，逃避无端的恶意与憎恨，第一次坐轮船，第一次坐火车，第一次坐飞机。2002 年他去过了南极和北极，看见了极光和北极熊。他始终是感激 Vermeer的。只要活着，就可以见到更广阔的世界，从而得到新的希望。

“更多的时候，是绝望吧？”菅野点着了烟，冷眼看着他们，“一切信念都被毁得渣都不剩了，现在你对我说我们只是一群杜撰出来的人，我反而很开心呢，哈。”

“信念是有人坚守才会存在的。你需要它，就不要放弃它。”

“哈。我相信地球是方的，太阳绕着月亮转。我不放弃它，有用吗？”

“……”

“老太太从来不讲自己的事呢。”菅野看着 Vermeer，“您自己又是因为什么到这个世界来的呢？”

“我？”Vermeer 的手在胡桃木椅背上微微握紧，“我的故事已经讲过很多遍了。只是从来没有人听得见。”

✚

<The Lord's Story>

Makara

有只鲸鱼，活在浅海。

因为很寂寞，它养了一个人类的小孩。

小孩很喜欢泡在水里，皮肤由黑变白。人类的寿命很长，记忆很短。小孩很快忘记自己是人类的小孩，把鲸鱼当作自己的父亲。

夏季到来的时候，乌云带来暴风雨。鲸鱼带着小孩逃向安全的小岛，鲸鱼上不了岸，就把小孩放在了岸上。

小孩活下来，被渔民带走。渔民和妻子没有孩子，把小孩当作自己的孩子养大。小孩很喜欢晒太阳，皮肤由白变黑。人类的寿命很长，记忆很短，小孩很快忘记自己是鲸鱼的小孩，把渔民当作自己的父亲。

小孩十三岁的时候，渔民在海上死掉。他们说他是为了抓捕一条白色的鲸鱼死掉的。

小孩成了新的渔民。他日日夜夜追捕鲸鱼。

鲸鱼的朋友，是一只独角兽。它让鲸鱼到深海去，到小孩到达不了的地方。鲸鱼不忍心离开小孩，总担心他会死在风暴里。

独角兽于是上了海岸，变成了一个美丽的少女，出现在午夜的月光里。小孩爱上了少女，从此不再出海。

小孩和少女订婚的那天，做了一个很美好的梦。他在午夜醒来，心中涌起从未有过的感觉。他在少女熟睡的时候爬起床，乘上船，出了海。

大概是因为爱。因为午夜的宁静。因为月光明媚干净。他找到了那只鲸鱼，它宁静洁白，就在海中心看着他。他觉得它美丽熟稔，却依旧毫不犹豫地把钢叉插进了鲸鱼的头颅里。

小孩在黎明到来前回到未婚妻的身边。她醒来的时候表情怔忪而又无邪，让人想起森林里的年幼的野兽。已经成为青年的小孩讲他刚刚完成的事，最后微笑着说：“我杀了它。”

他的笑容在黎明的日光里极为耀眼。未婚妻眯着眼睛看他，像是被那笑容的光辉灼伤。而后在小孩脸上的笑容消失之前，少女变回了独角兽的模样，把自己的角插入了小孩的胸膛。

杀了人的独角兽再也没有了魔法，身体也变成了漆黑的样子。

它踏着波浪走到海的中央，鲸鱼沉没的地方。它说：“我最终还是没能保护你。”

鲸鱼从深海里浮出来，皮肤光滑无痕。它刚刚睡醒：“什么？”

独角兽这才明白，少年并没有真的出海。那只是他的一个梦。

“是我没有保护好你。”

“不是你的错。”

“忘记人类，和我回到海底，像过去一样。”

“一切都会好了。”

故事的结尾，鲸鱼说。

（完）

“在成为 Vermeer 之前，我是港口水手的女儿。大概在我十四岁那一年，从远方来了一艘船。黑色的船。船上的人看起来都高贵富有，他们穿着黑色的衣服，戴着面具，说着我们听不懂的语言。我们款待了他们，也想用自己的货物和他们交换。客人们拒绝了。于是渔民们在酒水里下了药，这些人昏睡的时候，我的哥哥砍下了他们的头，而后把他们的尸首丢到了大海深处。他们把船上的珍奇珠宝劫掠一空，而后凿沉了那艘船。后来我才知道，那艘船是国王派来接他最小的儿子回去继承王位的。当年战乱，他的女仆带着他的小儿子逃到了海岸的这边，而国王靠杀戮自己的父兄赢得了王位。因为那艘船没有回去，国王知道出了事，于是派更多的船和军队过来。渔村的人统一口径，说没有看到什么船。每个人，包括小孩都被命令严守秘密。

“从很小的时候起，哥哥就教我如何潜水。所以他们不知道的是，他们那天杀死并扔到海里的人之中，有一个人没有死。那个人和我年纪差不多大，白色的头发，暗红色的眼睛。他就是国王的小儿子。我救活了他，把他藏在岸边的山洞里。国王的军队乘船过来的时候，我把他杀了。虽然我很喜欢他，但是如果他们找到了他，得知真相，我哥哥他们都要死。如果我那时候是个大人，我会找到其他更好的办法，他不用死，哥哥他们也能活下来。但我不是一个聪明的小孩，我选了我认为最好的办法。

“但国王还是发现了真相。我哥哥为了保护我，说一切都是他做的。国王没有杀他，而是放逐了他。为了能和他在一起，我拔出了国王的宝剑，砍下了他的一根脚趾。于是国王也放逐了我。我成了‘Vermeer’，时间之神，在银河旅行，寻找我的哥哥。后来船的桨坏了，我只能留在这个星球，靠吞吃人类的故事活下去，等同伴的到来。”

“你故事里的鲸鱼，指的是你哥哥？独角兽，指的是你？”Jason是第一个反应过来的人，“你们因为贪婪和怀疑而犯罪，又为了爱而分担罪行。”

Vermeer沉默，火光在她眼角跳动，面孔仿佛雕塑。零点的钟声响起，夏扬回过头去，发现颜茶消失了。

“但无辜的人却连讲故事的机会都没有，赦免了你们狂妄自私的仁慈国王，更是连提都没有提。”菅野站起来，把用来擦掉身上污渍与血迹的白色手帕丢到了壁炉里面，“后来你找到你哥哥了吗？”

“找到了。我们隐居在乡下，他画了很多画。我们比人类更擅长音乐和绘画。我们的眼睛可以捕捉到人类所看不到的光，但人的心可以看见我们所无法看到的世界。”

“故事。”

“是的。”

“他在哪儿？”

“花园的另一端。”她微笑，“我说过，你们不是唯一讲故事的人。我很喜欢你们的故事，我哥哥却对你们的经历不屑一顾。他喜欢真实的人和更坦诚的故事，不喜欢寓言和矫饰。而我喜欢童话……大概因为，我内心还是个小孩。”

“所以这一轮胜出的人是谁？能够继续活下来的人，是谁？”

Vermeer 没有说话，只是抬起头，看向了那只鸟笼。

“讲吧。”她站在屋子的中央，那一直悬挂在半空的金色鸟笼，表面灰色的蒙布忽然落地，里面是一只彩色的金刚鹦鹉，曾经被叫作 Mia 的少女，展开翅膀，而后像是人类那样轻声低语。Vermeer 道：“讲最终的故事给他们听，告诉他们什么是真相。”

鹦鹉啼叫，歌唱。它的声音，与 Vermeer 一模一样。

✝

<The Last Story>
被删除的人

[1]

我刚到上海来的时候，莫北北还没有出事。

我隔着 ICU 的玻璃罩子看着她。她鼻子上插着饲管，皮肤干燥而苍白，隐隐露出下面紫红色的血管。莫北北和我一样是学医科出身，却毕业于加利福尼亚州的理工大学。她在外环有座豪宅，在静安开了一家小咖啡馆。莫北北一双浅棕色的眼睛十分惹人喜爱，她爱笑，说话声音却低沉，略像少年。

我隔着玻璃罩子看着莫北北，继续给阿柯打电话。我们联系了所有认识莫北北的老师和同学，又上网发了长微博，求助，声援，请求严惩凶手，请人帮我们捐钱。我们做了很多看起来声势浩大，但实际上并没有多少收效的事。托另一个在新闻媒体颇有影响的同学的福，“女店主被十二岁少年砍伤”这条微博一路刷上头条。但除了收到一些无谓的电话和增加许多广告加入之外，我们没有得到更多的信息。

砍她的那个男孩还在逃。警察在找，网友在找，我们的人在找，但是寻人的动力和热情正在人群中退去。开始有奇怪的人出现，说莫北北是夜店的小姐，那男孩子是无辜的。也有人在里面浑水摸鱼，打着我们的旗号在骗钱。阿柯看不过去，和他们理论了几句，立刻被群起攻击。我一直沉得住气，没有说话，却因此被指责“冷血”“知道真相”“其实巴不得她同学死”……大浪淘沙，人心叵测和世事可笑，仅此便可见一斑。

阿柯的电话通了。我说“喂”。那边沉默了许久，然后开口的是个女人：“我是阿柯他妈妈。”

我愣了一下，然后改口道：“穆姨。”

她并不说话，我心里开始不安。阿柯拿了我们募捐的钱，上周便不见人影。他走之前说是要找一个人。具体是谁我们也没问。医院这边的医疗费一直是莫北北的未婚夫在掏，所以并没有断。虽然我们都很清楚阿柯的为人，但是一连七天看不见人影也不接电话，要说我心里一点嘀咕不犯，那是不可能的。

阿柯的妈妈静了半分钟，终于叹了口气，像是下了什么决心一样开口道："瑶瑶，你周六下午能来唐山一趟吗？"

阿柯的老家在唐山，我却从来没有去过唐山。他妈妈静静说完，也不催促，只像是拨通了一个号码一样，等对方接起来。我心里一时间划过许多念头。阿柯的脸莫北北的脸那个警方公布的录影里小男孩模糊的背影。在一片漆黑中我似乎抓住了什么，可很快又如电光石火倏然归暗了。我只是应道："我会抽时间。"

她说："周六下午五点半，我在火车站等你。"

她挂断了。

[2]

莫北北小的时候是个霸道的人。虽然漂亮，性格却像个男孩。翻墙上树溜冰，她无所不能无所不精。和人打架从不撕咬用指甲，而是肘击膝顶，面无表情且十分专业。上了初中开始蓄长发，浅棕色的发非常柔软，额头光洁，皮肤雪白，一双棕色的玩具熊一样的眼睛，总是笑弯弯。她说话少，学习好，个子娇小，说话总是直直地看着你。校庆和七五一中学比赛，长跑三千米，短跑一百米，她都是第一名。很快年级上下的男孩子都把她当作校花，她身后也总跟着一群男孩，他们不叫她名字，都叫她"莫姐"。

莫北北自出生似乎就是个让我自惭形秽的存在。因为父母都是同学，两家交好，从小到大我没少被她打，而她也因为我挨了不少父母的揍。她打我多半因为我爱哭又小气，总不肯陪她做那些胆大包天而又危险的事情，我越是胆小爱哭，她越是穷凶极恶，以此为缘，恩怨反复恶性循环。好在后来有了阿柯，虽然性情温和不爱说话，总算是个男孩。我们三人拉拉扯扯打打闹闹一直到十三岁，阿柯回了老家唐山，我和莫北北分到一中，虽然同校不同班，但总算有了其他更糟糕的人去相识、去结盟、去拉拉扯扯、去欢喜或讨厌，于是手指间的因缘线，便淡了些。

但有些事到底是不会改的。

我站在火车站门口等着穆姨。来的却是另外一个人。

他戴着一副于他来说过于宽大的黑框眼镜，镜腿儿有一处用胶布固定。他眼睛下面有一片阴霾，看起来最近一段时间都没有好好休息。他站在离我五步开外的地方看着我，用一种我读不懂的神情。

他说："我是阿柯的哥哥。你是孙小姐吧？"

我皱眉："我是孙菁瑶。"

他看着我皱眉，忽然笑了起来："还没吃午饭吧，跟我来。"

我实在没有理由相信一个刚见面的陌生男人的，不管他看起来和阿柯有多么相似。然而我也过了草木皆兵的年纪，把所有人都想成不怀好意，事实上因为莫北北的事情，我有点消极，有几次甚至想到了死。人的同理心有时候不是什么好玩意，你把一个和你全然不同的人的人生映射到你自己身上，总是问自己一句“如果是我呢？如果是我会怎么样？”殊不知人各有各自的人生，她终归是她，你终归是你，你既不需要为别人歉疚，也不必因为他人的不幸而怀疑自身。

话是这么说，可我却只是做不到而已。

我和莫北北全无相似之处，她外柔内刚，长得清纯脱俗，内里强硬无比。我剪着短发，画着浓妆，帮人打过架也替人挨过我不该挨的骂，但我骨子里却是个孬种，好朋友被十二三岁有娘养没娘教的小浑蛋给捅了，我却只能在微博上装熊，跟医院那些人低眉顺眼，吵不了架也办不成事，抓不到凶手也筹不到正义。背地里动不动就哭哭啼啼地想死。真是没有出息。

一路行去，他脚步匆匆，既不叫车，也不搭公交，一声不吭，走路又快，没有等我的意思。偏偏每次快要消失在我眼前，又忽然从一旁冒出来，脸上挂着和他身份年龄不搭调的笑，谄媚而又虚假，像是搞推销的。我心里跟着他的步伐和表情，时而提起时而放下，最终到了那家破烂烂的旅馆面前，沉了下去。然而跟他迈上嘎吱响的破木头楼梯的时候，我竟然想：“如果没有在这儿被卖了，晚上就可以来楼下吃韭菜盒子了。”

那人并没有卖我。到了房间里，坐着阿柯的妈妈和另一个陌生的女人。阿柯的妈妈年近五十，从五官轮廓上可以看出年轻时候的美貌。但也不知是因为疏于打理还是心情不佳，整个人看起来都灰败了无生气。倒是一旁那个年纪不超过三十岁的女人，看起来异乎寻常地神采奕奕。

然而吸引我的，并不是这个人的年纪和神情，而是她身上的穿着。

不知道你看过《进击的巨人》没有。那个阿姨身上的穿着打扮都让我想起进击的巨人，从皮鞋到绑腿，唯一的差别是，《进击的巨人》里面男女主角穿的都是衬衫和布做的衣服，这女人却从头到脚一身黑皮装，饶是仅对SM文化了解一点点的我，也觉得她手里实在是少了根什么，而这房间里没有人被绑起来，也实在是太蹊跷了。

那人却并没有看我，依旧神采奕奕地对着阿柯的母亲说："我可以让他和那女孩都回来。只是那并不是治疗，你懂吗？"

阿柯的母亲和他哥哥对视了一眼，然后又看向我。

我皱眉："你们在说阿柯和北北吗？"

那女人还是一脸欣欣然的笑容，看得人很不舒服："阿柯死了。你朋友莫北北也快了。"

我陡然一惊，回头盯着那女人，她却并不看我，只是对着阿柯的妈妈继续道："价钱和时间我都和你说明白了，电话号码还是那个，想好了打给我。"

她转身，对我笑笑。那笑容让人不明所以却又满含深意，如同冰渊千尺上的冰层之间一点窟窿，细小孔洞间让人窥觑到无尽黑暗。我心里陡然一惊，不自觉地后退半步，她巧笑嫣然地与我擦身而过，离门出去。那笑容转瞬间泛开的无尽媚意却和她之前的样貌神情极不搭调。惊诧之际我却没有深想，只觉得这女人五官轮廓莫名地让人觉得不舒服。

房间门关上，狭小的空间又归于寂静。那自称阿柯哥哥的人看着穆姨道：“妈，你不能听她的，我们再想别的办法……”

“什么办法？”

阿柯的妈妈抬头看着那男人，语气和软，却带了绝望，眼神却还是恍恍惚惚的，闪着让人不忍对视的光。那男人却声音平静，完全不为所动道：“死者为大，还是尽早给弟弟火化，入土为安。”

那星星点点的光从穆姨的眼里退去。她低头沉默了一会儿道：“小松，你下楼给我买盒布洛芬吧。”

男人怔了一下，随后明白过来。他拎了大衣出去，没看我，也没说话。

门再关上，房间里于是只有我和她两个人了。

她摩挲着床边：“我不是病急乱投医。到了我这个年纪，碰见什么事都不会觉得奇怪，但也不会什么事，都轻易相信。有些东西在你们看来可能会觉得愚蠢，觉得我老糊涂了。但事实上并不是那样的。”

我不搭腔，但想起了我外祖母。她当了一辈子的物理老师，到了七十岁忽然开始修佛学。我倒不是对她的宗教信仰有什么意见，只是人活到一定年龄，的确会发生一点年纪小的人所不会有的改变。常言道“风物长宜放眼量”“量变质变”“压死骆驼的最后一根稻草”“恒星坍塌后形成黑洞”……总而言之，有些东西不是在迟缓的时空中渐渐变色，让人浑然不觉，而是突然之间从红转绿，从年轻到年老。如同电灯开关一般，“啪”的一声由明至暗，让不知情的人心中一颤，惊魂转眼，它却又细水长流，仿若什么都没有发生一般了。

她同我说：“阿柯之前拿了一大笔钱，匆匆回家一趟。他和你和北北从小一起长大，感情不同一般，我自是知道。只是北北家境也好，自己也有了男朋友，我嘴上不说，心里却总觉得阿柯这么大张旗鼓地折腾，不是那么回事……但是他从小性格就是个茶壶煮鸡蛋，肚子里有货，外面半点不露，所以我也不好深说……直到一个星期前……”

一个星期前，一直无头苍蝇一样乱转的阿柯却忽然有了头绪，兴奋异常地跑回家里，翻出了我们为莫北北筹取到的那一笔钱。因为来源琐碎，许多都是高中初中学校的捐款，所以这一部分都是现金，他没有存到银行，摆在家里没动。穆姨靠着门框擦着手看着他，她做了一桌热菜等他回来，他却匆匆地拿了钱就要走，当妈的自然心里生气。可是穆阿姨的性格，却也是想得多说得少的类型，当时只问了两句：“北北有治了？还是那做坏事的抓到了？”

阿柯答得也很奇怪：“治是没办法治，但我们有办法让她好起来。”

说话间却是志得意满的神情，和之前萎靡不振愁眉不展的样子判若两人。

穆姨心里觉得奇怪，却没有深想。只是反复叮嘱路上注意安全，早点回来，又给他披上了原本过年留给他爸爸的大衣，才让他出门。

三天后，阿柯被人发现横死街头，身上分文全无。

“警察说是从办公楼上跳下来的。但是我不信。瑶瑶你也知道，阿柯并不是那样的人。”

话说到这儿，她眼圈早已红了。我没哭，却也已经把注意力从莫北北身上移到了阿柯的死。心里一片阴沉沉，心中明白阿柯多半是被人骗了，然后是谋杀还是因为觉得对不住莫北北和我们，却不好说。我不在场，也没有听其他人聊细节，只听阿柯妈妈一面之词，无法定论。

毕竟出事前阿柯如果真的相信自己找到了救莫北北的办法，而后又被人算计猛然落空——这样的心理落差，不是普通人能够承受的。

就这些日子我们经历的事情还有阿柯对莫北北的感情来看，说是他跳楼自杀，也并非全无可能。

“阿柯现在在哪儿？”

“殡仪馆。他们在帮他修脸……他是从45层摔下来的，头都……”

说到这儿，她终于失音。我眼里模糊一片，却咬牙忍了。现在不是哭的时候，有些事我不得不问。

“除了那笔钱，阿柯没有拿走其他的东西？他原先的手机还在不在？如果他见了什么人，警察应该能从手机或者电脑里，查到他和这些人的通话记录，利用这些……”

她摇头，幅度很大：“查了！查了！都查了！什么都没有！都删除了！警察局说是阿柯自己删的！我根本不相信！我儿子又没有偷又没有抢，删那些记录做什么！一定是有人捣鬼！”

她说完，又恨恨咬牙：“我不信这个邪，有些事只要我想查，就一定能查出来……”

我心里却越发疑惑，这些与刚刚看见的那个女人有何关联。

“她……”穆姨的表情忽然变得很奇怪，淡淡的，像是丝毫不在意这个人的存在一样，眉头却不自然地皱紧，脚在下面焦躁地点着，“我也不知道该不该信她……”

“阿姨！”

她抬头看着我，嘴唇哆嗦着，最终却弯成了一个笑来，依稀可以见到小时候，我们跟着阿柯到他家玩的时候，那个漂亮的妈妈的样子。她说：“要是阿柯回来，但是他已经不是他了，你说我该怎么办？”

我看着她，不明白她是因为太过伤心脑袋糊涂了，还是表达不清。这话是什么意思？

我摇了摇头。

她嘴角动了动，竟然浮出一个笑来。阿柯的哥哥在那个时候回来了，进门把止痛药递给她，站在那里看着我，摘手套。穆姨道："小松你送送瑶瑶，我想在床上躺一会儿。"

我就这样莫名其妙地被叫来，又莫名其妙地被送走了。

只是那时候，我并没有看见穆姨顺手放在我包里的那张纸片。

走之前我去了趟殡仪馆。见了真的已经放在冰柜里的阿柯，却仍然没有真实的感觉。因为他的脸毁得太厉害，他们就算按照照片修复，也一点都不像他了。我表情漠然，只是因为他哥哥在场，所以才哭了一哭，心里却有个角落说："这不是他。真正的阿柯还没有回来。他去了很远的地方，替莫北北找医生去了。"

这样的想法虽然明知道是假的，却如同一剂止痛药，让我麻木而又清醒，比眼前的尸体让人容易接受得多。

回程坐的是火车。我在卧铺上翻来覆去，思索良多。想来想去，也无非是阿柯真可怜，阿柯的妈妈真可怜，一个莫名其妙地消失了，一个莫名其妙地疯狂了。可是在这层层事件下面，却又有我看得到摸不着的什么，如同被人闷击后头上肿起的一个包，摸起来是真实的，却触不到下面的真的骨肉，隐隐的麻木隐隐的痛，连带着整个人的五官都扭曲变形，不像自己了。

那女人和穆阿姨说的，究竟是什么？

我在上铺翻来覆去，后来车厢灭了灯，渐渐踏实。然而睡到后半夜不知道几点的时候，忽然被过道的高跟鞋声音吵醒。我眯着眼睛看去，却看见一片昏暗里有个人站在那里，点着烟，看着我。墙角暗黄色的小灯照亮了她的脸，五官轮廓虽然不清楚，那种感觉却不会错。她看着我，看得我毛骨悚然，一时间缩在床上不敢动弹。

身上不知不觉冒出汗来。我闭着眼，却觉得那人的呼吸近在咫尺，几乎可以闻到刺鼻的烟味。

一夜无梦。醒来时候天光大亮，对面的妹子和她密友正叽叽喳喳泡面。我衣襟湿透，心想回家要好好调理休息，不能让身体垮掉，别再胡思乱想……枕头边的一层烟灰却让我头皮一紧。

手边的电话却在这时候响起来。慌忙翻开——却是闹钟。

一路再无异样，到了家，妈妈跟我说，莫北北昨天下午从重症监护室出来了，然后警方在广州找到了那个行凶的小男孩。

我松了口气，换了衣服洗过澡，打算把这一趟无果的旅行忘掉。

回到房间里，发现那里站着一个人。

[3]

我跟着那个女人出了家门，坐着电梯，到地下停车场。我穿着睡衣，拿了钥匙，没拿手机。你看，一方面我心底里相信我能够回到家里，另一方面，我断绝了其他人联系我，和我联系其他人的方式。我如此淡定而自信，并不是因为我对眼前的人了若指掌，事实上我对将要发生的一切一无所知。然而正是因为如此，我反而相信，眼前的一切要么是梦，要么是命中注定。因为正常情况下，是不会有人跟着我从唐山一路回到我家里，而后又问我："你喜不喜欢计算机？"

如果是绑架者，为什么选择家里条件一般的我？如果是传销的，未免也太大胆了。我父母都在家，除非他们有同伙，不然不怕我把她抓住吗？

慢着，如果她有同伙……

可是仍然讲不通。邪教？像日本那个寄生在一个又一个家庭一样，残酷而又黑暗的团体，吞噬一个又一个家庭，强迫他们为奴隶。阿柯的死是否和他们相关？如果是为了钱，那没有什么好说的，现金信用卡，你提就是了。可从头到尾，那女人都没有说什么。

所以如果这是犯罪，一定不是简单的犯罪。而是有预谋的，大规模的，十分邪恶的东西。

我该如何反击？其实一开始不和她走也可以，可她手里拿着枪一样的东西。

战争？阴谋？我是否卷入了什么巨大的圈套里？脑洞一旦打开，胡思乱想便不可停止。我还穿着拖鞋，冷风从睡衣下面窜入身体。我清醒了一些，开始考虑要不要找机会躲起来。

被人算计掌控，一圈一圈一步一步都拿捏在对方手里的感觉，真的很不好。

然后就在我想着这些的时候，女人的脚步忽然停了下来。于是我也抬起头，看见了那个东西。

那是个巨大的直立的鱼缸。海洋馆会有的那种。上面插满了上百上千的管子，那些管子却如同蜗牛的触角一样，在空气中浮动挥舞着。在那鱼缸里，有一个异常漂亮的生物。它的上半身是人类女性，下半身是鱼。唯一和传说里人鱼不同的，是它的体积。它的头直径将近两米，整个身体大约三十米至五十米。它一直闭着眼，头发如同鳗鱼一样在水中舞动。

“它是移动载体。美杜莎种属的一个分支，可以修复受伤的人，提供和死者一模一样的个体。但是那不是治疗，也不是复活，你懂吗？”

我呆在了那里，耳边嗡鸣，脑海中混乱一片，像是满是雪花的电视屏幕。太疯狂了……不，这一定是骗局……难道说这个人是那个刺伤莫北北的小男孩的家人找来的吗？难道说眼前这一切都是阻止我们继续在媒体上声讨的一个阴谋？但是未免也太大手笔了些……简直荒诞。

我看着那闭着眼的巨大美人鱼，知道我说什么都没有意义，却还是在她声音的蛊惑下开口：“我不明白。”

那女人微笑。她依然穿着《进击的巨人》里面的人才会有的装束，身上带着和她年纪不相符的神经质，看上去十分地不可靠，却莫名地熟悉。她说：“有些东西只有失去的时候，你才明白它并不属于你。让莫北北恢复健康，让阿柯回来，是很容易的事，然而这么做却会毁掉更重要的东西。即便如此，你仍旧坚持吗？”

我打了个寒战，忽然间清醒了过来。像是有人按下了我看不见的按钮，眼前的陌生女人忽然用我听得懂的方式说话，就如同她之前说的都是外语，而现在忽然切换成了汉语一样，我心里几乎对她产生了感激。

“那是最好了……可是我还是不明白你的意思。”

她笑起来，那种和她年纪不相符合的神经质，越发清晰。她看着我，用让人不舒服的轻柔口气道：“我和你一样，只是个普通人。但是我能看见这世界的未来。因为我了解他的思绪，我曾深爱着他。”

她又开始切换到外语频道了。只是这一次，我心中却有什么东西沉了下去。是坠向深渊的“沉”，义无反顾，再也不会回来。有些事情，人的头脑没有来得及反应过来，整个身体却利用已知的信息分析并得出结果，做出了最快的反应。他们说这是直觉，是本能。我的本能告诉我，将会有非常糟糕的事情发生，有什么巨大的东西被毁坏，而且，再也无法修复如初了。

尽管如此，冥冥之中，却有些东西无法停止。惯性。加速度。看不见的力。就像站在悬崖，松开手指。简单而又举重若轻的姿势。却会有什么，越来越快，越来越疯狂，越来越无法阻挡地向黑暗逼近。

“我给过阿柯机会，他放弃了。我也给过他妈妈机会。她犹豫不决。你呢？”

她看着我，眼睛在黑暗中，变成两点金色的光。在她身后，巨大的鱼缸里，那人鱼摇曳着纱一样的尾鳍。

如果这是梦的话，我想起了小时候和莫北北一起翻墙，到大学校园里捡梧桐的叶子。我想起一起到初中报到的那一年，她从地铁挤上来，短发，红衣，黑色长靴。我认出了她，摘下了耳机，举起打招呼的手。她身后的阿柯在同一瞬间登上了车，依旧是那个微笑，依旧是那个用手轻触鼻尖的小动作。时间仿佛暂停，我们眉梢的笑容未老，眼神璀璨，声音清澈毫无褶皱，一切都停在最恰当的时节，带着永恒的诱惑。

“我要他们回来。任何代价，我都愿意。”

我说完这句话，黑夜里一片寂静，隐隐听得见秋虫的暗鸣。

女人不见了。只剩下巨大的鱼缸里，那尾如同鲸鱼的人鱼，缓缓地睁开了眼。

她的眼睛，是梧桐树叶一样的绿。

[4]

9月的阳光透过树叶透过玻璃，照在教室的课桌椅上，照在那个人的脸上。我盯着他，直到他醒过来，揉了揉眼。

我说：“嗨。”

他有点吃惊地看着我，像是被吓到了，却还是微笑起来，十分俏皮地扬起嘴角：“嗨。”

莫北北从我们面前走过，垂着眼睛一脸淡漠地把厚厚的《现代汉语词典》摔在我的数学课本上：“干吗呢，眉来眼去的。”

她长发过肩，却不听老师管束，随意地垂在那里，刘海微微遮住眼睛。

我说：“我做了一个梦。梦里你们都死了。我求了一个巫婆，于是她让你们都活了过来。”

莫北北翻了个白眼：“靠。孙菁瑶，你就不能梦点好的。”

阿柯笑起来，他看着莫北北，整个人都因为那个笑容闪闪发光。

上课铃还没响。楼下踢球踢毽子的低年级小孩吵吵嚷嚷。我眯着眼，看着那搭在我们窗台的梧桐树叶的叶脉。

“我能让莫北北恢复健康，也能让阿柯回来。但那不是治疗，也不是复活。你明白吗？”

我明白了。但这也其实没有什么。

一旦明白自己并不是真正的人类。只是计算机里的WORD文档里的一段字符。

一旦明白了所谓的恢复健康和死者的复活，不过是删除掉死去的情节，改写为未死的情节。

一旦知道了自己生存的世界，真的有上帝一般的存在，只是我既看不到那个人，也再也看不见美人鱼和那个自称自己可以预见未来的女人，因为这个故事已经马上就要完结。

就会明白她那句话的意思：你的世界会从此崩毁，体无完肤，万劫不复，因为你会意识到，自己从未真正存在过。

这就是为什么，阿柯会自杀。他原来也并不相信，于是开玩笑一样请求那女人“复活”了他本应该死去的哥哥。结果，那个很久以前就因为车祸去世，导致阿柯全家搬回唐山的哥哥，又出现在他眼前。

这是为什么阿柯的妈妈发疯的原因。这一切在她偷偷放在我包里的那张纸片上写得很清楚。

他们都知道了，自己不是真正的人类。

我想起了《骇客帝国》和《苏菲的世界》里的情节，觉得好笑，却又笑不出来。

我不存在。我只是一段文字。我只是另一个我看不到的，更高的存在，所创造的东西。祂可以随意改写我的生命，我的想法，我的生老病死，我的未来。我所有的记忆，信念，与爱，都不过是祂的一部分。

莫北北看着我，眼神幽深：“阿瑶，你傻啦？”

我盯着她，一字一句地说：“北北，晚上和阿柯一起到我家玩，我买了宫崎骏的碟。”

她愣了一下，然后撇嘴：“嘁。”

是的。我不存在。我不是真的我。我只是你的一个念头。一个点子，一个虚构出的，白驹过隙都不如的存在。只要你一个闪念，敲击键盘，我就会从这个世界上消失。

然而。在这个瞬间。9月的阳光，透过梧桐的叶子，照在教室的楠木桌椅上。荀彦擦着黑板。杜兰兰在睡觉，衣服在她后背撑出清晰的褶皱。白晓和刘峰军在教室外的走廊里打打闹闹，我看着莫北北和阿柯的脸。他们年轻，安静，一尘不染。

我觉得此刻的我是比你幸福的，因为我有机会将这一切重来。

真正的人类会死，万物会老，恒星会归于黑暗。

莫北北会一次次地被捅伤、被送进ICU病房、阿柯会从45层跳下去，我会看见巨大荒诞的美人鱼。

但和你们人类不同。我们不是被删除的那一方。

总有一天我们都会回到这里，发现一切还在，安然无恙。

总有一天。

（全文完）

注：Vermeer 兄妹的故事来源于荷兰画家维米尔，近期有科学家证实维米尔是靠仪器作画的骗子，因为人眼无法绘制出某些光的变化，具体参见纪录片《Tim’s Vermeer》，夏扬的人设取材于失踪的明朝皇帝朱允炆。

被删除的人

ZUI Book
CAST

作者　陈奕潞

出品人　郭敬明
项目总监　痕痕
监制　与其　刘霁
特约策划　卡卡　董鑫
特约编辑　卡卡　孙鹤

装帧设计　ZUI Factor (zui@zuifactor.com)
设计师　yeile
内页设计　熊威

出品／上海最世文化发展有限公司
官方网站／www.zuibook.com
平台支持／最小说　ZUI Factor

图书在版编目（C I P）数据

被删除的人 / 陈奕潞著. -- 长沙 ： 湖南文艺出版社，2016.7
ISBN 978-7-5404-7613-7

Ⅰ. ①被… Ⅱ. ①陈… Ⅲ. ①长篇小说－中国－当代 Ⅳ. ① I247.5

中国版本图书馆 CIP 数据核字 (2016) 第 103541 号

上架建议：科幻小说

BEI SHANCHU DE REN

被删除的人

作　　者：陈奕潞
出 版 人：刘清华
出 品 人：郭敬明
项目总监：痕　痕
责任编辑：薛　健　刘诗哲
监　　制：与　其　刘　霁
特约策划：卡　卡　董　鑫
特约编辑：卡　卡　孙　鹤
营销编辑：杨　帆
装帧设计：ZUI Factor (zui@zuifactor.com)
设 计 师：yeile
内页设计：熊　威

出版发行：湖南文艺出版社
（长沙市雨花区东二环一段508号　邮编：410014）
网　　址：www.hnwy.net
印　　刷：北京嘉业印刷厂
经　　销：新华书店
开　　本：880mm × 1270mm 1/32
字　　数：249 千字
印　　张：11.5
版　　次：2016 年 7 月第 1 版
印　　次：2016 年 7 月第 1 次印刷
书　　号：ISBN 978-7-5404-7613-7
定　　价：32.80 元

质量监督电话：010-59096394
团购电话：010-59320018